草木万葉のうた

稲 垣 富 夫

右文書院

あかねさす　紫野ゆき　標野ゆき
　野守は見ずや　君が袖ふる（1・二〇）

額田王のこの名歌を生んだ「紫草」は、日本国内では、その当時から、野生のものを見ることは、不可能に近かったようだ。この写真も、東山植物園の〈万葉の散歩道〉で写したものである。

❶オモイグサ

❹ニワトコ

❷シキミ

❺ウメ

❸ミツマタ

❼アセビ

❻モモ

❽ヤマツツジ

❾スモモ

❿ヤマブキ

⓫ナシ

⓬フジ

⑬センダン

⑯ニワウメ

⑯ニワウメ（実）

⑭ウツギ

⑮ノキシノブ

⑰アカメガシワ

⑲コノテガシワ

⑱エゴノキ

⑳ネブ(ネム)

㉒ホオノキ

㉑クワ

㉔イワツタ

㉓ツゲ

㉕コウゾ

㉖ガクアジサイ

㉖アジサイ

㉗クソカズラ(実)

㉗クソカズ

㉙タケ

㉘アオ

❸アカネ

❸ムラサキ

❸カタクリ

❸カタクリ

㉞スミレ

㉝オキナ

㉟ジャノヒゲ

㉟ヤブラン

㊱ヒオウギ（実）

㊱ヒオウギ

㊲カキツバタ

㊳ハマユウ

❸ツユクサ

❹ヒルガオ

❹ベニバナ

㊹サトイモ

㊷ハス（紅

㊷ハス（白）

㊸ノイバラ

㊺ヤマユリ

㊻ササユリ

㊾オケラ

㊼ヒメユリ

㊿ケイトウ

㊽ヤブカンゾウ

❺❶フジバカマ

54キキョウ

55ハギ

52クズ

53ナデシコ

56オミナエシ

57ススキ

㊿ヒガンバナ(白)

58コウヤボウキ

60ヒガンバナ(紅)

59ニラ

❻❸オギ

❻❶マコモ

❻❹ヒシ

❻❷セリ

68ナツメ

65カツラ

66マクワウリ

67クリ

67クリ

⑲ネズ

⑳マユミ

㉑カラタチ

74 ツバキ

72 ワタ

73 ヤブコウジ

73 ヤブコウジ(実)

77 ヒエ

75 キビ

78 イネ

76 アワ

❼❾イロハカエデ

目次

落穂

資料

草木万葉のうた

凡　例

一　本書は、草木に託して万葉歌の解説を試みたものであり、万葉植物の解説書ではない。書名を「草木万葉のうた」とした所以である。

二　歌の原文は、西本願寺本を底本としてあらたに校訂を加えたという、日本古典文学全集『萬葉集』（小学館版）によるのを原則とし、一部文字を改めた（算用数字は巻数、漢数字は国歌大観番号）。

三　歌の読み下しと口訳とは、先学の諸書を参考とし、著者の見解にしたがった（口訳の表記法については、前記『萬葉集』に教えられたところが多い）。

四　「草木百種歌」の見出しは、各歌の草木名を含む句をそのままとった。

五　同見出し下の（　）内**太字**カタカナは、その草木の現在名であり、〈　〉内の人名・事項は、その項に伝記、解説が特記されていることを示す。

六　目次及び草木解説下の丸囲み数字は、口絵写真の数字と対応し、万葉名が同一のものは同じ番号とした。

七　「落穂」には、「草木百種歌」にもれた穀類歌その他について説いた。

八　「資料」として、本文で触れられなかった代表的な万葉歌（作家別）を中心に、風土記など関連する文献を入れておいた。

草木百種歌

あかねさす（アカネ）〈額田王《ぬかたのおおきみ》〉

紫の（ムラサキ）〈大海人皇子《おおあまのおうじ》〉

天皇〈天智〉蒲生野に遊猟したまふ時、額田王の作れる歌

あかねさす　紫野ゆき　標野《しめの》ゆき　野守は見ずや　君が袖振る（1・二〇）

茜草指　武良前野逝　標野行　野守者不見哉　君之袖布流

［口訳］茜色を発する　紫草の生えた野を行き　その御領野を行き　野守は見ませんかしら　きっと見ますわ。君が袖をお振りになるのを。

皇太子〈大海人〉の答へたまふ御歌

紫の　にほへる妹《いも》を　憎くあらば　人妻故に　われ恋ひめやも（1・二一）

紫草能　尒保敝類妹乎　尒苦久有者　人嬬故尒　吾恋目八方

［口訳］紫草のように　美しい妹よ　そのお前がもし憎かったら　人妻と承知しながら　私が恋い焦がれたりするものか。

㉛アカネ（上）
㉜ムラサキ（下）

アカネ㉛は、中国中部、朝鮮半島、九州・四国・本州の丘陵地に分布する多年生のつる草。茎の小さなトゲで垣根などをよじ登って繁茂する。本来の葉は卵形で二枚葉だが、托葉が二枚あって四葉に見える。八、九月、淡黄緑色、五弁の小型の花が咲き、十月ごろには黒色、球形の実がなる。根は太いひげ状で、生《なま》の時は赤黄色だが乾くと赤紫色になる。根には、ブリブリンという赤い色素が含まれており、染料として利用される。この根を「きね」と「うす」でつき砕き、熱湯を加えた液に百回以上つけて一年ほど寝かせた後、あらかじめ灰汁に浸しておいた布を液に浸すこと数十回、さらに数年寝かせておくと沈んだ赤色になる。灰汁が多ければ赤色、少ないと黄色が勝つという。これが、現在、秋田県鹿角《かづの》市で行われているアカネ染である。なおこの根は、漢方で止血、解熱強壮剤としても用いられる。「あかね」の語がでる集中の歌は十三首、すべて「あかねさす」の五音句で「紫、日、月、照、昼」などの枕詞であり、植物その物は詠まれていない。

ムラサキ㉜は、中国東北部、朝鮮半島、九州から北海道までの、日当りがよく、乾いた山中の原野、ススキ野などに寄生して広く分布したというが、今日では求め難いものとなってしまった。これは、その根を染色に用いるためにしきりに採集したことと、移植の困難さとによるらしい。多年草で、高さは三〇センチから一メートルに達する。茎は直立し、葉は細長い。六、七月ごろ、白い小花が集まって開く。決して見映えのする花ではない。それが著名となったのは、シコニンという紫の色素を含んだ根が染色に用いられたからである。つき砕いて粉末としたものに水を加えてもむと紫色の汁が出る。これに布を浸し、「紫は　灰さすものぞ　海石榴市《つばきち》の……（12・三一〇一）」と歌われたようにツバキやニシゴリの灰汁を媒剤として色を出す。根の量、水の温度、灰汁の濃度などによって、古代紫、江戸紫など多様な色調になるという。「漢人の　衣染むとふ　紫の……（4・五六九）などの歌から推定すると、この染色法は朝鮮半島からの伝来であろう。中国大陸では、古くからこれが貴重な染料となり、とくに後漢（二五――二二〇年）以降、緋色に代わって最高位に置かれ、わが国においても、聖徳太子が制定（六〇三年）したという冠位十二階に伴う六色（紫・青・赤・黄・白・黒）でも、同じ扱いがされている。どうやらムラサキは、その名とともに、中国――朝鮮半島――わが国と伝来したとみてよいようである。この根も、漢方では解熱、解毒剤、切り傷・火傷の折の塗布剤として用いられる。「ムラサキ」の語が出る歌は十七首、「紫草」そのものを歌ったものの他に、「紫の明高の浦……（7・一三九二ほか三首）」といった、枕詞としての用例もみられる。

六六七年三月近江に遷都した中大兄皇太子は、翌年一月即位して天智天皇となり、同じ五月五日（陽暦六月二十二日）、皇太弟大海人（後の天武天皇）、中臣鎌足ほか群臣のことごとくを率いて、蒲生野（滋賀県近江八幡市の東方から蒲生群安土町、八日市市西部におよぶ一帯）に狩りに出た。五月五日の狩りというのは、『日本書紀』推古天皇十九年の条に初見の行事で、男は鹿の若角を、女は薬草（染料を含む）を狩ったので薬狩といった。「推古紀」には、「是の日、諸臣の服《きもの》の色、皆冠の色に随ふ。各髻《う》花着《ずき》せり。則ち大徳・小徳は並に金を用ゐ、大仁・小仁は豹の尾を用ゐ、大礼より以下は鳥の尾を用ゐる」とある。天智の折の薬狩も、定めの冠・服に、髻花を着すという、きらびやかな物だったろう。

ところで、この折のこの行事の真の目的は何だったのだろう。私はこれを素直に薬狩と解し、即位儀礼の一環である国見だったのではないかと思う。国見というのは、本来はその土地・海川・人民を支配する首長が高所に立ち、その豊作、豊猟、豊漁を予祝する年中行事だったらしいが、いつの折からか、それが即位儀礼の一環ともなったようだ。そしてこれには、本来、儀礼としての狩猟・歌垣を伴っていたのである。『万葉集』巻一の巻頭三首が天皇の歌垣、国見、狩猟に関わるものであるのは、それを意識したのではないかと思われる。

いま、仮に以上を前提としてこの両首を見ると、その位相が的確にとらえられる。時は天智即位後五か月の五月五日、野草は茂り（最高の冠位を示す紫草は花をつけ）、猟の獲物も豊富だろう。額田王の歌は、「あかねさす紫野」とそれを的確に示し、その野が「標野」（御領地）であることをあらためて強調し、「野守（むろん天智天皇を指す）は見ずや」と天皇の国見行事であることを指摘し、「君が袖ふる」と、迷惑なという素振りで、実は満腔の媚態を示し、歌垣の呼びかけ歌そのままに相手の反応を期待して一首をとじている。まこと驚くべき名手としか言いようがない。皇太弟が応えた作はどうか。贈答歌の例に従って相手の歌の一語「紫の」と起こし、「にほへる妹を」とその輝くばかりに高貴な美しさを感嘆し、「憎くあらば」と裏返しの愛着を表現し、「人妻故に　われ恋ひめやも」と一気に歌いあげる。「人妻故に」といったのは、この日に限って行事に従う女性たちは天皇の妻とみなされたからだという説もあるが、歌垣の歌に多い、戯笑を意識してのものであろう。額田王と大海人皇太弟は、二人の間に十市皇女が生まれている真実の夫婦であった。だからといって、「いい歳をした（四十歳に近い）人妻（既婚の女の意）」というような嫌味を口にしたのではあるまい。むろん大海人皇太弟は心から額田王を愛していただろう。思わず本音を吐いたというようにも感じられる。特にその夜の二人の交情は、濃やかなものがあったろうと想像される。だが歌は、まさに歌垣風の戯笑性を示しているのだ。戯れの中に本音を示す、それが本来の歌というものだろう。

さてこの両首が公表されたのはどんな場だったろうか。薬狩終了後の宴席で、大海人皇太弟の舞う手振りが自分に向かって袖を振る如きであったのを、目敏く額田王がみつけて歌いかけた。それに応じたのが大海人皇太弟の歌とする説もあるが、事実は、宴は行事の一端であり、はじめに歌いつつ舞ったのは額田王の方だったろう。両首をみると、「ゆき」「ゆき」と繰り返し、「見」といい「振る」と歌っているのは額田王の方だ。舞いながら歌うという、額田王は《歌舞の人》だったのであろう。その意味で、現代、通常いう《歌人》ではなかったのである。

なお、額田王は後に天智天皇にも召されたといい、この王をめぐって、天智と天武が争うという伝承も生じた、根拠が弱い。今日では多くの研究者が、後人による虚構と解するようになってきた。

額田王の伝記はよくわからないが、諸説を合わせて推定すれば次のごとくである。鏡王（伝不明）を父として、六三〇——六三五年頃（舒明朝）、大和国平群郡額田郷または近江国野洲郡鏡里に生まれ、祭祀にかかわる巫女ないし采女として宮廷に奉仕、天皇、皇太子歌の代作歌人として活躍、また遊宴に際しては歌舞をもって場の雰囲気を高めた。歌作には大陸的な教養もうかがわれる。没年も不明だが、持統朝初期までは生存したらしい。入集歌数、長歌三首、短歌九首。

つらつら椿（ツバキ）〈坂門人足《さかとのひとたり》〉

大宝元年辛丑《かのとうし》の秋九月、太上天皇《おほきすめらみこと》の紀伊国に幸《いでま》しし時の歌

こせ山の　つらつら椿　つらつらに　見つつしのはな　こせの春野を（1・五四）

巨勢山乃　列〻椿　都良〻〻尓　見乍思奈　許湍乃春野乎

［口訳］巨勢《こせ》山の　これがあのつらつら椿ですなあ。今は季節はずれですが、じっくりと　何度も見て思いうかべましょうよ。この花の咲きつらなる、巨勢の春野の美しさを。

ツバキ(74)属は、ネパール付近以東の照葉樹（ツバキ、カシなど）林帯に他の照葉樹と共存するが、その数約九十種のうちのおよそ七〇パーセントがインドシナ半島と中国の揚子江流域以南に分布するという。このうち『万葉集』に歌われているのはヤブツバキで、台湾北部、朝鮮半島南部、沖縄から本州北部まで、主に海岸およびそれに近い山地に分布する（ただし、日本海側の山地には、これの変種または別種とされる、小形のユキツバキが分布）。『万葉集』にツバキの名の出る歌は九首で、このうち生育地の明白なのは、大和、越中、武蔵である。これらの地域は、縄文晩期（約三千年前）すでに照葉樹林帯であった。ヤブツバキの花期は十一月から四月にかけてで、五弁の一重咲き、主に赤色

(74)ツバキ

だが、まれに白色または紫紅色のものもある。この名の由来は「厚葉」「照葉」「強葉」などによるともいわれるが、朝鮮語の Ton - baik からの転化説も有力である。建材・器材、染色の折の媒材として用いられた。ツバキ油は、『延喜式』によると、壱岐、筑紫、出雲、周防などの各地で産出されている。

七〇一年の秋九月、太上天皇（持統）が孫の文武天皇と共に紀伊国に行幸された。『続日本紀』によると、九月十八日（陽暦十月二十七日）の条に「天皇紀伊国に幸す」とあり、還幸は十月十九日（同十一月二十七日）であった。これに従駕した坂門人足《さかとのひとたり》（『万葉集』入集歌はこれのみ。伝記未詳。坂戸、尺度氏と同族なら河内国の出自か）が、大和（藤原）から紀伊への通路にあたる巨勢野（御所市古瀬付近〈近鉄吉野口下車〉）の山椿を見て、春日蔵首老《くらおびとおゆ》（法名弁基。七〇一年勅により還俗。七一四年従五位下。『万葉集』入集六首〈他に不確実なもの二首〉、『懐風藻』に一首入集。春日蔵首は春日に置かれた倉庫の品部。老も同氏の出で、還俗はその部官に任ずるためだったかもしれない）が歌った

河上《かわのへ》の　つらつら椿　つらつらに　見れども飽かず　こせの春野は（1・五六）

の一首を踏まえ季節に合うように作り変えた、旅中宴席の一首がこれである。「河上」は、吉野口の東側を流れる曽我川のほとり。「つらつら椿」には、⑴葉がつやつやしている椿、⑵花の列なっている椿、⑶樹の列なっている椿など諸説がある。

にほふ榛原（ハンノキ）〈長忌寸意吉麻呂《ながのいみきおきまろ》〉

（大宝）二年壬寅《みづのえとら》に、太上天皇の参河国に幸しし時の歌

ひくま野に　にほふ榛《はり》原《はら》　入り乱れ　衣にほはせ　旅のしるしに（1・五七）

引馬野尒　仁保布榛原　入乱　衣尒保波勢　多鼻能知師尒

［口訳］引馬野に　色づきわたる榛の原よ。その中に入り乱れて　衣を染めなさい。旅の記念としてね。

ハンノキ

ハンノキは、ウスリー、中国東北部、台湾、朝鮮半島、中部以東の日本の谷間、湿原など、地下水位の高いところに多い落葉の高木で、田の畔などに栽植される。幹は暗灰色、高さ一五～二〇メートルに及ぶものがある。花は雌雄同株で、尾状の花序が前年の秋から枝上に出る。二月から三月にかけての開花時に、枝先から下がった暗紫褐色、穂状の雄花は、黄色い花粉をとび散らす。紅紫色の雌花は、雄花のすぐ下の葉脈に立った姿でついている。秋になると花に遅れた黄葉も散り、二センチほどの球果が熟し暗褐色・卵形の堅果となる。古代では、この実と樹皮とが染料として用いられた。材は建材、器具材となる。この根に共生する根瘤菌が空気中の窒素を固定して窒素化合物を生成し、それが肥料となるので、焼畑耕作の輪作最終年後移植する習慣があった。

七〇二年、太上天皇（持統）が参河（三河）に行幸された。この度は十月十日（陽暦十一月八日）都を後にし、十一月二十五日（同十二月二十二日）の還幸である。歌はその時のもので、作者は都に留まったとも、行幸に従駕したとも考えられる。ともあれハンノキの原は、折柄、黄葉が散りしいていたか、裸木に少しばかりの葉が残っているかといった季節、実だけはつけていただろう。おそらく作者は、その染色のことを強く意識してこの歌を歌ったものと思われる。事実は、どれだけ「入り乱れ」ても、衣を染めることはできなかった筈だ。「衣にほはせ」と歌ったのは、当の持統が女帝であり、従駕するものの多くも女官たちだったからかもしれない。「榛」を「萩」とする説もあるが、季節はずれという点から見れば同じである。「引馬野」は、行幸地から考えて、参河の国府に近い現在の愛知県宝飯郡御津町御馬一帯とするべきであろうが、浜松市北部曳馬町付近という説もある。なお「入り乱れ」を「入り乱り」と訓んで「木を乱して」と解する説もあるがどうであろう。

作者の意吉麻呂《おきまろ》は、奥麻呂、興麻呂とも記す。忌寸《いみき》は、天武朝の六八四年に制定された八色《やくさ》の姓《かばね》中の第四位。長忌寸氏は、紀伊国那賀郡を本貫とする東漢氏の一支族らしいという。とすると意吉麻呂は渡来人から出た一人だったと思われる。人麻呂や黒人と同時代、持統・文武朝の歌人で、『万葉集』に短歌のみ十四首が入集している。彼の戯笑歌は後に出るので、ここには次の三首を掲げておく。

磐代《いはしろ》の　野中に立てる　結び松　情《こころ》もとけず　古《いにしへ》思ほゆ　（2・一四四）

大宮の　内まで聞こゆ　網引《あびき》すと　網子《あご》ととのふる　海人の呼び声　（3・二三八）

苦しくも　降りくる雨か　神《みわ》の崎　狭野《さの》の渡りに　家もあらなくに　（3・二六五）

ぬば玉の（ヒオウギ）〈古歌集〉

或る本の歌に曰はく

居《ゐ》明かして　君をば待たむ　ぬば玉の　わが黒髪に　霜は降るとも（2・八九）

居明而　君乎者将待　奴婆珠能　吾黒髪尓　霜者零騰文

［口訳］ここに夜を明かして　君、わが君をお待ちしよう。ぬば玉のような　私の黒髪に　たとえ霜は降ろうとも。

ヒオウギ㊱は、インド北部から中国、九州・四国・本州西部にかけて、山中の草地に分布する多年草で、根茎は太く短く、別枝を出す。茎の高さ一メートルほどで、広い剣状の厚手、白っぽい葉（長さ二〇～三〇センチ）の群が開いた扇を思わせる。これが現在名「檜扇」の由来である。花期は八月から九月、花弁は六枚、長楕円形で朱橙色、濃赤の斑点がある。花の終わったあと、つやのある黒色、球形の種子が入った蒴果《さくか》をつける。現在では花の美しさを愛でて栽培され、ベニヒオウギ、キヒオウギなどの園芸種があるが、万葉人はその、種子の黒さから、黒・夜・闇・夕・夢などを導く枕詞として、「ぬば玉の」「うば玉の」と用いている。この枕詞を用いた歌、集中およそ八十首。

㊱ヒオウギ（実）（上）
ヒオウギ（花）（下）

第五句を「霜は降れども」と訓み、「霜が降りているけれども」と解する説もある。この歌は、葛城氏出身の磐姫皇后《いわのひめのおおきさき》が、夫君仁徳天皇を思って作られたという巻二巻頭四首中の第三首、

ありつつも　君をば待たむ　うち靡く　わが黒髪に　霜の置くまでに（2・八七）

の別伝として記された、古歌集に出るものである。磐姫は『古事記』において、強烈な嫉妬心の持主とされ、そのため黒姫は出身地の吉備に追われ、息長《おきなが》氏出の八田若郎女《やたのわきいらつめ》は皇后の死後やっと仁徳と結ばれた。天皇の八田若郎女に対する愛は、特に磐姫を激怒させ、山城の筒城に去って、行幸があっても面会せず、ついに同所で没したと『日本書紀』は伝えている。むろんこれらには、氏族間の抗争が背後にあったのだろう。

皇后の作として『万葉集』に伝えているのはこの四首のみ、前記以外の作は、

君が行き　日長《け》くなりぬ　山尋ね　迎へか行かむ　待ちにか待たむ（2・八五）

かくばかり　恋ひつつあらずは　高山《たかやま》の　岩根し枕《ま》きて　死なましものを（2・八六）

秋の田の　穂の上《へ》に霧らふ　朝霞　いつ辺の方に　わが恋ひ止まむ（2・八八）

であるが、これらは、後代の何者かが古歌を踏まえて改作、構成したものとみられている。この四首の構成には、愛人を待つ女心の推移が示されているようだ。

山たづの（ニワトコ）〈衣通王《そとほりのおおきみ》〉

古事記に曰はく、軽太子《かるのひつぎのみこ》、軽太郎女《かるのおほいらつめ》に奸《たは》く。故、その太子を伊予の湯に流す。
この時、衣通王、恋慕に堪へずして追ひ往く時の歌に曰はく

君が行き　日《け》長くなりぬ　山たづの　迎へを行かむ　待つには待たじ（2・九〇）

君之行　気長久成奴　山多豆乃　迎乎将往　待尓者不待

［口訳］あなたのお出かけが　長い日数となりました。（やまたづの）お迎えにあがりましょう。とても待ってばかりはおられませんわ。

❹ニワトコ

ニワトコ❹は、中国、朝鮮半島のそれぞれ南部、九州・四国・本州の、暖帯から温帯におよぶ山野に分布する落葉性の低木だが、高いものは五、六メートルにもなるという。早春のころ美しい若芽をつけ、四、五月ごろ新しい枝先に、多数の白い小花を咲かせ、六、七月には赤いつやのある実が群がる。古代人は、その葉の対生に注目して「むかへ」の枕詞とした。『万葉集』にこの名の出るものは他に一首（6・九七一）で「……山たづの　迎へ参る出む……」（高橋虫麻呂）がある。鹿児島県国分市では、苗代に種をまく日、水口のあぜの上にこの葉を敷き、しとぎ餅を供えて田の神を祭る風習があったと

いう。田にこの木の枝を挿す習慣も各地にあった。また削り花を作って、小正月に飾るところもある。これらは、皆この木を「山の神」の依り代として豊作を祈った神事のなごりで、焼畑耕作期からのものであろうか。この歌の小註に「ここに山たづといふは、今、造木《みやつこぎ》といふぞ」とある。

同じ歌が詞書にいうように『古事記』(允恭記)に入っている。天皇の亡後、この天皇と息長坂君《おきながのさかのきみ》の祖、意富富杼王《おおほどのおおきみ》の妹・忍坂の大中津姫との間に生まれた木梨軽王が、皇位の継承者と定められていたのに、同母妹の軽太郎女(別名、衣通王)と密通して捕えられ、伊予の湯(道後温泉)に配流された。その折、恋慕の情に耐えかねた王が、太子の後を追った時の一首だというのは『万葉集』と同じである。この話は、軽王の歌十首、王の歌二首を中心とした悲恋の歌語りで、最後に二王とも自ら死んだことになっている。これも有力豪族の政争が背景としてあるようだ。この歌が「ぬば玉」の項(12ページ)で記した磐姫皇后の歌の第一首(2・八五)の原歌、もしくはそれに近いものだったろうと思われる。といっても、この歌の真の作者が衣通王であったとは思えない。歌謡にせよ何にせよ、別の作者がいたのである。

ゆづる葉の（ユズリハ）〈弓削皇子《ゆげのみこ》〉

吉野の宮に幸しし時、弓削皇子の額田王に贈り与ふる歌一首

いにしへに　恋ふる鳥かも　ゆづる葉の　み井の上より　鳴き渡りゆく（2・一一一）

古尓　恋流鳥鴨　弓絃葉乃　三井能上従　鳴済遊久

［口訳］古を　恋い慕う鳥でしょうかねえ。弓絃葉の　御井の上を越えて　鳴き渡ってゆきます。

ユズリハは、中国南部から朝鮮半島南部、沖縄・九州・四国・本州福島以西の暖地の山林に分布する常緑の高木で、通常五メートル前後だが、高いものは一〇メートルにもなる。大きく厚い滑らかな葉が、枝先の赤みを帯びた柄に集まって互生し、春の新葉と交代して旧葉が落ちる。子供が成長して親が譲るのたとえから、また冬も散らない葉ということから、縁起ものとして正月の飾りとなっている。四月から六月にかけて、葉腋から五ないし一〇センチの花序を出し、がくも花弁もない赤茶がかった小花を雌雄異株につけ、花の後に楕円形の赤黒く堅い実がなる。

持統天皇の吉野行幸の折の作。残念ながら、持統帝の吉野行幸は記録にあるものだけでも三十回を

ユズリハ

越えるので、いつの折と定められない。「ゆづる葉のみ井」は、流れをせき止めて作った井戸の傍に目立って高木のゆずり葉の木があったからの名であろうが、所在不明。この「いにしへ」は、まだ大海人皇太弟であった天武天皇が、吉野におられたころ（六七一年十月二十日以降、翌年の六月二十四日までか）のことを指すか、あるいは後の吉野行幸の折をいうか。どちらにしても、天武天皇と共に吉野にあった額田王にとって忘れ難いのがこの井の辺りだったのであろう。

大和（明日香か藤原か不明）にいてこの歌を受け取った額田王は、

いにしへに　恋ふらむ鳥は　ほととぎす　けだしや鳴きし　わが恋ふるごと（2・一一二）

と答えた。

［口訳］古を　恋い慕っているのであろうと　おっしゃるその鳥は　ほととぎすなのですね。きっと鳴いたことでございましょう。私が恋い慕っておりますように。

の意で、額田王の作としては、

吉野より、蘿生《こけむ》せる松の柯《えだ》を折り取りて遣はしし時、額田王の奉り入るる歌一首

み吉野の　玉松が枝は　愛《は》しきかも　君が御言《みこと》を　持ちて通はく（2・一一三）

と共に最も後年のものだ。これによると、先の歌か、別の言葉かを記したものかが老松の枝にくくりつけてあったのだろう。天武の皇子だが、持統天皇とは腹ちがいの大江皇女を母とする弓削皇子は、持統朝では恵まれなかった皇子の一人だ。この皇子と老境にあった額田王との交情が思われる贈答である。

弓削皇子の生年は不明。六九三年に同母兄の長皇子《ながのみこ》と共に「浄広弐」を授けられ、六九九年七月二十一日おそらく三十歳前後の若さで没した。『万葉集』に入る歌はこの歌を含めて短歌のみ八首。異母の妃皇女を恋う歌四首があるが、これは何者かによる歌語り中のものだろう。それを含めて、人の世の心細さを詠んだ歌ばかりだ。

芳野川　行く瀬の早み　しましくも　淀むことなく　ありこせぬかも（2・一一九）
わぎ妹子に　恋ひつつあらずは　秋萩の　咲きてて散りぬる　花にあらましを（2・一二〇）
夕さらば　潮満ちきなむ　住吉《すみよし》の　浅香の浦に　玉藻刈りてな（2・一二一）
大船の　泊《は》つる泊《と》まりの　たゆたひに　物思ひ痩せぬ　人の児故に（2・一二二）

以上四首、妃皇女を恋う歌。次は吉野に遊ばれた折の作歌、

滝の上の　三船の山に　ゐる雲の　常にあらむと　わが思はなくに（3・二四二）

そして、

秋萩の　上に置きたる　白露の　消《け》かも死なまし　恋ひつつあらずは（8・一六〇八）

も、妃皇女との恋にかかわるものであろう。

ささの葉は（ササ）〈柿本人麻呂《かきのもとのひとまろ》〉

柿本朝臣人麻呂の、石見国より妻に別れ上り来る時の歌

ささの葉は　み山もさやに　乱《さや》げども（乱るとも）　われは妹思ふ　別れ来《き》ぬれば

小竹之葉者　三山毛清介　乱友　吾者妹思　別来礼婆　（2・一三三）

［口訳］笹の葉は　み山全体が鳴り響くほどに　ざわざわと音をたてているが（乱れているけれど）　私は妻を思う。
別れ来てしまったのだから。

ササ

ササは、植物学上からは竹の子についている皮がいつまでも残っていて、腐るか、裂けてぼろぼろになるまで落ちないもの。その年のうちに落ちるものは「竹」といって区別する（各々の節から出る枝の数が一本だけのものがササだという説もある）というが、一般的には、小竹の文字をあてるように背の低いもの、そして主に葉が目立って利用されるものを「ササ」と呼んでいるようだ。ササ類は、アジア南部および東部、アフリカ、南アメリカの暖帯から温帯、さらに寒帯にまで広く分布するが、寒帯に竹は生えず、その地をおおうのはササ類だという。主に暖温帯に属する日本にはその種類が多く、六属六百四十種ともいう。

この作は、人麻呂が島根県から妻と別れて上京した時の歌だという、長歌二首（或本の歌一首）、反歌各二首（或本の歌一首）と妻の歌（短歌）とで一組として配列されている、一首目の長歌の第二反歌である。その長歌と第一の反歌は、

石見の海　角の浦廻《うらみ》を　浦なしと　人こそ見らめ　潟なしと（一に云ふ「磯なしと」）人こそ見らめ　よしゑやし　浦はなくとも　よしゑやし　潟は（一に云ふ「磯は」）なくとも　いさなとり　海辺を指して　和多津《にきたづ》の　荒磯《ありそ》の上に　か青なる　玉藻沖つ藻　朝羽ふる　風こそ寄せめ　夕羽ふる　波こそ来よせ　波のむた　か寄りかく寄る　玉藻なす　寄り寝し妹を（一に云ふ「はしきよも妹が手本を」）露霜の　置きてし来れば　この道の　八十隈ごとに　万たび　かへりみすれど　いや遠に　里は離りぬ　いや高に　山も越えきぬ　夏草の　思ひしなえて　偲ふらむ　妹が門見む　なびけこの山

反歌

石見のや　高角山の　木《こ》の際《ま》より　わがふる袖を　妹見つらむか（2・一三一、一三二）

である。長歌は、まず「石見の海」と大地名から歌いおこし、「角の浦廻を」と小地名にしぼり、そのあたりが「浦」もなく「潟」もない荒涼たる砂丘地帯であることを強調して、にもかかわらず和多津の荒磯には、青々とした玉藻沖つ藻が朝夕寄せてくると歌って玉藻に焦点を集め、その玉藻の寄りそうごとく寄り寝をした妹とその姿態を歌い、その妻を後に残して行く道の隈ごとに「かへり見」したと別れがたい思いを具体的に描き、遠く里を離れ、高く山を越えて来てしまったといい、夏草が秋になって力を失うように、しょんぼりとして私を偲んでいるであろう妻の家の門が見たい、なびいてし

まえこの山よ、とあり得ない要求をし、その激情をもって一首をとじている。反歌の第一首は、長歌の「山」をうけて、それを高角山（江津市都野津東方、島の星山〈四七〇メートル〉だという）と固有名にして具象化し、その高角山の木の間から、別れを惜しんで私が振った袖を妹は見ていただろうかと、これまたあり得ない想像をして、せめてそうあって欲しいと念じてこの反歌になる。これはその山中「笹の葉は全山をゆり動かすほどにざわめき乱れ、人間の情念など吹きとばしてしまうばかりだ。だが私は妻を思う、別れてきてしまったのだから」と歌い、自然の激烈さに対抗する人間の激情を歌いあげている。この激情とそれをたくみに長・短歌に構成した人麻呂の構想力には感嘆のほかはない。

ところでこの作品は、旧来、晩年の人麻呂が地方官として石見に下って国府あたりの下級官人となり、朝集使の一人としてか、都に上らなければならなくなった折のものとされてきた。だがそんな証拠はどこにもない。仮に朝集使として上京したとしても、妻と別れていなければならなかった期間は二か月足らずの筈だ（石見国と都との交通に許された期間は上京二十九日、下向十五日）。その妻依羅娘子《よさみのおとめ》の歌を見ると、

な思ひと　君は言へども　逢はむ時　いつと知りてか　わが恋ひざらむ（2・一四〇）

というもので、

［口訳］案ずるなと　あなたはおっしゃいますけれど　またお逢いできる時が　何時のこととわかっておりますなら
私は恋しくなど思わないでしょうけれど……。

と、永久の別離まで予想しているような歌である。とするとこれはおかしい。そこで、ひょっとする

と、これは晩年の経験ではなく、実は人麻呂は石見国の出身であって、その若い折、妻と別れて上京しなければならなかった時の事を思いおこして創作したものかなどと想像してみるのだが、これにも根拠がない。「依羅娘子」の「依羅」は多く出身地を示すものなので、それは、河内国の地名であって石見国にはない。仮に人麻呂が石見の出であったとしても、河内出身の娘子と出会いうる場所といえばまず都であろう。これらの点から考えて、事実とは見ず、人麻呂による創作と説かれたのが伊藤博氏である。伊藤氏は、人麻呂は歌俳優ともいうべき人で、依羅娘子（持統天皇に仕えた宮廷人か）と組んで、一種の舞踊劇をした。この歌はその詞章だったと説かれる（それにしては、依羅娘子の歌が短歌のみ一首というのは不釣合だとも思われるが）。

　柿本氏は、孝昭天皇の皇子、天足彦国押人命《あめたらしひこくにおしひとのみこと》を祖とすると伝える。大豪族の和邇氏を本宗とする、春日朝臣・小野朝臣らと祖を同じくする支族である。六八一年十二月小錦下の位を授けられ、七〇八年四月二十日に没した柿本朝臣猨（佐留）と人麻呂とを、生存年代の重なりから、同一人とみる説もあるが明らかでない。さて、当の人麻呂だが、これも諸説を合わせて推定すると次の通りである。生誕年については、六四二年頃とするものから六六四年頃とみるものまで諸説があるが、六五三年頃以前と考えるべきだろう。出生地は、大和（天理市櫟本町和邇、奈良県葛城郡新庄町）、近江（滋賀県志賀町和邇）、石見（島根県江津市）の諸説のうち、大和説が有力とみられる。彼は『万葉集』にしかその名を見せないが、それによると、作歌年代の確実な最古のものは六八九年の四月十三日に没した草壁皇太子の殯宮《もがりのみや》《あらきのみや》の時の作歌（2・一六七—一七〇）で（六八〇年の七夕歌〈10・二〇三三〉を最古とする説がある）、最新作は七〇〇年四月の明日香皇女の殯宮の時の作歌（2・一九六―一九八）である。そこで人麻呂は、天武の諸皇子と関わりがあり、持統朝（称制期、太上天皇期を含む）に活躍した人で、おそらく持統天皇の皇后時代にはその内廷に仕え、即位と共に宮廷歌人となったかと推定される。あるいは草壁皇太子没後四十九日の六月二日に設置された「撰善言司」の実務者であったかとも思われる。さらに彼は、持統やそれをとりまく女官たちの要望にこたえて「歌俳優」として生きたかも知れないという点は前記したごとくだ。死亡の年代も明らかでないが、七〇〇年以降間もなくと見るのが自然だろう。なお「柿本朝臣人麻呂の石見国に臨死《みまか》らむとせし時、みづから傷みて作りし歌一首」と詞書のある歌、およびその時に妻の依羅《よさみ》娘子が作ったという歌、

　鴨山の　岩根しまける　われをかも　知らにと妹が　待ちつつあらむ（2・二二三）
　今日今日と　わが待つ君は　石川の　貝〈谷〉に交《ま》じりて　ありといはずやも（2・二二四）
　直《ただ》に逢ふは　逢ひかつましじ　石川に　雲立ち渡れ　見つつ偲はむ（2・二二五）

については、島根県邑智郡粕淵村あたりで、疫病にかかった人麻呂が死に臨んでの作、および都野津（島根県江津市和木）に留守をしていた妻の作と斎藤茂吉によって主張されてきたが、これも、人麻呂ならぬ、人麻呂作中の人物の死に関わるものだという説（伊藤博氏）などが出て、疑がわしくなってきた。人麻呂その人の死に関しては、病死説、殉死説があり、刑死説まで出る有様で、定説をみない。人麻呂作として『万葉集』に入集するもの、長歌十八首、短歌六十六首（重出歌を含む）があり、他に柿本人麻呂歌集中の歌とするもの、長歌二首、旋頭歌三十五首、短歌三百六十五首がある。

浜松が枝を（マツ）・椎の葉に盛る（シイ）〈有間皇子《ありまのみこ》〉

有間皇子の、自ら傷みて松が枝を結ぶ歌二首

いはしろの　浜松が枝を　引き結び　真幸《まさき》くあらば　またかへりみむ（2・一四一）

磐白乃　浜松之枝乎　引結　真幸有者　亦還見武

［口訳］磐代の　浜松の枝を　引き結ぶ呪《まじな》いをして　万が一にも無事だったら　また引きかえして見ようと思う。

家にあれば　笥《け》に盛る飯《いひ》を　くさまくら　旅にしあれば　椎《しひ》の葉に盛る（2・一四二）

家有者　笥尓盛飯乎　草枕　旅尓之有者　椎之葉尓盛

［口訳］家にいればきまって　食器に盛る飯だ。それを　くさまくらの　旅をしているので　椎の葉に盛ることだ。

マツ（上）
シイ（下）

マツ　浜松というから、これは黒松であろう。この松は、主として朝鮮半島南部から、トカラ列島以北の九州・四国・本州の暖地、海沿いに野生する。同じ海沿いでも東北地方に生えるのは、松島の例のように、赤松だという。黒松は、高さ三〇メートル、幹の直径二メートルにも達することのある高木で、樹皮は暗灰色で亀甲状となり、はげ落ちると幹が赤みを帯びる。冬芽は灰色がかった白色、

葉は赤松と比較して、濃緑で太く堅い。花期は四、五月。雄花は新芽の下に群がり、紫紅色の雌花は新芽の先端に、卵状円錐形の球果は翌年の秋に熟して下向きにつく。

シイ 日本の照葉樹林を代表するシイの群落には、イタジイ（スダジイ）とコジイ（ツブラジイ）の二つの種類があるという。イタジイは、済州島、沖縄・九州・四国・本州の新潟県・福島県までの、主として海沿いに分布する。むろん常緑の高木で、幹の真っ直ぐなものは少なく、小木のうちから樹皮が縦に割れ、小枝が太くて分岐が粗い。葉は大形でやや厚く、鋸歯がある。花期は五、六月。雌雄同株で、雄花にはクリに似た芳香がある。堅い実が、開花の翌年に熟し、食用となる。コジイは、九州の種子島から本州の東海地域まで、内陸部に自生する。幹は真っ直ぐ、樹皮は割れず、小枝は細くて分岐も密である。葉も小さくて薄く、鋸歯はないか、あっても少ない。実もイタジイに比べて小さい。ともに農耕以前からの重要食料であった。この歌の椎はむろんイタジイであろう。

六五八年（斉明四年）十一月、反乱未遂の罪に問われ、捕えられて和歌山県の牟婁《むろ》の湯（白浜温泉湯崎）に護送される途中、同県日高郡南部町の岩代で歌ったものとみられているのがこの二首である。

第一首―松の枝を結ぶとはどんなことをしたのか、今日からは明瞭ではないが、無事、永生を祈る呪術だったのであろう。後に作者の伝記に説くごとく、万が一にも見ることはできないと考えざるを得ない状況の中での「結び松」だ。死の覚悟をしながら、まずは不可能な僥倖を祈る。まさに、「真幸くあらば」の祈りだったのである。

第二首―家にいる時なら、きまって食器に盛る飯を、草枕の旅だから椎の葉に盛るのだという。それは、(1)自分が食べるためか、(2)神に捧げるのか、どちらにせよ通常の旅ではないからであろう。作者は皇子なのである。罪によって護送される身であることが、それとなく示された一首とみるべきだ。

有間皇子は、軽皇子を父、阿倍倉梯麻呂《あべのくらはしまろ》の娘・小足姫《おたらしひめ》を母として六四〇年に誕生した。軽皇子は、六四五年、押しつけられたかたちで即位して孝徳天皇となり、中大兄皇子を皇太子としたが、六五三年両者の仲は不仲となり、遷都地の難波長柄豊碕宮にとり残された。中大兄は、わが母皇極（孝徳の姉）、間人《はしひと》皇后（天智の同母妹）、大海人皇太弟などを連れて明日香河辺行宮《あんぐう》に移り、公卿以下百官もこれに従ってしまったのである。このためであろう、孝徳は翌年の十月十日に没した。時に有間皇子は十四歳、早くも政争の渦中にあった。これ以後の有間は、先帝唯一の皇子（皇位継承権を持つ）として、中大兄の野心を恐れなければならぬ身となったのである。そこで皇子は、偽ってかまことにか、狂人となり、六五七年九月湯崎に行って帰り、その風土を讃めて、病も癒《い》えたと奏上した。再即位して斉明となった皇極女帝は、翌年の十月十五日皇太子以下を伴なって紀の湯に行幸、明くる正月三日に還幸した。その間に起こったのが有間皇子の謀反である。留守官の蘇我赤兄は、斉明の政事に三失ありと説いて皇子に謀反をすすめた（十一月三日）。時に有間十九歳。欣然として「吾が年始めて兵を用ゐるべき時なり」と言ったという。ところがその翌日、赤兄の家での謀議の際、皇子の脇息《きょうそく》が折れたことを不吉として謀議は中止となり、市経《いちぶ》の家に帰った皇子を、あろう事か赤兄が捕らえ、九日に紀の湯に護送、湯では中大兄が「何故の謀反か」と尋ね、皇子は「天と赤兄と知る。吾全解《もはらしら》ず」と答えた。こうして帰途についた皇子は十一日に、岩代よりは都に近い藤白坂で絞殺されたのである。こうみてくるとこの事件は、明らかに赤兄（天智朝に左大臣）と中大兄とが仕組んだ謀殺だが、有間にしてみれば、早晩来るべきものが来たと思わざるを得なかったであろう。『日本書紀』は、或る本に云うとして、「まず宮室を焼き、五百人ですぐ牟婁津をうち、早く船団で淡路国をおさえて退路を断とう」と皇子が言ったと伝える。皇子に、危機から脱出したいという意欲もなかったとはいえないようだ。ついでながら、左大臣蘇我赤兄は、壬申の乱後の六七二年八月二十五日、子孫とともに配流された。有馬皇子の歌として『万葉集』に入集するものはこの二首のみである。

生ふる馬酔木を（アセビ）〈大来皇女《おおくのひめみこ》〉

大津皇子の屍を葛城の二上山に移し葬りし時、大来皇女《おほくのひめみこ》の哀しび傷める御作歌

磯のうへに　生《お》ふる馬酔木《あしび》を　手折《たを》らめど　見すべき君が　ありと言はなくに

（2・一六六）

磯之於尒　生流馬酔木乎　手折目杼　令視倍吉君之　在常不言尒

［口訳］磯のほとりに　生えている馬酔木を　手折ろうと思うけれど　見せるべきあなたが　生きていると誰も言わないことだ。

❼アセビ

アセビ❼　アセビ属の植物は、東アジアと北アメリカとに約十種が分布するという。このうち、現在のところ日本原産だとされるアセビは、九州・四国・本州の乾いた低山に生える常緑の亜高木で、その高さは大きいもので三メートルぐらい、茎葉はよく茂って互生し、こんもりとした樹形をつくる。花期は三月から五月。白色でつぼ形の小花を、ふさ状に群がってつけ下垂する。万葉の頃から花木としても用いられた。有毒植物で、牛・馬・鹿などがこの葉を食べると中毒するから馬酔木の名が出たのだという。『万葉集』には、「あせび」を詠んだ歌が十首入集している。

天武天皇の没（六八六年九月九日）後ひと月足らず、皇后鸕野（持統天皇）が称制に入った十月二日、皇后の義母姉、太田皇女が天武天皇との間に生んだ大津皇子（六六三年生誕）の謀反が発覚し、その翌日、早くも訳語田《おさた》の家で死を賜わるという事件が起きた。この事件は、持統側の人々の策謀だったらしいが、当時二十三歳の皇子には、一歳年長の草壁皇太子（父は天武、母が持統）があり、何かにつけて競争相手とみられていたようである。しかも病弱だったと推定される皇太子（第一皇位継承者、六八一年二月二十五日立太子）に対する大津皇子は、「状貌魁梧、器宇俊遠」（懐風藻）と評され、宮廷人にも人気が高く、六八三年二月一日以来「朝政を聴」いたという（太政大臣にあたるか。第二皇位継承者）から、要路の人々からは、壬申の乱（六七二年）の経験に鑑みて、不安の種とされていたであろう。事が起こる前にというのが、持統側近の配慮だったかもしれない。

ところでその大津には、二歳年長の同母姉・大来（伯）皇女があり、六七四年から伊勢神宮の斎王として伊勢国にいた。生前の皇子はその姉を訪ねたこともあるが、その没後の六八六年十一月斎王解任となり、同じ十六日（陽暦十二月九日）都に帰り着いた。

さて皇女の歌は六首、すべて大津皇子に関わるものばかりだ。前掲の歌を除いて記すと、

大津皇子の、ひそかに伊勢神宮に下りて上り来まし し時、大伯皇女の御作歌二首

わが背子を　大和へ遣《や》ると　さ夜深《ふ》けて　暁露《あかときつゆ》に　わが立ち濡れし（2・一〇五）

二人行けど　行き過ぎ難き　秋山を　いかにか君が　独り越ゆらむ（2・一〇六）

大津皇子の薨りましし後、大伯皇女の伊勢斎宮より京に上りし時の御作歌二首

神風の　伊勢の国にも　あらましを　何しか来《き》けむ　君もあらなくに（2・一六三）

見まく欲《ほ》り　わがする君も　あらなくに　何しか来けむ　馬疲るるに（2・一六四）

大津皇子の屍を葛城の二上山に移し葬る時、大伯皇女の哀しび傷める歌二首

うつそみの　人にあるわれや　明日よりは　二上山を　弟世《いろせ》とわが見む（2・一六五）

には、弟の身を案じ亡き後を恋う姉の至情が、綿々として尽きぬ様に表白されている。特に掲げた歌についてだけ記せば、磯のほとりに生えるあしびの花を折って弟に与えた思い出は、この姉にとって、忘れることの出来ない年少の日の追憶であったろう。二人の母、大田皇女は六六七年に没している。時に皇女は六歳で、弟は四歳であった。とすれば、これは母の生前だった可能性もある。とまれ、おたがいに無邪気だった日の追憶には相違ない。そんな日の再現を望んでみても、誰も弟が生きているとは言わないのだ。皇女の万感はこの歌に極まると評すべきであろうか。なおこの大来皇女は、これより十五年後の七〇一年十二月二七日、草壁の子・軽皇子（文武天皇）の即位（六九七年八月一日）をみて、持統天皇より一年早く没した。

岩つつじ（ツツジ、またはサツキ）〈草壁皇子《くさかべのみこ》〉

皇子尊の宮の舎人らの慟しび傷みて作れる歌

水伝《みなづた》ふ　磯の浦みの　岩つつじ　茂《も》く咲く道を　またも見むかも

（2・一八五）

水伝　磯乃浦廻乃　石上乍自　木丘開道乎　又将見鴨（作者不明）

［口訳］水の流れに沿った　磯の曲がり角に生える　岩つつじよ。この花の繁茂している道を　また見ることが出来ようか。

ツツジ❽　ツツジ属は、インドシナ半島から中国、日本、北アメリカの丘陵や低山、さらに人里近くに、およそ一千属分布するという。このうち日本の特産種とされるヤマツツジ（およそ二十種）ないしサツキがこの歌の「岩つつじ」であろう。ヤマツツジは、直立状の低木で、一般には一メートルほどの高さだが、四メートルに及ぶものもあるという。枝には褐色の剛毛が密生する。春葉は晩秋に落ちるけれど、暖地の夏葉はそのまま冬を越す。花期は四、五月。枝先に二、三個ずつの花が咲く。直径は四、五センチほどで、ツツジ属としては中型ないし小型だといわれる。がくと柄とに毛が生えている。花冠は五裂し、緋色または紅色のものが多いが、まれに白色のものもある。

❽ヤマツツジ

サツキはツツジの一種で、日本特産といわれ、鹿児島県の屋久島あたりから埼玉県付近まで、川の中流以上の渓谷の、岩の割れ目などに自生するが、とくに近畿・中部に多く見られる。花期は六、七月。内側の上方に濃い斑点のある、紅紫色ないし白色の花をつける。日蔭でも平気なので、庭の樹木の下木、石組みの根締めなどに用いられている。「つつじ」の名の出る歌、集中に十首。

サツキ

六八九年（持統称制三年）四月十三日（陽暦五月十日）、皇太子の日並（草壁）皇子尊が没した。その折、宮の舎人らが作った歌二十三首（2・一七一―一九三）のうちの一首がこれである。皇子尊（太子）の宮は、現在の明日香村島庄（石舞台古墳の下方）にあった。推古朝に、蘇我馬子が自宅の庭に池を掘り、中に小島を配したので、彼を島大臣と呼んだというが、これに手を加えたのがこの宮であろう。近くを細川と明日香川とが流れている。池には、すくなくとも、「上の池」「下の池」の二つがあったらしい。「岩つつじ　茂く咲く道」はこの川か池に沿っていたのであろう。ともあれ、折から新緑の五月、岩つつじが咲き誇っていた。それが咲き誇れば誇るほど、皇子尊を失った嘆きは大きい。毎日通ったこの道を再び見ることはあるまいという絶望感がこの歌の主旨である。

さて、これら二十三首を人麻呂の作とみる人もあるが、すくなくとも彼の手が加わってはいるだろう。それ程にこれらの歌は人麻呂風で、すぐれたものが多いのである。数首を記そう。

島の宮　上《かみ》の池なる　放ち鳥　荒びな行きそ　君いまさずとも（2・一七二）

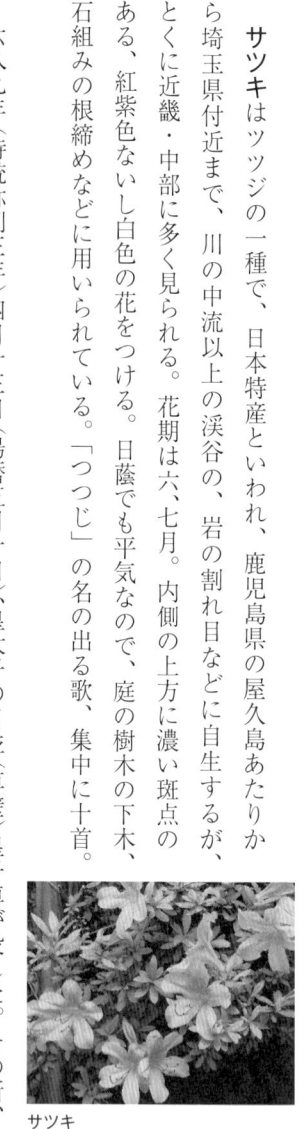

御立《み》たしの　島の荒磯を　今見れば　生《お》ひざりし草　生ひにけるかも（2・一八一）

朝日照る　島の御門に　おほほしく　人音もせねば　まうら悲しも（2・一八九）

なお舎人は、天皇・皇族などの左右に近侍し、集団で護衛、雑役、宿直などに従った。その集団的な生態を示すものとして同じ歌群中に、

朝日照る　佐田の岡辺に　群れ居つつ　わが泣く涙　止む時もなし（2・一七七）

がある。佐田の岡は、奈良県高市郡越智村佐田（現在の高取町佐田）であるが、皇子尊の墳墓の地としては、一八六二年（文久二年）、陵墓研究家の谷森善臣が地元の伝承などによって指摘した「岡宮天皇（草壁の追贈名）陵」があり、宮内庁の指定陵ともなっているが、一九八四年（昭和五十九年）五月その地より約三百メートル北の束明神《つかみょうじん》古墳が発掘された。この古墳は、幅三・〇六、奥行き三・一二、高さ二・五（各メートル）で、各壁とも内壁と控えとの二重構造の壁面で構成され、幅と奥行きが、それぞれ五〇、高さ二〇（各センチメートル）前後の凝灰岩の切石をブロック状に整然と積みあげ、床面も上下二段の切石を重ねた二重構造で、おそらく内外ともに家形をしていたと推定される巨大な石槨をもつが、盗掘で破損しており、正確な計測は難しいが、その内部から出土した歯牙によって、墓の主は三十歳前後、虚弱体質の人物と鑑定されたことなどから、これこそ草壁皇子尊の墓かとも説かれるようになった。むろん墓誌が出たわけではないので確定はできないが、その位置と伝承からみて、可能性はきわめて大きい。

野辺の秋萩（ハギ）〈笠金村《かさのかなむら》〉

霊亀元年歳次乙卯の秋九月、志貴皇子の薨りましし時の歌

高《たか》円《まと》の　野辺の秋萩　いたづらに　咲きか散るらむ　見る人なしに（2・二三一）

高円之　野辺秋芽子　徒　開香将散　見人無尓（笠朝臣金村歌集）

［口訳］高円の　野辺の秋萩よ。むなしく　咲いては散っているだろうか。常々ご覧になった皇子もいらっしゃらないのに。

ハギ55　ハギ属は、東アジアの暖温帯と北アメリカとに約六十種が分布する。この歌の「高円の野辺の秋萩」は、その分布域からみて、ニシキハギ・ツクシハギ・ミヤマハギなどであろうか。ニシキハギは、中国、朝鮮半島、沖縄から本州中部にかけて、各地に生えている。ミヤマハギと呼ばれるものは、ウスリー流域、中国北部、朝鮮半島、九州から北海道まで広く分布するが、西日本では五〇〇～六〇〇メートル以上の高原や山地に自生し、人家付近ではあまり見かけない。ニシキハギの葉は、小さく、楕円形ないし長楕円形で、先がとがり、表面には、肉眼で見えないほどの短い伏し毛が生えている。花期は八月から九月。通常は紅紫色の花を咲かせるが、白色のものもあり、シロバナ

55ハギ

ハギと呼ばれる。志貴皇子の邸があったと推定される春日山麓の白毫寺《びゃくごうじ》は萩の寺として有名だが、その花の多くはニシキハギだという。「はぎ」の名の出る歌は集中百四十首あまり、草本類では最多である。

この歌は七一五年の九月（『続日本紀』によれば翌年の八月十一日）、志貴皇子が没した時の、長歌一首、短（反）歌二首（或本二首）の短歌第一首である。「笠金村歌集に出づ」とあるが、おそらく金村自身の作であろうと推定されている。その長歌は、

梓弓　手に取り持ちて　ますらをの　さつ矢手ばさみ　立ち向かふ　高円山に　春野焼く　野火と見るまで　燃ゆる火を　何かと問へば　たまほこの　道来る人の　泣く涙　こ雨に降りて　白たへの　衣ひづちて　立ち止まり　われに語らく　何しかも　もとなとぶらふ　聞けば　音のみし泣かゆ　語れば　心ぞ痛き　天皇の　神の皇子の　出でましの　手火の光そ　ここだ照りたる

（2・二三〇）

というもの。

［口訳］梓弓を手に持ち　立派な男が猟の矢を手ばさみ　立ち向かうというその高円（的）山に　春野を焼く野火かと見える程に　燃える火を「何の火か」と問うと　たまほこの道を来る人が　泣き悲しむ涙を雨のようにおとししろたえの衣もびっしょり濡らして　立ち留まって私に語るのに「何故に平気な顔でそんな事を尋ねるのか。尋ねられると声をあげてつい泣いてしまい　語るとひどく胸が痛む。天智の御子の　御葬儀の人々が手に持っている松明の光なのだよ　数多く照っているのは」。

で、内に「われ」と「道来る人」との問答を含むという、先例のない構想をとっている。志貴皇子（その御子・光仁の即位にあたり、春日宮天皇と追尊された）の御陵は、高円山の東南麓、奈良市須山町東金坊にある。するとこの葬列は、白毫寺付近をあとにして高円山の山腹地獄谷を東に進んだものと思われる。

笠氏は吉備の出であるが、金村の伝記はよくわからない。集中作歌年代の明らかな最古の歌はこの作（七一五年）、最新の作は七三三年の三月の遣唐使に贈った長・反歌（8・一四五三―一四五五）である。元正朝から聖武朝初期に活躍した宮廷歌人のひとりで、吉野・紀伊・山城・難波・播磨行幸従駕の作があり、この場合、山部赤人や車持千年《くらもちのちとせ》と並ぶとき、かならずその最初に置かれている。ただそれが、位階の順によるものか、作品の評価によるのかはわからない。従駕の歌のほか、後にも出るように、伊香子山、塩津山、角鹿津の歌があり、越路の旅もしたことがわかる。作風は、類型的で新鮮さに欠けるというのが通評だが、それは人麻呂や赤人に比するからで、それほど力量の劣った歌人とも思われず、無常観の表現など、人麻呂・赤人とは別の個性の持ち主と認められる。笠金村作歌およびその歌集中の歌として『万葉集』に入集するもの、長歌十一首、短歌二十九首（異説のあるものを含む）。

高の槻群（ケヤキ）〈高市黒人《たけちのくろひと》〉

高市連黒人の羇旅の歌

とく来ても　見てましものを　山城の　高《たか》の槻群《つきむら》　散りにけるかも（3・二七七）

速来而毋　見手益物乎　山背　高槻村　散去奚留鴨

〔口訳〕早く来ても　見たかったのに　山城の国の　多賀のけやき林　その黄葉が散ってしまったよ。

ケヤキは、中国、朝鮮半島、九州から本州への肥沃な谷間に群生している。高さ三〇、四〇メートル、幹の直径二メートルにも達する落葉の高木で、半開の扇のような樹容は、ひと目で他の樹種と区別できるほどに目立つという。若木の樹皮は灰白色で滑らかだが、老木になるとうろこ状を呈しはげ落ちる。互生した葉のふちに鋭い鋸歯があり、四、五月ごろ、新葉とともに、雌雄同株、淡黄緑色の小花をつける。いびつな球形の果実は、十月末、色づいた枯れ葉とともに、小枝についたまま落ちる。古くから建材、弓材として用いられた。「つき」の名の出る歌、集中九首。

「高槻村」は、古く「タカツキノムラ」とよみ、地名と解されてきたが、現在では「高」のみを地名とし、その地の槻の群落をいったものと解されるようになった。「高」は、今の京都府綴喜《つづき》郡井手

ケヤキ

町多賀付近で、国鉄奈良線にその名も「山城多賀駅」がある。ほぼその中央を木津川が東南から北西に流れ、東西を低い山並みが連なるこの地は、大和と山城を結ぶ古代の交通の要地であった。作者は、秋深いころ都を後にして北上し、宇治を経て山城・近江、さらに越中にでも向かおうとしたのだろうか、それともその帰途か。ともあれ小高い地の、それと明白な葉の落ちはてた槻群を見て、旅の感慨をもらしたのであろう。後世、この地の「井手の玉川」は枕詞となり、

駒留めて　なほ水飼はむ　山吹の　花の露そふ　井手の玉川（『新古今集』2・一五九）藤原俊成

などの作がうまれた。

高市連黒人も伝記の不詳な人物。その氏姓からみて、大和国高市郡出自であろう。年代のわかる歌は、七〇二年十月持統天皇の参河行幸に従駕した折の、次の一首のみである。

いづくにか　船泊てすらむ　安礼の崎　漕ぎたみ行きし　棚無し小舟（1・五八）

まさに「旅の歌人」というべく、深い旅情をうかがわせる秀作（短歌のみ）に富む。

大和には　鳴きてか来《く》らむ　呼子鳥　象《きさ》の中山　呼びぞ越ゆなる（1・七〇）吉野
古の　人にわれあれや　ささなみの　故き京《みやこ》を　見ればかなしき（1・三二）以下近江
いづくにか　われは宿らむ　高島の　勝野の原に　この日暮れなば（3・二七五）
あともひて　漕ぎ行く船は　高島の　阿渡《あど》の水門《みなと》に　泊《は》てにけむかも（9・一七一八）
婦負《めひ》の野の　すすき押しなべ　降る雪に　宿かる今日《けふ》し　悲しく思ほゆ（17・四〇一六）越中

高市黒人の作として『万葉集』に入集するもの、短歌のみ十八首（一本云を含む）。

藤波の（フジ）〈大伴四綱《おおとものよつな》〉

防人司佑大伴四綱の歌

藤波の　花は盛りに　なりにけり　平城《なら》の京を　思ほすや君（3・三三〇）

藤浪之　花者盛尓　成来　平城京乎　御念八君

［口訳］風になびく藤の　花は盛りになりましたねえ。故郷、奈良の都を　思い出していらっしゃいますか　あなた様。

⓬フジ

フジ⓬属は、東アジアの温帯域と北アメリカとに五、六種が野生しているが、われわれが通常フジというのは、フジ（ノダフジ）とヤマフジ（ノフジ）のことである。ノダフジは九州・四国・本州各地に分布するが、ヤマフジは、九州・四国のほか本州西部以南にしかない。ともに野山に多い、落葉つる性の木本で、ノダフジは右巻き、ヤマフジは左巻きである。花期は四、五月。小枝の先から長い総状花序を垂らし、もとから順に開花する。花序の長さは、三〇〜六〇センチ、時として一メートルにも及ぶ（ヤマフジは、ほとんど同時に開花、長さは二〇センチ以下）。一つの花は二ミリ前後、多くは紫色だが、白色のものもある。ともに芳香を発する。花の後に、二〇センチ前後、こげ茶色に熟する豆果をつけ、二つにはじけて、一二ミリぐらいの種子を散らす。「ふじ」の名の出るもの、集中二十七首、「藤浪」が十八首ある。むろん、総状花序の風になびく様から出た呼び名だ。万葉時代既に観賞用として栽培されていたことが、山部赤人作の、

恋しけば　形見にせむと　わが屋外《やど》に　植ゑし藤波　いま咲きにけり（8・一四七一）

などの歌からも察せられる。

七二八年（神亀五年）の冬であろう、小野老が大弐（従五位上、二等官）となり大宰府に着任した。この年早くか、前年末からか、帥（正三位、長官）の任にあった大伴旅人らが、その歓迎会の席上だったろうか、近ごろ都の有様はと尋ねたのに答えて小野老の歌った一首が、

あをによし　寧楽《なら》の京師《みやこ》は　咲く花の　薫《にほ》ふがごとく　今盛りなり（3・三二八）

だったであろう。それをうけた防人司佑（司の二等官）の四綱が、老の意を迎えて、まず、

やすみしし　わご大君の　敷きませる　国の中《うち》には　京師し思ほゆ（3・三二九）

と歌い、同じく「咲く花の　薫ふがごとく」を具体化して歌ったのが掲げた歌だろう。つまり四綱は、「やはり都が最高」といっておいて、その都を故郷とする老いた長官（当時六十五歳）に対し、同族の親しみをこめて、共感をもとめたのがこの一首だったと思われる。旅人は五首の歌をもってこれに答えた。そのうちの第四首が、次項で説く「萱草」の歌である。

わが盛り　また変若《を》ちめやも　ほとほとに　寧楽の京師を　見ずかなりなむ（3・三三一）

が第一首。「私の若く元気だったころが　また戻ってくるだろうか、いや戻っては来まい。奈良の都

を　見ずに命を終わることになるかもしれぬのだ」と、同族の下僚に対して本音を吐いた歌である。
むろんその旅人も、姿勢を変える時があった。大宰小弐石川朝臣足人の歌（七二八年作、作歌月日不明）、

さす竹の　大宮人の　家と住む　佐保の山をば　思ふやも君（6・九五五）

に対しては、

やすみしし　わご大君の　食《を》す国は　倭《やまと》も此処も　同じとぞ思ふ（6・九五六）

と、公人として威儀をただす旅人であった。大伴四綱の作歌として『万葉集』に入集するもの、短歌のみ五首。

忘れ草（ヤブカンゾウ）〈大伴旅人《おほとものたびと》〉

帥大伴卿の歌

忘れ草　わが紐につく　香具山の　故《ふ》りにし里を　忘れむがため（3・三三四）

萱草　吾紐二付　香具山乃　故去之里乎　将忘之為

［口訳］忘れ草を　わたしの下紐につける。香具山の　故郷を　忘れようと思うので。

ヤブカンゾウ㊽は、キスゲ属、ノカンゾウ群に入る草本。原産地は東アジアの温帯地方で、日本には古い時代に渡来した、いわゆる史前帰化植物だといわれている。日当りのよい平地や丘陵に生え、結実せず、短い根茎から副枝を延ばして繁殖する。葉は長さが五〇センチ前後、幅三センチほどで、先が垂れている。花茎は一〜一・五メートルで二つに分かれ、七、八月ごろ、先に直径七、八センチぐらい、橙赤色、八重の一日花をつける。若葉は食用とされた。「忘れ草」は、中国名の蘐（萱）草に由来し、憂いを忘れるからの名だという。

この歌の成立事情については前項（41ページ）で説いた。同じ折の旅人の歌作五首のうち、その項にあ

㊽ヤブカンゾウ

げた歌およびここに掲げた歌以外の作を記すと、

わが命も　常にあらぬか　昔見し　象《きさ》の小河を　行きて見むため（3・三三二）

浅茅原《あさぢはら》　つばらつばらに　物思へば　故りにし郷《さと》し　思ほゆるかも（3・三三三）

わが行きは　久にはあらじ　夢のわだ　瀬にはならずて　淵にありこそ（3・三三五）

である。大伴四綱の歌に対しては「寧楽の京」と答えた旅人は、「象の小河」「夢のわだ」という吉野の景勝を偲んだ二首の間に「香具山の　故りにし里」を忘れ難いという二首をはさみ、真の郷愁のあり処を示したのであろう。

ところで掲げた歌には、

忘れ草　わが紐につく　時となく　思ひ渡れば　生けりともなし（12・三〇六〇）作者不明

という、初めの二句を同じくするものがある。これは恋の歌（寄物陳思）だ。おそらくこれには類歌もあっただろう。旅人はそれを郷愁に転じて一首の作としたものと思われる。

大伴旅人は、六六五年（天智四年）、壬申の乱（六七二年）の功臣大伴安麻呂の長男（母は巨勢郎女か）として生誕。七一〇年（和銅三年）正五位上、左将軍として元明天皇即位の拝朝の儀に列し、翌年従四位下、七一五年には従四位上、中務卿、七一八年には中納言となった。この歳あたりに嗣子家持が誕生したと考えられる。翌年には山背国の摂官、翌々年の三月征隼人持節大将軍として筑紫に下り、八月に帰京した。七二一年従三位、七二四年正三位となり、七二七年の末か翌年の初めごろ大宰帥となった。これ以前の旅人の歌作として知られるものは、七二四年三月聖武天皇の吉野行幸の折、勅を奉じて作った歌（3・三五―三六）のみである。旅人が大宰帥として着任した折、筑前守・山上憶良がその任にあり（七二三年赴任か）。以後両者の作歌が活発化する。ただに両者は上・下僚としてのみでなく親密な歌人としてその詠を競い、旅人は老壮風、憶良は孔孟流の歌を相互に作ってライバルの観があったが、この点については「瓜食めば　栗食めば」の項（61ジペー）で精説する。七三〇年大納言兼任となり帰京、翌年七月二十五日、従二位で没した。大伴旅人の歌として『万葉集』に入集するもの、長歌一首、短歌七十七首。次に興味深い贈答歌をそえておこう。

対馬の結石山の梧桐で作りました日本琴が、夢のうちに娘子となり「君子のおそばに侍りたい」と、こう申しますので、

いかにあらむ　日の時にかも　音《こゑ》知らむ　人の膝の上《へ》　わが枕かむ（5・八一〇）

言問はぬ　木にはありとも　うるはしき　君が手馴れの　琴にしあるべし（5・八一一）

と、僕が報えましたところ、琴娘子が「ありがたく存じます」と申しました。そこで琴娘子の期待にそうべく、これを公の使につけて謹上いたします。

と、旅人が中衛大将（藤原房前）の許に、七二九年（天平元年）十月七日の日付で送ったところ、翌月の八日付で、その礼状にそえて、房前から、

言問はぬ　木にはありとも　わが背子が　手馴れの御琴　地《つち》に置かめやも（5・八一二）

という返歌があったという。琴娘子の話はむろん旅人による虚構だが、この典雅な趣向はやはり旅人のものである。

むろの木は（ネズ）〈大伴旅人《おほとものたびと》〉

天平二年庚午《かうご》冬十二月、大宰帥大伴卿、京に向ひて道に上る時に作りし歌

わぎ妹子《もこ》が　見し鞆《とも》の浦の　むろの木は　常世《とこよ》にあれど　見し人ぞなき

（3・四四六）

吾妹子之　見師鞆浦之　天木香樹者　常世有跡　見之人曾奈吉

［口訳］私の妻が　往路目にした鞆の浦の　むろの木は　常緑のまま繁茂しているが　これを見た妻はもういないのだなあ。

69ネズ

ネズ69は、アジア東部から九州以東、本州の関東以西の、日当りのよい丘陵ないし低山に自生する常緑の小高木で、樹高は三〜一〇メートル、胸高直径は二〇センチぐらいになる。樹皮は赤褐色で、古木になると縦の裂目ができる。葉は三枚が輪生し、長さ二センチほど、硬質で、先が針状を呈する。花期は四月。雌雄異株で、雄花は五ミリ程度の楕円形、雌花は卵形で、ともに緑色、前年の枝の葉腋に単生する。緑色で一センチ足らずの球果は熟して紫黒色となり、発汗、利尿剤として用いられる。この木は庭木や生け垣として栽培されるが、材は土木、建築、器具材ともなる。備後あたりでは、モ

ロギと呼ばれ、神霊樹（寿命をつかさどる神木）と考えられているという。

七二七年末ないし翌年神亀五年の初め、六十二歳の大伴旅人は妻の大伴郎女《いらつめ》を伴い大宰府に赴任したが、その夏、妻に死なれてしまった。この時聖武天皇は、式部省の二等官である石上堅魚《いそのかみのかつお》を下向させて喪を弔い、物を賜ったが、その事の果てた後、ともに記夷の城（現在の基山に築かれていた）に登って望遊した折、堅魚が、

ほととぎず　来鳴きとよもす　卯の花の　共にや来《こ》しと　問はましものを（8・一四七二）

と歌ったのに旅人は、

橘の　花散る里の　ほととぎす　片恋しつつ　鳴く日しぞ多き（8・一四七三）

と和した。直接ではないが、「ほととぎす」には妻を失った孤独の身の旅人が託されているとみてよかろう。

さて七三〇年（天平二年）十二月、大宰帥兼任のまま大納言となった旅人は都に上ることになった。当時、筑紫と都との船旅は三十日を要したらしいが、その途中、鞆の浦（広島県福山市、古来有名な潮待ち港、現在ではタイ網漁で知られる瀬戸内有数の観光地である）に船をとどめ、往路を偲んで三首の歌を作ったが、その第一首がこれである。旅人夫妻は、むろんこの木の霊験を聞き知り、往路にも祈ったのであろう。続く二首は、

鞆の浦の　磯のむろの木　見むごとに　相見し妹は　忘らえめやも（3・四四七）
磯の上に　根延《ねば》ふむろの木　見し人を　何在《いづら》と問はば　語り告げむか（3・四四八）

である。人柄の故か、老齢のためか、痛憤などという激情には遠いが、しみじみとした悲哀感のにじみでた、おのずからなる調べを持っている。続く敏馬《みぬめ》の浦（神戸市灘区岩屋町付近）を過ぎた日には、

妹と来《こ》し　敏馬の崎を　帰るさに　一人し見れば　涙ぐましも（3・四四九）

行くさには　二人わが見し　この崎を　一人過ぐれば　心悲しも（3・四五〇）

と哀愁し、故郷の家に帰りついては、

人もなき　むなしき家は　くさまくら　旅に益《まさ》りて　苦しかりけり（3・四五一）

妹として　二人作りし　わが山斎《しま》は　木高く繁く　成りにけるかも（3・四五二）

吾《わぎ》妹子が　植ゑし梅の木　見るごとに　心むせつつ　涙し流る（3・四五三）

と詠んで、一連八首の哀傷歌をとじている。そしてこの翌年の七月二十五日、彼自身も六十五歳で命を終った。その時、旅人の資人（朝廷から賜わり、雑役や警固に任じた）の一人であった余明軍（百済王族系の人）は五首の歌をもって主人を偲んだが、植物と関わるものに、

かくのみに　ありけるものを　萩の花　咲きてありやと　問ひし君はも（3・四五五）

の一首がある。

庭の石竹（ナデシコ）〈大伴家持《おほとものやかもち》〉

また家持、砌《みぎり》の瞿麦の花を見て作りし歌一首

秋さらば　見つつ偲へと　妹が植ゑし　屋前《やど》の石竹《なでしこ》　咲きにけるかも（3・四六四）

秋去者　見乍思跡　妹之殖之　屋前乃石竹　開家流香聞

［口訳］秋になったら　これを見ては楽しんでねと　亡き妻が植えた　庭のなでしこの花が　まさに咲いたことだ。

ナデシコ53属の植物は、世界に約三百種、日本に四種が野生するという。このうち秋の七草として親しまれているのはカワラナデシコ（ヤマトナデシコ）で、普通ナデシコといえばこれを指す。中国、朝鮮半島、日本の暖温帯、野山や河原の比較的乾いた日当りのよいところに生える多年草で、茎は三〇～一七〇センチに達するものもあるというが、通常は六〇センチ前後で、全体に白い粉をあびたような緑色である。葉は対生して広い線形、基部はゆ合して短いさやとなる。花期は七月はじめから十月末ごろまで。淡紅色（まれに白色）、五弁で裂れこみの深い花が咲く。花のあとに蒴果《さくか》がみのり、四つに裂けて、黒く平たい種子を出す。集中この花の名が出るもの二十六首。すべて奈良遷都後のもので、山上憶良の七種の歌（8・一五三八）あたりから歌材となり、家持に至ってしきりに歌われるよう

53ナデシコ

になった。家持およびその関係歌十六首を数える。観賞用に蒔《ま》かれたことが、

わが屋戸《やど》に　蒔きしなでしこ　いつしかも　花に咲きなむ　比《なぞ》へつつ見む（8・一四四八）

などから察せられ、またその造花のあったことが、

なでしこは　秋咲くものを　君が家の　雪の巌《いはほ》に　咲けりけるかも（19・四二三一）久米広縄

などから知られる。前の歌は、「早く咲いてほしい。そうしたらあなたに見立てて、咲いている間ずっと見たい」と、大伴家持が坂上大嬢に贈った一首。後の作は、七五一年の正月三日、家持が越中守だったころ、国府の次官内蔵忌寸縄麻呂《くらのいみきなわまろ》の館で宴を催した折、「降り積もった雪に、岩山のそびえる様を彫り表し、見事に草木（造花）があしらわれていたので」というものである。

掲げた歌は、七三九年（天平十一年）の六月、家持（当時二十一歳か）が、死んだその妾を悲傷した一首である。父の旅人（六十五歳）が亡妻を偲んだ歌、

吾妹子《わぎもこ》が　植ゑし梅の木　見るごとに　心むせつつ　涙し流る（3・四五三）

を意識したものか。ともかく家持は、やはり若い。同じ時の家持作歌に、

妹が見し　屋前《やど》に花咲き　時は経ぬ　わが泣く涙　いまだ干《ひ》なくに（3・四六九）

がある。これは明らかに山上憶良が、妻を失った旅人の身になって詠んだ、

妹が見し　あふちの花は　散りぬべし　わが泣く涙　いまだ干なくに（5・七九八）

を踏まえている。

大伴家持は、旅人を父（母は不明、丹比家出身の妾ともいう）として、七一八年（七二〇年説など

あり）に生まれた。父の大宰帥赴任の折か、七二八年旅人の妻大伴郎女の死去後間もなく大伴坂上郎女に伴われてか筑紫に下り、七三〇年十二月父の上京に先だってか同時にか、帰京したらしい。その地で山上憶良を知ったのであろう。家持の作歌として年代の最も古い、確実なものは、七三三年（天平五年）十五歳の、

　振り放《さ》けて　若月《みかづき》見れば　一目《ひとめ》みし　人の眉引《まよび》き　思ほゆるかも（6・九九四）

であるが、

　うち霧らし　雪は降りつつ　しかすがに　わぎ家《へ》の園に　うぐひす鳴くも（8・一四四一）

はもっと古く、七三一年の作かもしれない。とすれば、家持十三歳、父没年の作である。

七三八年（二十歳）には内舎人《うどねり》であった。七四〇年十月藤原広嗣叛乱のため聖武天皇は伊勢に行幸、家持も内舎人として従駕した。これより前、いつの頃か不明だが、家持は叔母坂上郎女《さかのうえのいらつめ》の娘・大嬢《おおいらつめ》《おおひめ》を妻としていた。聖武天皇は奈良に帰京せず、久邇の宮、紫香楽宮、難波宮と転じ、七四五年五月平城に復した。同年一月家持は従五位下に叙せられている。そして翌年の三月には宮内少輔となり、六月に越中国守に任じられた。このあたり家持の作歌はまだ習作期というべきだが、七三六年九月の作、

　雨隠《あまごも》り　情《こころ》いぶせみ　出でて見れば　春日の山は　色づきにけり（8・一五六八）

など、後の家持を思わせる、欝情を見せた作がある。そしてこの頃の家持は、笠女郎、紀女郎以下十五人ほどの女性と、歌の上でのみのものもあろうが、関わっている。大伴家持の歌として『万葉集』に入集するもの、長歌四十六首、短歌四百三十二首、旋頭歌一首と量において群を抜いている。

浦の浜木綿（ハマユウ）〈柿本人麻呂《かきのもとのひとまろ》〉

柿本朝臣人麻呂の歌

み熊野の　浦の浜木綿《はまゆふ》　百重《ももへ》なす
心は思へど　直《ただ》に逢はぬかも（4・四九六）

三熊野之　浦乃浜木綿　百重成　心者雖念　直不相鴨

［口訳］み熊野の　浦の浜木綿よ。それが百重なすように　心では幾重にもあなたのことを思っているが　直接には逢えないことだ。

ハマユウ㊳は、済州島、沖縄から九州・四国・本州関東地方南部以西の海岸、砂浜に自生する。その北限は、年間平均気温摂氏十五度線と考えられている。多年草で、根茎は目立たない長さだが、その上に、高さ四〇センチ前後、直径七、八センチの円柱形で、肉質、葉鞘の偽茎を出し、先に放射状の葉を群生する。葉身は長さ五〇センチ前後、幅五、六センチで、先に行くほど肉厚で滑らかである。花期は七月末から九月にかけて、五〇センチから一メートルにも及ぶ直立の花茎を出し、その先端に十数花を散形花序に咲かせる。花は白色で芳香があり、細長い花筒の先で六片に分かれている。これ

㊳ハマユウ

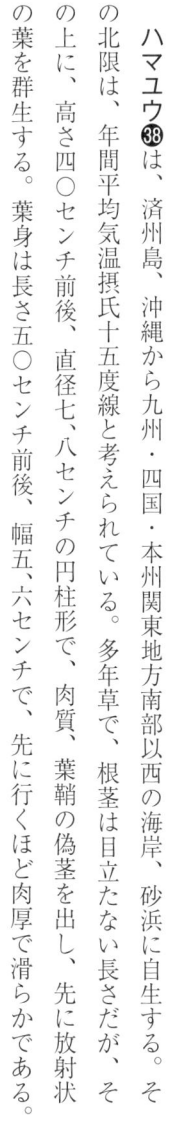

も百重なす有様だ。花が終わると、黄茶色、長円形の大きな蒴果を花茎につける。長期間乾燥しても発芽し、水に浮くので黒潮に乗って運ばれる。

右に記した浜木綿の生態から、「百重なす」は、放射状の葉の群生とも、散形花序の姿態とも、また葉鞘部が中心まで筍の皮の様に幾重ともなく重なり合って詰まっている有様とも説かれている。ともあれ作者は、その浜木綿にたとえて、己の重畳する情念を言い、直接に逢えない嘆きを訴えている。

ところで人麻呂は、み熊野の現地にあってこの歌を作ったのであろうか。例えば、持統天皇の紀伊行幸の折などに従駕した人麻呂が、京に留まったわが妹のもとに、浜木綿につけてこの歌を贈ったのだという想像は不可能ではない。しかしこの作は一首独立のものではなく、

古《いにしへ》に　ありけむ人も　わが如《ごと》か　妹に恋ひつつ　寝ねがてずけむ（4・四九七）

今のみの　わざにはあらず　古の　人ぞ増さりて　音にさへ泣きし（4・四九八）

百重にも　来及《きし》かぬかもと　思へかも　君が使ひの　見れど飽かざらむ（4・四九九）

を伴って「柿本朝臣人麻呂の歌四首」となっているのである。するとこの四首は男女の相聞で、その対応が、四九六（男）・四九九（女）、四九七（男）・四九八（女）となっていることがわかる。見事な構成というべきであって、しかも四首とも人麻呂の歌なのだ。どうやらこれは人麻呂が創作し、前二つを彼自身が、後二つを宮廷の女官などが歌って、持統女帝やそれを取り巻く人々の無聊を慰さめるといった歌群だったのであろう。場所は紀伊でも大和でもよい。ともかく浜木綿を前にして「み熊野の浦の浜木綿」と指さしつつ歌うという場面が想像される。

花かつみ（マコモ）〈中臣女郎《なかとみのいらつめ》〉

中臣女郎の大伴宿禰家持に贈れる歌

をみなへし　咲き沢に生ふる　花かつみ　かつても知らぬ　恋もするかも（4・六七五）

娘子部西　咲沢二生流　花勝見　都毛不知　恋裳摺香聞

［口訳］おみなえしの咲く　その佐紀沢に生える　花かつみよ。それではないけれど、かつて身に覚えのない　せつない恋をもすることですわ。

61マコモ

マコモ61　花かつみには諸説あるが、マコモであろう。中国、朝鮮半島から日本各地の、温帯から冷温帯にかけて、沼地や川辺に群生する多年草である。根茎は太く短く、肉質の地下茎を横に這わせ、それから立ち上がる中空の茎は三メートルに及ぶものもある。葉は長さ五〇センチから一メートル、幅三センチ前後の線形。花期は八月末から十月にかけてで、長さ五〇センチ前後の花穂をつける。雌雄同株で、錐状の花穂の上半に雌花、下半に雄花がつき、前者は淡緑色、後者は赤紫色を帯びている。雌花には長い芒《のぎ》がある。幼茎にクロボ菌の一種が寄生すると太くやわらかくなるので、食用にもなるという。「花かつみ」の歌は集中この一首のみ、コモの名の出るものは二十首あまりある。「をみなへし」については別項（142ページ）参照。

第二句の「咲」は「咲く」と訓み、固有名詞の佐紀沢（奈良市街地西北郊、現在の水上池付近か）としない説もある。「花かつみ」は同音で「かつ」を起こす枕詞（上句全体が「かつて」以下の序詞）だが、これにはマコモの群生して乱れたイメージも含まれているかもしれない。

「をみなへし　佐紀沢に生ふる」には、

をみなへし　佐紀野に生ふる　白つつじ　知らぬこともて　言はれしわが背（10・一九〇五）
かきつはた　佐紀沢に生ふる　菅の根の　絶ゆとや君が　見えぬこの頃（12・三〇五二）

のような類型が多く、当時流行した歌謡だったと思われる。中臣女郎も伝記不明だが、神事の家・中臣を名告る、遊行女婦のひとりだったかもしれない。彼女の歌とされるものは、この歌を第一首とする五首のみ、すべて家持に贈ったものだが、家持の返歌は入集していない。残り四首中の三首を記す。

海《わた》の底　奥《おき》を深めて　吾《あ》が念《も》へる　君には逢はむ　年は経ぬとも（4・六七六）
直《ただ》に逢ひて　見てばのみこそ　たまきはる　命に向かふ　あが恋やまめ（4・六七八）
否《いな》と言はば　強ひめやわが背　菅の根の　思ひ乱れて　恋ひつつもあらむ（4・六七九）

忌ふ杉（スギ）〈丹波大女娘子《たんばのおおいらつめ》〉

丹波大女娘子の歌

うま酒を　三輪の祝《はふり》が　忌《いは》ふ杉　手触《てふ》れし罪か　君に逢ひがたき（4・七一二）

味酒呼　三輪之祝我　忌杉　手触之罪歟　君二遇難寸

［口訳］（うま酒を）三輪の神官が　大切に祭っている杉　それに手を触れた罪でしょうか。あなたになかなかお目にかかれませんわ。

スギ

スギ　スギ科の植物は、アジア東南部、北アメリカ、オーストラリアのタスマニア島などに十六種があり、このうち日本には一種が自生するという。日本の杉は、九州の屋久島から本州まで、太平洋側の谷間に生える常緑の高木で、寺社の境内に多く植えられている。直立し、樹高五〇メートル、胸高直径四メートルに及ぶものもあるという。樹皮は赤褐色で縦に裂け、細長くはぎとれる。花期は三、四月。雌雄同株で、雄花は小枝の先に穂状に群れ、雌花は一個つく。日本人は、これを縄文期から板材その他として用いてきた。日本海側の沿岸や雪の多い地方には、アシウスギと呼ばれる変種が生育するが、北山杉はこれだという。なお、屋久島には樹齢数千年とされる巨木が多く、屋久杉の名で呼ばれているが、昭和四十一年に発見（再発見）された巨木は樹齢七千二百年と推定され「縄文杉」の名で著名となった。標高九〇〇メートルの山の南斜面に生えている。最近の研究によれば、その空洞部には七、八千年前の巨木があったがそれは朽ちはて、その周囲に樹齢二千年前後の杉が三本以上合体したものではないかと考えられるようになった。この木の樹高三〇メートル、胸高直径五・一メートル、同周囲一六・一メートルといわれる。

「うま酒」は、神酒をミワというところから、同音で「三輪」をおこす枕詞。「三輪」は、奈良県桜井市に鎮座する、現在名を大神《おおみわ》神社と呼ぶ社で、御神体は三輪山（四六七メートル）そのものである。この社地の杉には安易に手を触れてはならぬものとされていたらしい。作者の伝記は不詳だが、丹波を名告ることからみて、京都府、兵庫県の日本海側丹波の地出身の、おそらく遊行女婦だったのであろう。この女性の作歌は、掲げた歌を中にはさむ、

鴨鳥の　遊ぶこの池に　木の葉落ちて　浮かべる心　わが思はなくに（4・七一一）

垣穂なす　人言聞きて　わが背子が　情《こころ》たゆたひ　逢はぬこの頃（4・七一三）

の三首のみである。「鴨鳥の　遊ぶこの池に　木の葉落ちて」は眼前の実景をとらえたもので、宴席の即興歌であろう。

あふちの花は（センダン）〈山上憶良《やまのうえのおくら》〉

日本挽歌

妹が見し　あふちの花は　散りぬべし
　わが泣く涙　いまだ干《ひ》なくに（5・七九八）

伊毛何美斯　阿布知乃波那波　知利奴倍斯　和何那久那美多　伊麻陀飛那久尓

神亀五年七月二十一日、筑前国守山上憶良上

［口訳］生前の妻が見た　楝の花は　いまにも散ってしまうようだ。私の泣く涙は　まだ一向に乾きそうもないのになあ。

センダン⓭科の植物は、おもに熱帯地方に分布し、五百種から八百種におよぶというが、日本では、九州・四国の沿岸の暖地に自生する。高さ二〇メートル、直径一メートルに達することもあるという落葉の高木である。葉は枝先に集まってつき、二、三の羽状複葉に分かれ、小葉は卵状の長楕円形で表面に光沢がある。花期は五、六月。新しい枝に一〇～二〇センチの円錐花序を腋生し、薄紫色で芳香のある花を沢山つける。花弁は五枚、長楕円形で互いに重ならず、明確な五稜形をつくる。十本の雄しべはゆ合し、紫色の筒状になっている。十月ごろ、楕円形の石果が黄色に熟し、葉の落ち尽くし

⓭センダン

た翌年の二月まで、枝についたまま冬空にその身をさらしている。現在この木は街路樹として植えられ、材は装飾家具となり、核は数珠玉、樹皮は駆虫剤として用いられる。なお、「栴檀は双葉より芳し」の栴檀は、白檀《びゃくだん》を表し、これとは別の木だという。

七二八年（神亀五年）の五、六月ごろであろう、大宰帥大伴旅人（六十三歳）は、都から伴った妻（大伴郎女）に死なれてしまった。旅人よりは五歳年長で、その下僚（筑前国守）であった山上憶良は、これにいたく同情し、管内巡視中の七月二十一日（陽暦九月三日）、嘉摩郡（福岡県嘉穂郡）のおそらく郡家（同郡稲築町鴨生あたりに置かれたか）で、小閑を得た折であろうか、「蓋し聞く、四生《ししやう》の起滅は夢の皆空しきがごとく」ではじまる四六文体の序を添えた漢詩、

愛河波浪巳先滅　苦海煩悩亦無㆑結　従来厭㆓離此穢土㆒　本願託㆓生彼浄刹㆒

と、日本挽歌と題する長歌一首、

大君の　遠の朝廷《みかど》と　しらぬひ　筑紫の国に泣く子なす　慕ひ来まして　息だにも　未だ休めず
年月も　未だあらねば　心ゆも思はぬ間に　うちなびき　臥《こ》やしぬれ　言はむすべ　為《せ》むすべ知
らに　石木《いはき》をも　問ひ放《さ》け知らず　家ならば　形はあらむを　恨めしき　妹の命《みこと》の　われをばも
如何にせよとか　にほ鳥の　二人並び居　語らひし　心そむきて　家離《さか》りいます（5・七九四）

に、反歌五首を伴う作を旅人にたてまつった。その第四反歌が掲げた歌である・他の四首も記そう。

家に行きて　如何に我《あ》がせむ　枕づく　妻屋さぶしく　思ほゆべしも（5・七九五）

愛《は》しきよし　かくのみからに　慕ひこし　妹が情《こころ》の　術《すべ》も術なさ（5・七九六）

悔しかも　かく知らませば　あをによし　国内《くぬち》ことごと　見せましものを（5・七九七）

大野山　霧立ちわたる　わが嘆く　おきその風に　霧立ちわたる（5・七九九）

さて楝の花は、五月から咲きはじめ長い期間にわたって咲き続ける。憶良のとらえているのはその点で、長期間咲き続け一向に散ろうとしなかった花も散りぎわになったのに、私の涙は乾こうとしないとの嘆きを訴えて鎮魂しているのである。「庭の石竹」の項（50ページ）で既に記したように、大伴家持の、

妹が見し　屋前《やど》に花咲き　時は経ぬ　わが泣く涙　いまだ干《ひ》なくに（3・四六九）

は、憶良のこの作に学んだものと思われるが、それで言えば「時は経ぬ」である。とまれ、この長・反歌には、悲哀を越した痛憤とでもいうべき語気があり、「むろの木」の項（45ページ）で記した大伴旅人とは別種の個性の存在を思わしめる。

山上憶良は六六〇年（斎明六年）に呱々の声をあげたと推定される。生地は何処と決定できぬが、中西進氏は「憶良は義慈王の二十年（六六〇年）に百済の地に生を享け、故国滅亡の嵐の中を四歳で日本に渡航した」、即ち渡来医師憶仁の子であろうと推定しておられる。七〇一年（大宝元年）一月、四十二歳、おそらく初位で遣唐使少録となり、翌年六月執節使粟田真人に率いられて唐に渡った。この時の遣唐使は第七次で、第六次（六六九年）以来三十年が過ぎていた。この間、遣唐のことがなかったのは主に国際事情によると思われる。律令の制定・施行を果たしたばかりの当時の日本として第七次の渡航は、先進国たる唐に学ぼうとする、意欲に満ちたものだったろう。真人は七〇四年七月一日

に帰朝する。憶良もこの一行のうちの一人だったろう。彼が大唐に在った時、本郷《くに》を憶《おも》って作ったという、

いざ子ども　はやく日本《やまと》へ　大伴の　御津《みつ》の浜松　待ち恋ひぬらむ（1・六三）

には、郷愁と共にその意欲も感じられる。「日本」の文字の使用例も、もっとも早いようだ。七一六年（元正朝の霊亀二年）五十七歳の憶良は帰国後十三年目で伯耆守となり、七二一年（養老五年）正月以降は東宮（後の聖武天皇）の侍講（教育係）を勤め、七二六年（聖武朝の神亀三年）ごろから筑前守となっていた。そこに二年程おくれて、大伴旅人が上司、大宰帥として赴任してきた。ここで六十八歳の憶良と六十三歳の旅人とが出会ったということになる（むろんそれ以前に面識があったかもしれないが不明）。二人の文学活動が活発となるのはそれ以来である。旅人は七三〇年十二月には大納言となって帰京したが、憶良は筑前にとどまっていた。だが、七三三年の三月には憶良も都にいた。そして同年六月三日の作（5・八九七―九〇三）をもって年代のわかる憶良の歌は終わる。その頃、七十四歳で生涯を閉じたのであろうか。山上憶良の代表的な歌に「貧窮問答歌」「子を思ふ歌」など『万葉集』に入集するもの、長歌十一首、短歌六十余首、旋頭歌一首。

瓜食めば（ウリ）・栗食めば（クリ）〈山上憶良《やまのうえのおくら》〉

子らを思ふ謌

瓜食《うりは》めば　子ども思ほゆ　栗食めば　まして偲《しの》はゆ　いづくより　来《きた》りしものぞ　眼交《まなかひ》に
もとなかかりて　安眠《やすい》しなさぬ（5・八〇二）

宇利波米婆　胡藤母意母保由　久利波米婆　麻斯提斯農波由　伊豆久欲利　枳多利斯物能曾　麻
奈迦比尒　母等奈可可利提　夜周伊斯奈佐農

［口訳］瓜を食べると子どもたちのことを考えてしまう。栗を食べるといよいよ偲ばれる。一体どこから来たものであろうか。目前《めさき》にむやみにちらついて　安眠させないのだ。

66マクワウリ（上）
67クリ（下）

ウリ66　古代、「うり」といえばマクワウリを指したという。中央アジアの野生種がインドから中国に伝わり、日本にも古く伝来したものらしい。静岡県の登呂遺跡からは種子が発掘された。弥生期には既に栽培化されていたのではないかとみられている。高温の乾燥地を好む、つる性の一年草で、つるの先に巻きひげがあるが、通常は地を這ってのびる。葉はハート形で互生し、網脈は深いしわ状で、末が浅く裂けている。花期は七、八月。雌雄同株で黄色、雄花は花柄の上に二～五個、雌花は単性で、孫づるの一、二節目につく。腋花は長さ一〇センチ前後、直径六センチほどの楕円形で、黄緑色の表皮に包まれている。甘味があり、芳香を放つので、古くから夏期の果物とされた。

クリ㊼属は、北半球に広く分布し十二種あるというが、日本の山野に自生するクリはシバグリといわれる。高さ二〇メートル、直径一・五メートルに及ぶものもあるという落葉の高木で、六月ごろ新枝の葉腋から花穂を出し、先に雄花、基部に雌花をつける。花には甘い芳香があり昆虫によって受粉する。九月過ぎ、青いいがに包まれて実がなり、やがて茶色に熟すと、いがは四裂して、一～三個の堅果をのぞかせる。食べるのは子葉の部分で、でんぷんと糖分を主成分とする。後には菓子となったが、穀物に似た栄養価があり、先土器時代から主食として用いられた。

前歌と同じく、七二八年七月二十一日（陽暦九月三日）筑前国守山上憶良が、管内巡視中嘉摩郡で撰定したものと思われる。同時に大伴旅人にたてまつられたものであろう。

釈迦如来、金口に正に説きたまふ。「衆生を等しく思ふこと羅睺羅《らごら》のごとし」と。また説きたまふ。「愛は子に過ぎたるはなし」と。至極の大聖、なほ子を愛《いつく》しむ心あり。況んや、世間の蒼生《さうせい》、誰《たれ》か子を愛しまざらめや。

の序に合わせ、

銀《しろかね》も　金《くがね》も玉も　何せむに　まされる宝　子に及《し》かめやも（5・八〇三）

の反歌を伴っている。これは、高木市之助氏が説かれたごとく、大伴家持の讃酒歌十三首（3・三三八—

三五〇）特に、

価《あたひ》なき　宝といふとも　一坏《ひとつき》の　濁れる酒に　あに益《ま》さめやも（3・三四五）

を意識した作であろう（讃酒歌の成立年代が不明なので、どちらが先とも言えないが）。そう仮定して「銀も……」の作は、

［口訳］あなた様が仰せの「価なき宝」（値がつけられないほど高価なもの）とは、銀・金・玉といった類でございましょうか。それにどれだけの価値があろうかとの仰せには私も同感でございます。しかしながら「一坏の濁れる酒……」の仰せは承服いたしかねます。わたくしは、「子に及かめやも」と存じます。

ということになろうか。ともかく筑前守憶良は、上司大宰帥旅人に対して、文学的（思想的）には同調していない。旅人もまた同様で、年長者（五歳）でもあり学者でもあったと思われる憶良とは別の立場をもって歌作を続けた。おおざっぱに言えば、憶良は孔・孟の教えにより、旅人は老・荘の立場をもって互いに反発し、文学的立場において対立した。素質という点からみても、憶良は知的であると同時に意志的な「志の詩人」、旅人とて知的でなくはないが、余裕をもった「情の歌人」であったとみてよかろう。

梅の花散る（ウメ）〈大伴旅人《おほとものたびと》〉

梅花の歌

わが園《その》に　梅の花散る　ひさかたの　天《あめ》より雪の　流れ来るかも（5・八二二）

和何則能尓　宇米能波奈知流　比佐可多能　阿米欲里由吉能　那何列久流加母（主人）

［口訳］わが園に　梅の花が散る。（ひさかたの）大空から雪が　流れて来るのであろうか。

ウメ❺は、中国四川省あたりが原産地かという。日本にはおよそ一二〇〇年以上前に渡来。その頃のものは白梅一色であったらしい。落葉の小高木で、小枝は緑色、先には頂芽がなく、短いとげ状になっている。葉は互生し、長さ五センチ前後、ふちに細かい切れ込みがある。花期は二月から四月始め、葉が出るより前に開花、芳香を放つ。無柄で五弁、円形の花が咲く。六、七月ごろ緑の石果がみのる。観賞用、食用など種々の品種がある。

七三〇年（天平二年）正月十三日（陽暦二月八日）大宰帥大伴旅人は、自宅に管下の人々を集め梅花の宴を催した。「詩に落梅の篇を紀《しる》す。古《いにしへ》と今と夫《そ》れ何か異ならむ。宜しく園梅を賦して、聊《いささ》か

❺ウメ

に短詠を成すべし。」で終わる序（筆者不明、山上憶良説、大宰府の某官人説などがある）と合わせ、三十二首（5・八一五—八四六）に、「員外、故郷を思ふ歌両首」（5・八四七—八四八）と「後に梅の歌に追和する四首」（5・八四九—八五二）の計三十八首から成っている。

「主人」とあるのはむろん大伴旅人のこと。梅の花が散るのを天よりの雪と見立てるのは中国の六朝期（後漢の滅亡から隋の建国に至る、二二〇——五八九年ごろ）の詩に多い趣向だが、この歌の成った陽暦二月八日は、梅の花の散る時期としては早きに過ぎる。そのためこれは幻想の作だという説もある。それかあらぬか、この作に続く府の三等官の上席であった大監伴（大伴）氏百代の作は、

　梅の花　散らくはいづく　しかすがに　この城《き》の山に　雪は降りつつ（5・八二三）

である。幻想といえば幻想、旅人の風流行為であろう。主客であろうか、第一に配された大弐紀卿（従四位下紀男人か）の作は、

　正月《むつき》立ち　春の来らば　かくしこそ　梅を招《を》きつつ　楽しき終へめ（5・八一五）

第四作、筑前守山上太夫（憶良）の作は、

　春されば　まづ咲く宿の　梅の花　ひとり見つつや　春日《はるひ》暮らさむ（5・八一八）

である。にぎやかな宴席にあって、「孤独の世界を詠んだ歌か」とする説もあり、そう説くといかにも憶良的のようだが、「ひとり見つつや」の「や」は反語とみて、「やはり皆様と御一緒に」と同調した作とすべきであろう。以下、

⑴世の中は　恋繁しゑや　かくしあらば　梅の花にも　ならましものを（5・八一九）

(2)梅の花　今盛りなり　思ふどち　かざしにしてな　今盛りなり（5・八二〇）

(3)青柳《あをやなぎ》　梅との花を　折りかざし　飲みての後《のち》は　散りぬともよし（5・八二一）

と続いて主人の作となる。(1)は豊後守大伴大夫、(2)は筑後守葛井大夫、(3)は笠沙弥（満誓）の作である。このあたりまでは客分の作ということになろうか。以下会する者、役人のほか、壱岐守、対馬目、薩摩目などがいる。まさに大宴というべき催しであった。員外の作、追和歌それぞれ一首を記しておく。作者は、旅人（六十五歳）、憶良（七十歳）のいずれかであろう。

わが盛り　いたくくたちぬ　雲に飛ぶ　薬食《くすりは》むとも　また変若《を》ちめやも（5・八四七）

梅の花　夢に語らく　みやびたる　花と我思《あれも》ふ　酒に浮かべこそ（5・八五二）

あとの歌は、第三句以下が「いたづらに　我を散らすな　酒に浮かべこそ」と一本にあるという。

久木生ふる（アカメガシワ）〈山部赤人《やまべのあかひと》〉

山部宿禰赤人の作れる歌

ぬば玉の　夜のふけゆけば　久木《ひさぎ》生《お》ふる　清き河《か》原《はら》に　千鳥しば鳴く

（6・九二五）

烏玉之　夜乃深去者　久木生留　清河原尓　知鳥数鳴

［口訳］　ぬば玉のような　夜が更けてゆくと　久木の生えている　清らかな河原に　千鳥がしきりに鳴いていることだ。

⑰アカメガシワ

アカメガシワ⑰　久木は現在のアカメガシワだろうといわれている（キササゲ説もあり、未確定）。これは東アジアの暖帯から、台湾、沖縄・九州・四国・本州にかけて、丘や谷間の雑木林に生育する落葉の高木で、高さ一〇メートル位となる。赤めの若葉と、黄色がかった粉に覆われた若枝とに特色がある。葉は、長い柄で互生し、長さ七～一八センチ、幅五～一五センチと大きい。花期は六月、雌雄異株で黄色、雄花は一五センチ前後の枝分かれした穂となり、雌花は二〇センチほどのこれも穂状で、赤い毛に覆われた子房と三本の柱頭とを持つ。蒴果は、太い毛と黄色の腺粒に覆われ、三つに裂けて黒紫色で、つやのある球形の種子三個をつける。古い時代にこの葉に食物を載せたことから、別

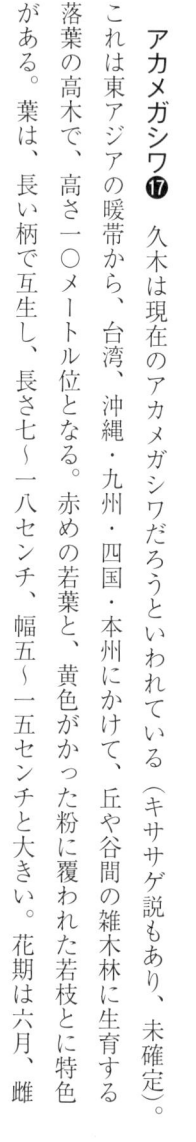

名を五菜葉、菜盛葉などと呼んだという。「久木」の名の出る歌、集中に四首。

七二五年（神亀二年）五月、前年即位した聖武天皇が吉野離宮に行幸された。おそらくその折であろう、従駕した山部赤人が作った長歌二首のうちの第一首、

やすみしし　わご大王の　高知らす　吉野の宮は　たたなづく　青垣ごもり　川なみの　清き河内《かふち》ぞ　春べには　花咲きををり　秋されば　霧立ちわたる　その山の　いや益々に　この川の

絶ゆることなく　ももしきの　大宮人は　常に通はむ（6・九二三）

の第二反歌で、第一反歌は、

み吉野の　象山《さきやま》の際《ま》の　木末《こぬれ》には　ここだもさわく　鳥の声かも（6・九二四）

である。聖天子が離宮とするにふさわしい「川なみの清き河内」の景が、春秋（長歌）、朝、夜にわたって表現されている。「千鳥」は、海の千鳥とは別種か、あるいは「数多くの鳥」の意味かよくわからないが、それが河音にもまぎれず聞こえてくるのである。「一首の意至簡にして、澄み入るところがおのずから天地の寂寥相に合している。騒ぐというてかえって寂しく、鳥の声が多いというていよいよ寂しいのは、歌の姿がその寂しさに調子を合わせ得るまでに至純であるためである……」という島木赤彦の評は的を射ているようだが、長歌と切り離した鑑賞であろう。これは聖天子の離宮地にふさわしい清澄さを讃えた作なのである。

吉野は、天武天皇がまだ東宮だったころ、仏道修行を口実に難を避けられた（六七一年十月——六七二年六月）ところで、即位後も行幸があり、

淑《よ》き人の　よしとよく見て　よしと言ひし　吉野よく見よ　よき人よく見（1・二七）

と歌われた（六七九年五月六日〈陽暦六月二十二日〉ごろか、詳細不明）という。それ以後かあるいはもっと以前からか聖地化され、その皇后であった持統天皇は、在位中三十回以上も行幸された。何時と明確ではないが、その行幸に従駕した柿本人麻呂は、長歌二首、反歌それぞれ一首（1・三六―三九）を作っている。いまその第二長歌とその反歌とを記すと、

やすみしし　わが大王　神《かむ》ながら　神さびせすと　吉野川　激《たぎ》つ河内に　高殿を　高知りまして　登り立ち　国見を為《せ》せは　たたなはる　青垣山　山神《やまつみ》の　奉《まつ》る御調《みつき》と　春べには　花かざし持ち　秋立てば　黄葉かざせり（一は云ふ、黄葉かざし）逝《ゆ》き副《そ》ふ　川の神も　大御食《みけ》に　仕へ奉ると　上つ瀬に　鵜川を立ち　下つ瀬に　小《さ》網《で》さし渡す　山川も　寄りて奉れる　神の御代かも

（1・三八）

反歌

山川も　寄りて奉れる　神ながら　激《たぎ》つ河内に　舟出せすかも（1・三九）

というものである。雄渾の調べは赤人作とは別種なものがあるが、さらにこれに歌われた「山川も寄りて奉れる　神ながら」（最高神として）という思想が赤人の歌にはない。これこそ大宝律令制定（七〇一年）以前と、それ以後との天皇観の相違を示すものとして注目すべきだ。なお、吉野を清らかな処とするのは、人麻呂の第一長歌（1・三六）に「……山川の　清き河内と……」と、すでに歌われている。

山部赤人。山部氏は、六八四年（天武十三年）十二月二日、連姓から宿禰姓となった。本貫を伊予国（愛媛県）久米郡（温泉郡）とする久米直の末流かと推定される。赤人の伝記（官位、生没年）はよくわからないが、『万葉集』に記された作歌年代の最も古いものは七二四年（神亀元年）十月、聖武天皇紀伊行幸の折の従駕歌（6・九一七―九一九）で、最新の作は七三六年（天平八年）六月同天皇吉野行幸の折の従駕歌（6・一〇〇五―一〇〇六）である。ほぼこの十数年を彼の活躍期とみてよいであろう。宮廷歌人として活躍したほか、摂津・播磨などの山陽道、駿河・下総などの東海道を旅したことが集中の作によって知られる。彼もまた『万葉集』以外の古文献にはその名を見せない。作歌数、長歌十三首、短歌三十七首。

橘は（タチバナ、または**コミカン**）〈聖武天皇《しょうむてんのう》〉

冬十一月、左大弁葛城王等、姓橘の氏を賜はりし時の御製歌一首

橘は　実さへ花さへ　その葉さへ　枝《え》に霜降れど　いや常葉《とこは》の樹《き》（6・一〇〇九）

橘者　実左倍花左倍　其葉左倍　枝尓霜雖降　益常葉之樹

［口訳］橘は　実まで花まで　その葉までも　枝に霜が降っても　ますます栄える常緑樹なのだよ。

タチバナ　橘は、現在のタチバナ、コミカン（キシュウミカン）、ダイダイ説があるが、ダイダイは、『万葉集』ではアベタチバナの名で歌われ、食用となった別木だという。タチバナは静岡以西の本州（愛知・和歌山・山口の諸県）・四国・九州・沖縄の海岸に近い山地に、まれに野生する日本固有の小高木であるが、特に高知県室戸市の野生林は有名で、天然記念物に指定されている。樹高は三メートル前後、枝にとげがあり常緑の葉をつける。花期は五、六月。白い五弁、半開性の花をつける。果実は冬に熟し、黄色の扁円形で直径三センチぐらい、皮はむきやすいが、果肉は酸味が強く、生食はしない。街路樹、庭木とされた。

コミカンは、中国の浙江省が原産地で（あるいはタチバナの系統を引くかともいう）九州地方に

タチバナ

早く渡来し、熊本県八代から紀州（和歌山県）に伝わったともいわれているが、古い頃から日本の暖かい地方に栽植された常緑の高木で、高さ五メートル位になる。葉柄に翼が、上端に節がある。花期は五、六月。芳香を放つ。液果は冬熟し、直径三、四センチ。表面になめらかな光沢があり、甘味が強いので生菓とされてきたが、小形で種子が多いことなどから温州ミカンに圧倒され、現在では庭木などの他はほとんど栽植されなくなった。

コミカン

　敏達天皇四世の孫・美努王の子の葛城王（従三位）、佐為王（従四位上）が、七三六年（天平八年）十一月十一日、皇族の地位を辞退し、母・橘三千代（旧姓は県犬養、七〇八年十一月橘姓となる）の姓を賜って臣籍に降り、橘諸兄、同佐為を名告った折、皇后（光明子。父は藤原不比等、母は橘三千代）の宮に、太上天皇（元正女帝）。聖武天皇、光明皇后が臨席された宴席で、御酒とともに賜った御製、あるいは太上天皇の御歌かともいう。

　橘の常緑性を指摘し、橘家の繁栄を予祝した一首。実、花、葉を配し、「枝に霜降れど」と冬の厳しさを示して「いや常葉の樹」と讃える。おそらく祝宴の席で吟誦されたものであろうが、同音「さへ」の繰り返しも効果的で、時・処にふさわしい一首となっている。時に諸兄（当時五十二歳）の子・奈良麻呂（当時十五歳ぐらい）は、

　奥山の　真木の葉しのぎ　降る雪の　降りは益すとも　地《つち》に落ちめやも（6・一〇一〇）

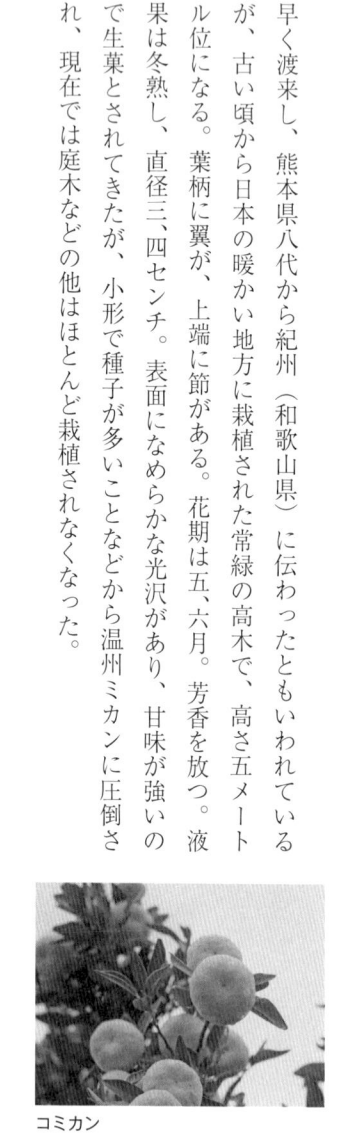

と、詔に応じてその繁栄を誓ったが、七五七年（天平宝字元年）七月四日、父の没（同年一月六日）後、半年足らずで藤原仲麻呂を除こうと謀ったが失敗し、同じ八月、四十歳に至らずして、勅により誅せられてしまった。

聖武天皇は、七〇一年（大宝元年）、文武天皇を父、藤原不比等の娘宮子を母として誕生、七一四年（和銅七年）立太子、七一九年（養老三年）より朝政を聴き、七二四年（神亀元年）即位、七二九年（天平元年）不比等の娘光明子《こうみょうし》を立てて皇后とした。七四〇年（天平十二年）藤原広嗣の乱により伊勢行幸、以後五年間、恭仁宮、紫香楽宮、難波宮と遷都の後、七四五年奈良に遷都、七四九年（天平勝宝元年）光明子の生んだ孝謙女帝に譲位して太上天皇となり、七五二年（同四年）東大寺大仏を開眼、七五四年（同六年）鑑真により受戒、七五六年（同八年）五月二日崩じた。入集歌、長歌一首・短歌十首。光明子の入集歌は短歌のみ三首、

(1)わが背子と　二人見ませば　いくばくか　この降る雪の　うれしからまし（8・一六五八）
(2)朝霧の　たなびく田居《たゐ》に　鳴く雁《かり》を　留《とど》め得むかも　わが屋戸の萩（19・四二二四）
(3)大舟に　ま梶しじぬき　この我子《あご》を　唐国《からくに》へ遣る　斎《いは》へ神たち（19・四二四〇）

で、(1)は成立年時不明。(2)も不明だが、吉野行幸の折のもの。(3)は皇后の甥・清河（房前の子）が遣唐大使になった折、春日に神を祭った日（七五一年二月ごろか）の作である。時に皇后の年齢五十二、三歳か。

石綱の（イワツタ）〈作者不明〉

寧楽の京の荒れたる墟《あと》を傷み惜しみて作れる歌

石綱《いはつな》の　また変若《を》ちかへり　あをによし　奈良の都を　またも見むかも（6・一〇四六）

石綱乃　又変若反　青丹吉　奈良乃都乎　又将見鴨

［口訳］岩をはうツタがよみがえるように　また若返って（あおによし）奈良の都を　また見ることができるだろうか、ぜひそうありたいと思うことだ。

㉔イワツタ

イワツタ㉔　タ（t）音とナ（n）音とは交替することがあるので、イワツナはこれと同じだとされ、岩を這うつる性の植物をさすのだと、一般には説かれている。それでよいと思うが、特に一つのものとなれば、現在なお地方名でイワツタの名のあるテイカカズラ〈マサキノカズラ〉とすべきだというのが定説化している。これは、朝鮮半島から、九州・四国・本州の山野に自生する常緑、つる性の木で、付着根を出し岩や木を這って長くのびる。あるいはこの姿態を綱に見立てての命名が石綱ではないかとも思う。葉は対生し、長さ五センチ前後、幅二、三センチの楕円形または倒披針形で、先が尖っていて光沢をもち、夏・秋時に紅葉する。花期は四月から六月。直径二、三センチの花は集散花序、葉のわきにつき、芳香を発する。その色、最初の頃は白色だが、後に黄変する。袋果は、長さ二〇センチ前後となり、二個ずつ湾曲した形で垂れ、熟すと裂けて、その一端に絹糸状の長い毛のついた種を出す。

七四〇年（天平十二年）九月、父・宇合《うまかい》の没（七三七年）後大宰小弐となって筑紫にあった藤原広嗣は、僧玄昉《げんぼう》・吉備真備《きびのまきび》を君側から除けと進言したが入れられないのを不満として反乱の兵を起こした。この乱中の十月、聖武天皇は橘諸兄（右大臣）らと共に伊勢行幸に出発、乱平定後も奈良にもどらず、山城国恭仁宮に遷都、近江の紫香楽宮を造営し、七四四年には難波を皇都としたが、翌年の五月、衆議により都を平城（奈良）にもどした。この間五年、「咲く花の　薫ふがごとく」（3・三二八）と歌われた「あをによし　寧良の京師」も、

たち変はり　古き都と　なりぬれば　道の芝草　長く生ひにけり（6・一〇四八）田辺福麻呂《さきまろ》歌集

と歌われる荒廃地と化した。掲げた歌もその折のものである。

諸注多くが「変若ちかへり」を、「蔓がはい広がり　またもとの所にもどる意」と説いているがどうであろう。あるいは、夏、秋時の紅葉を花と見立てていったものかとも考えられる。ともかく、何らかの意味で「変若ちかへ」るのでなければなるまい。結句の「またも見むかも」を「また見なむかも」と訓む説もあるが、どちらにせよ、疑問ではなく、期待の意ととるべきだろう。

この歌、小野老《おののおゆ》が七二八年（神亀五年）ごろ、大宰府で歌った、

あをによし　寧楽の京師《みやこ》は　咲く花の　薫《にほ》ふがごとく　今盛りなり（3・三二八）

を意識しているようだし、同じ時の大伴旅人の歌、

わが盛り　また変若《を》ちめやも　ほとほとに　寧楽の京師を　見ずかなりなむ（3・三三一）

を踏まえているのではないかとも思われる。ところで掲げた歌、実は三首のうちの第三首であり、先行する他の二首は、

くれなゐに　深く染《し》みにし　心かも　奈良の都に　年の経ぬべき（6・一〇四四）

世の中を　常なきものと　今ぞ知る　奈良の都の　うつろふ見れば（6・一〇四五）

である。「くれなゐ」（ベニバナ）に「深く染みにし　心かも」という表現は、どうも女性のもののようだ。武田祐吉博士は「事によると、大伴の坂上の郎女あたりであり得よう」と説かれた。何故家持などの最も親しいその名が「作者不審」とされたのかそれこそ不審だが、もし彼女だとすれば、七二七年五、六月ごろ妻を失った兄・大宰帥旅人の近縁者として、七二九年には側近にいたらしく、あるいは小野老を迎えた宴席にもいたかと想像されるので、小野老、旅人の歌を知っていた可能性が多いのである。

ところ葛（トコロ）〈作者不明〉

吉野にして作る

すめろきの　神の宮人《みやびと》　ところ葛《づら》　いや常《とこ》しくに　われかへり見む（7・一一三三）

皇祖神之　神宮人　冬薯蕷葛　弥常敷介　吾反将見

［口訳］皇祖神にお仕えする　神官・この人は　ところづらのように長いひげを生やしている。そのように長生きをして、私は後々まで吉野に来て見ようと思うことだ。

トコロ（オニトコロ）は、九州から北海道までの山野に生える多年性のつる草で、地上部は冬枯れるが、地下茎は地面下を文枝しつつ横に這い、多数のひげ根をつける。これを老人のひげに見立て、長寿を願って正月飾りとする風習がある。この地下茎は、そのままでは苦くて食べられないが、木灰の汁で煮、水さらしにしたものが食用とされた。葉は互生し、葉身は長さ一〇センチ、幅七、八センチになる。花期は七、八月。雌雄異株で、雄花は直立した柄に、雌花は下垂してつく。雄花の花被片は六枚、黄緑色で、直径二、三ミリである。蒴果は、長さ二センチ前後、翼状の三室にそれぞれ扁平な種子が入っており、一方に膜質の羽があって風に飛ぶ。

トコロ

この歌、「吉野にして作る」とある歌（7・一一三〇―一一三四）中の一首である。したがって「われかへり見む」の対象は吉野とすべきだろう。「神の宮人」から「ところづら」を起こすのは、神官のひげからトコロのひげ根を連想したからであろう。後代になってからかも知れぬが、これが長寿を祈る正月の飾りともされたのである。ともかくこの作は、吉野の宮の永遠性を予祝した一首だ。おそらく宴席で、立ち上がった誰かが、「神の宮人」から「ところづら」へ、さらに「常しく」と連想したのであろう。もしその場に長ひげの老神官がいたとすれば面白いが、これは想像にすぎない。連想のほほ笑ましさ、調子のよさ、祝儀性など、宴席の謡い物とみればぴったりの作である。

同じく「吉野にして作る」とある提示以外の歌は次の四首である（すべて作者不明）。

神さぶる　磐根こごしき　み吉野の　水分山《みくまりやま》を　見ればかなしも（7・一一三〇）

皆人の　恋ふるみ吉野　今日見れば　うべも恋ひけり　山川清み（7・一一三一）

夢のわだ　言《こと》にしありけり　現《うつつ》にも　見てけるものを　思ひし思へば（7・一一三二）

吉野川　岩と柏《かしは》と　常磐《ときは》なす　われは通はむ　万代までに（7・一一三四）

「神さぶる……」の歌の「磐根こごしき」は「岩がごつごつとして切り立っている」の意、したがって「かなしも」は、「荘厳さに心がひきしまる程だよ」ぐらいの意味であろう。「吉野川……」の歌の「岩と柏」は「イワドカシワ」で、「岩や暗礁の上に生える、苔または植物」かとする説もある。

菱採むと（ヒシ）〈柿本人麻呂《かきのもとのひとまろ》〉

羇旅《たび》にして作る

君がため　浮沼《うきぬ》の池の　菱採《つ》むと　わが染めし袖　濡れにけるかも（7・一二四九）

君為　浮沼池　菱採　我染袖　沾在哉

［口訳］あなたのために　浮沼の池の　菱を摘もうとして　わたしのせっかく染めた袖　それが濡れてしまったのよ。

64ヒシ

ヒシ64は、東アジア、中国、台湾、朝鮮半島、日本各地の温帯から亜熱帯に分布し、池沼に浮遊して生える一年草。根は泥中にあり、長い茎の先端に、菱形で鋸歯があり、光沢をもった葉が車座に集ってつく。葉柄は長く、中間に紡錘形にふくれた部分があり、空気が入っていて浮袋の役をはたす。花期は七月から九月。葉の間から細長い枝をのばし、水面上に白色または微紅色の堅い実をつける。その中の子葉部は、たんぱく質二〇パーセント、でんぷん五〇パーセントを含むといい、食用または薬用とされた。

「浮沼」は泥沼の意で普通名詞とすべきだろうが、固有名詞として、島根県大田市の三瓶山西南麓の浮布の池だとみる説もある。もとは、女性たちの菱採み歌だったかもしれない。

君がため　山田の沢に　恵具《ゑぐ》摘むと　雪解《ゆきげ》の水に　裳の裾濡れぬ（10・一八三九）作者不明

の歌は、菱と恵具（「クログワイ」であろう。本州中部以西の湿地に野生し、水田をすき起こす折などに見出される。塊茎が食用とされた）との違いはあるが、よく似た歌である。「君がため」といい、「袖」や「裳」の「濡れ」たことを訴えるあたり、女性の歌い手を思わざるを得ない。どちらも、せつなさ、つらさを訴えているのに艶なところがあるのは、宴席などで、「……。さあ召しあがれ」とすめる女性の歌声となったからかもしれない。ともに、民謡ないし歌謡とみるべきだろう。

「柿本朝臣人麻呂の歌集に出づ」とある歌（長歌二首、旋頭歌三十五首、短歌三百二十八首）の短歌には二種類あることが注目されている。一つは掲げた作のように活用語の語尾、助動詞、助詞などを省略した表記法によるもので、これを略体歌と呼び、

天の海に　雲の波立ち　月の船　星の林に　漕ぎ隠る見ゆ（7・一〇六八）
天海丹　雲之波立　月船　星之林丹　榜隠所見

あしひきの　山川の瀬の　響《な》るなへに　弓月が岳に　雲立ちわたる（7・一〇八八）
足引之　山河之瀬之　響苗尒　弓月高　雲立渡

というような、省略しない表記法をとるものを非略体歌といって区別する。細部にわたって問題がないわけではないが、この分類はみとめてよかろう。

この両者をみると、略体歌は、

春楊　葛城山に　発《た》つ雲の　立ちても座《ゐ》ても　妹をしぞ思ふ（11・二四五三）

春楊　葛城山　発雲　立座　妹念

打つ田には　稗《ひえ》はしあまた　ありといへど　選《え》らえしわれぞ　夜をひとり寝《ぬ》る（11・二四七六）

打田　稗数多　雖有　択為我　夜一人宿

のように、恋を主題とする、民謡ないし歌謡といった趣のもの、非略体歌の方には、

大宝元年辛丑、紀伊国に幸せる時に、結び松を見る歌一首

後見むと　君が結べる　磐代《いはしろ》の　小松がうれを　また見けむかも（2・一四六）

後将見跡　君之結有　磐代乃　子松之宇礼乎　又将見香聞

といった行幸従駕の作まで入っている。そこで、略体歌は人麻呂が採集した民間歌謡、非略体歌は自作歌と他人作を含むとみてよかろう。略体歌・非略体歌のすべてを人麻呂作とする説もあるが、今のところ納得できない。

立つ檀（マユミ）〈作者不明〉

弓に寄する

南淵《みなぶち》の　細川山に　立つ檀《まゆみ》　弓束《ゆづか》まくまで　人に知らえじ（7・一三三〇）

南淵之　細川山　立檀　弓束纏及　人二不所知

［口訳］南淵の　細川山に　立つ檀　それに握り革を巻いて弓が完成するまで（二人の恋が成就するまで）　他人に知られないようにしよう。

マユミ70は、朝鮮半島南部から、日本全土、サハリンまでの山野に生える落葉の低木ないし小高木で、五メートルになるものもあるという。緑色の小枝は対生し、毛はなく、白いすじがある。葉は楕円形で、大きさは種々、長さ一〇センチ前後のものがあり、ふちに細かい歯があって、少しそりかえる。花期は五、六月。乳色に緑または紫の色をおびた四弁の花をつける。両性花と雄花とがあり、それぞれ異株に咲く。蒴果はにぶい四角形、うす赤く熟して四片に分かれ、朱色の仮種皮につつまれた種子を出す。葉の紅葉と果皮の色が美しいので庭木にされる。また枝がよくしなうため弓材として用いられ、材の美しいのと狂いの少ないことから家具類、調度品、寄せ木細工としても利用される。「こ

70マユミ

けし」材も多くこれだという。

南淵は、奈良県高市郡明日香村島の庄の南方、明日香川上流の稲淵付近、細川は島の庄の東方で、南淵山と細川山とは並んでいる。現在ではそれぞれ別名で呼ばれているが、古く、南淵は細川あたりまでを含んでいたのであろう。

この歌は譬喩歌と分類されているが、他の分類による相聞にあたる。「弓束まく」は、弓杖の中央部やや下の握るところに皮革や桜の皮を巻いて弓を完成することで、「二人の結婚が認められるまで」の譬喩となっているのである。地名は除外して、マユミの歌はおよそ十二首、うち十首までが恋とかかわる。その理由は様々に想像されるが、さしあたって、マユミのしなやかさが女性を連想させ、また弓は男性にとって大切なものの一つだったたから、引くにつけ押すにつけ、愛する女性を思わせたのであろう。

浮き蓴（ジュンサイ）〈作者不明〉

草に寄する

わが情《こころ》　ゆたにたゆたに　浮き蓴《ぬなは》　辺《へ》にも沖にも　寄りかつましじ（7・一三五二）

吾情　湯谷絶谷　浮蓴　辺毛奥毛　依勝益士

［口訳］私の情といったら　ゆったりしたり揺れ動いたりで　あの浮いている蓴が　岸にも沖にも寄ることができないように、決心がつきかねるのですわ。

ジュンサイは、アジア東南部、西アフリカ、オーストラリア、北アメリカ、そして日本など、熱帯・温帯の世界各地、酸性水質で底に有機物がたまり、周囲に水ごけの生えるような沼や古池に、ヒツジ草などと共に生えている多年生の水草で、地下茎は泥中をはい、水中の茎は分かれて水面に楕円形（直径一〇センチぐらい）の葉を浮かべる。五月から八月、直径二センチ前後、紫色の花が水面に開き、果実は水中で熟す。粘り気のある若葉をとって汁の実などにするが、摘めばまた伸び出してくるので、花の咲くころは何度も取ることができる。

ジュンサイ

この歌、雑歌・譬喩歌・挽歌と分類された巻七の、譬喩歌のうち「草に寄する」十七首の最後に置かれている。この巻の譬喩はすべて恋のものだから、この「わが情」もそれで、恋情の落ち着きなさを言って、寄ろうか寄るまいかと決断しかねる気持ちを歌ったものだ。歌調がまさにたおやかで、甘美なところ、女性の作とされる。宴席で遊行女婦などによって歌われ、流行をみたものであろう。「草に寄する」からもう一首とっておく。

わが屋前《やど》に　生ふる土針《つちはり》　心ゆも　思はぬ人の　衣《きぬ》に摺《す》らゆな（7・一三三八）

土針には、ツクバネソウ、コブナグサ、アカネ、レンゲソウ説があったが、松田修氏が、(1)「屋前に生ふる」こと、(2)「衣に摺」ること、(3)各地にツッパリグサ、ツチバレ、ツチバリなどの方言があることなどからメハジキ説を出された。中国、台湾、朝鮮半島から沖縄・本州にかけて、亜熱帯・温帯の野原や路傍にはえる越年草で、茎は直立し、高さ五〇センチから一メートル。根出葉は卵心形で花時には枯れる。茎葉は長さ五～一〇センチ、先で三裂し、さらに二ないし三裂している。花期は七月から九月。花冠の長さ三センチぐらいの淡紅紫色、唇形の花が、葉腋に数個ずつ集まってつく。子供のころ、この茎を切ってまぶたにはり、目を開いて遊んだ人もあろう。益母草（ヤクモソウ）の名があるのは、漢方で産前産後の薬とするからである。

この歌の意、とらえにくいが、「土針」はわが娘の譬喩で、気のすすまぬ結婚などするなと、親のさとしたものかともいう。

桑すらに〈クワ〉〈作者不明〉

木に寄する

たらちねの　母がその業《な》る　桑すらに　願へば衣《きぬ》に　着すといふものを（7・一三五七）

足乳根乃　母之其業　桑尚　願者衣尓　著常云物乎

［口訳］（たらちねの）母がその生計を立てるものとしている　大切な桑でさえも　娘のわたしが是非にと願えば着物として　着せてくれるというのに……。

クワ㉑は、中国北部の原産、朝鮮半島を経て、桑子（カイコ）と共に輸入されたものであろうという。インドのカシミール地方から東の亜熱帯・温帯に分布する。山地に自生し、畑に栽植される落葉の高木で、高さ一五メートルに達するものもあるという。卵形で、縁ににぶい鋸歯をもつ薄い葉がカイコの飼料となる。五月になると雌雄同株または異株の花弁のない花をつけ、六月から八月ごろ雌花序が熟して紫黒色の集合果となる。いわゆる桑の実で、イチゴに似てもっと甘味がある。材は家具、細工用となる。

㉑クワ

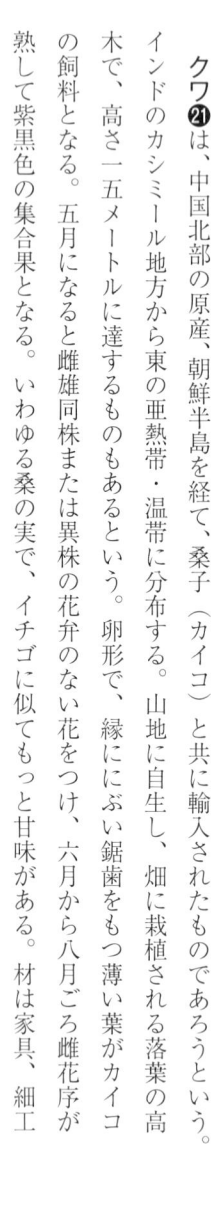

第二句を「母が園なる」とする説があるがどうだろう。第三句を「桑子すら」と訓む考えもあり、これは成り立つ説だと思う。これも譬喩歌中の一首、「あの桑ですら、着物として着せてもらえるのに、何故私の恋は認められないのかしら」という、女性の立場での嘆き歌であろう。当時、絹物を身につけるのは高貴な身分の人以外にはできなかったからこうした歌も生まれたのであろうが、結婚の許諾権が母にあり、容易に娘の結婚を認めようとしなかったという事情も背後にあろう。集中には「桑」の名の出るものとして、東歌の中に次の一首がある。

　筑波嶺《つくはね》の　新桑繭《にひぐはまよ》の　衣《きぬ》はあれど　君が御衣《みけし》し　あやに著欲《きほ》しも　（14・三三五〇）

　　筑波禰之　介比貝波麻欲能　伎奴波安礼杼　伎美我美家思志　安夜介伎保思母

「筑波嶺」は、茨城県にある関東一の名山として知られた筑波山（八七七メートル）。山頂は男体・女体の二峰に分かれ、国見・歌垣の行われる山であった。歌意は、

［口訳］筑波山の　春新しく芽生えた桑で飼った春蚕の繭から織った　着物はあるけれど　あなたのお召物、それが
　　着たくてしかたがない。

で、筑波地方は養蚕地として知られていたし、しかも春蚕《はるご》の繭（夏蚕のものより上等）で織ったものだと誇ったうえで、それでも「あなたのお召物をむやみに着たい」と訴えている。これは、「あなたの着物を敷いて共寝がしたい」という譬喩歌か、または「着初め」などといった儀式の折に、そのまま「君の御衣」を讃えた歌であろう。

若楓の木〈カツラ〉〈作者不明〉

木に寄する

向つ岳《を》の　若楓《かつら》の木　しづ枝とり　花待つい間に　嘆きつるかも（7・一三五九）

向（南）岳之　若楓木　下枝取　花待伊間介　嘆鶴鴨

［口訳］向かいの山（南面した山）の　若い楓の木の　下枝を手にして　花の咲くのを待っている間　待ちかねて嘆息したことだよ。

カツラ⑮　楓《かつら》〈オカツラ〉、桂〈メカツラ〉は、中国中部、朝鮮半島、日本全土の温帯山地の、渓流にそった日当りのよいところに生える落葉高木で、高さ三〇メートル、幹径二メートルに達するものもあるという。樹皮には長い裂け目ができるが、叢生した真幹から真横に張った枝が分かれている。三月末から五月にかけ、新葉より先に、雌雄異株で、がくも花弁もない花をつける。雄花のしべと雌花の花柱は紅色でかわいらしい。秋に袋果がなる。材は建築、家具、彫刻材として、樹皮は染料として用い、秋の黄葉は芳香を発するので、乾燥して香をつくる。

⑮カツラ

第一句の「向」の文字を、元暦校本、類聚古集、紀州本などは「南」とする（訓は「かのおかの」）。その方が楓の生態からみればより適切である。山里ぐらしをしている作者が、素直に春を待ちかねた心を詠んだものとも解しうるが、例の譬喩歌の「木に寄する」歌群中の一首だから、諸注の多くが、少女を心にかけて、妻とする日を待ちかねた意と説いている。あるいは、少女が適齢期となった証としてその花を髪に挿して歌垣などに加わる習慣があり、その日を待った心を歌ったものと考えてみたが、これは中国の少数民族の少女たちのする髪飾りからの推定にすぎない。さらに想像をたくましくすれば、「しづ枝とり」は、少女の手をとるという動作の暗喩かもしれない。これを「何くれと世話することの譬え」とみる説があるがどうだろうか。

なお、『万葉集』中には、他にカツラを歌ったもの、次の二首がある。これらは中国の伝説「月中に河あり、河上に桂あり　高さ百五丈」によったものである（ただし、中国の楓は、タスノキ属、モクセイ属で、この楓とは別木だという）。

目には見て　手には取らえぬ　月の内の　楓《かつら》のごとき　妹をいかにせむ（4・六三二）湯原王

黄葉《もみち》する　時になるらし　月人《つきひと》の　楓の枝の　色づく見れば（10・二二〇二）作者不明

山ぢさの（エゴノキ）〈作者不明〉

花に寄する

息《いき》の緒《を》に　思へるわれを　山ぢさの　花にか君が　うつろひぬらむ（7・一三六〇）

気緒尓　念有吾乎　山治左能　花尓香公之　移奴良武

［口訳］命がけで　思っている私なのに　山ぢさの　花がしぼみやすいようにあなたの気持ちは　変わってしまったのでしょうか。

エゴノキ⓲は、アジアの東部から沖縄・九州・四国・本州、さらに北海道の渡島《おしま》半島まで、平地、山地を問わず広く分布する落葉の低木で、高さは通常三メートルから五メートルぐらいになる。五月から六月にかけて、白い五弁の小花を鈴なりにつける。花の終わったあとに楕円形の小さな実がつくが、この果皮がのどを刺激してえぐいのでエゴノ木という名がついた。魚をまひさせる。材は、山の民のろくろ細工（コケシなど）に用いられる。

私解のようにとると、花の色が早くおとろえてしぼむことになるが、「うつろひ」を「移り去る」の意として、「山ぢさの花のようなつまらぬ女に気が移ってしまっているのか」と解する説もある。

⓲エゴノキ

ただしこの説は、「山ぢさ」をチシャノキ属のカキノキダマシとする。解は別として、カキノキダマシは本州中国地方より南の暖地にしか野生しないから、これを「山ぢさ」とするのは無理だといわれる。他にダンコウバイ説もある。これは、中国、朝鮮半島から九州・四国・関東・北陸以西の本州の野山に分布する落葉低木で、高さは五メートル前後、小枝や葉を折ると芳香を発する。花は三、四月ごろ雌雄異株に出、雄花は黄色い六弁花で丸くかたまって咲き、そのあと雌花には、熟すと赤い球形の液果がつく。その他「山ぢさ」をアブラチャン（早春開花）とする説もあり、どうもはっきりしないが、大伴家持が越中で作った「史生尾張小咋《をくひ》に教へ喩《さと》す歌」（18・四一〇六）に「……ちさの花　咲ける盛りに……」とあり、作歌の日付が五月十五日（陽暦六月八日）となっている点からみて、今のところ、エゴノキ説によるべきだと思われる。同じ「山ぢさ」の名の出る歌に、

　山ぢさの　白露重み　うらぶれて　心に深く　あが恋やまず（11・二四六九）柿本人麻呂歌集

がある。

［口訳］山ぢさの　白露が重いので　しおれるように、しょんぼりしながら　心の奥底深く　私の恋は止めようがないことだ。

といった意、これは「物に寄せて思を陳べる」一首である。ただしこのあたり（11・二四六五—二四八一）には「草に寄せる」歌が配列されていることから、これはエゴノキではなく（18・四一〇六も）、キク科の草木のチサ（チシャ）かとみる説もある。だがこれは、ヨーロッパの原産で、中国には唐代に、日本には明治初年にしか渡来していないともいわれる。後考を待つべきであろう。

からあゐの花を（ケイトウ）〈作者不明〉

花に寄する

秋さらば　うつしもせむと　わが蒔《ま》きし　からあゐの花を　誰《たれ》か摘みけむ（7・一三六二）

秋去者　影毛将為跡　吾蒔之　韓藍之花乎　誰採家牟

［口訳］秋になったら　写し染めにでもしようと　春に私の蒔いておいた　鶏頭の花なのにそれを　誰が摘んでしまったのだろうか。

ケイトウ㊿　韓藍には紅花説もあったが、それでは花期が合わず（六月から開花）、この歌の韓藍はケイトウと説かれるようになった。これは熱帯アジアの原産で、古く中国、朝鮮半島を経て日本に渡来したらしい。観賞用として栽植され、赤色染めの材料として用いられた。茎は太く、高さ三〇センチから一メートル、赤紫色となることが多い。葉は卵形または卵状披針形で先がとがっている。茎の先は平たく幅広になり、先が鶏のとさか状に広がって、赤紫色、黄色、白色などの多くの鱗片をつけ、その下方の両面に小さな花が密生する。花期は八月から十月。花のあと円形の実がなり、熟すとお椀のようなふたがとれて黒い種子が出る。

㊿ケイトウ

これも譬喩歌「花に寄する」の一首。韓藍の花は美しい女性の暗喩である。諸注の多くが、妻に予定していた女性を他人にとられてしまった口惜しさを歌ったものとするが、「わが蒔きし」の句に注目して、わが娘に愛人ができてしまって、思惑のはずれたことを残念だとする親の歌とみ、「秋がきたら予定の男と結婚させようと考えていた娘を、別の男にとられてしまった」と解する人もあるが、これはやはり男が女に歌いかけたもので、男の意に容易に従おうとしない（これも恋の技巧かもしれぬが）女に、春の歌垣の折から目をつけていて、秋の折にはと思っていたあなたを、私より先に誰かがとってしまったのか、つまり、いい人ができたのかとからかった（これも技巧の一つ）、実は歌垣の誘い歌だったのではなかろうか。あるいは同じ場で、敗者を装う笑わせ歌だったかも知れないなどと想像してみたが、この歌および後に記す歌の「蒔く」「み園生《そのふ》」などからみて、韓藍は当時渡来した直後の珍貴なものだったと思われる。とすると歌垣の場は無理、宴席の物と見るべきであろう。どうやら客（男）が遊行女婦などに歌いかけたものか、もてない男を装った宴席の笑わせ歌だったと解すべきものと思われる。ともあれ、愛人を他人にとられたり、娘を奪われたりした人の真剣な絶望感など、この歌からはよみとれない。

集中「韓藍」の名の出る歌、この歌を含めて四首、第一首は赤人の作、他は作者不明の歌である。

わが屋外《やど》に　韓藍蒔き生《お》ほし　枯れぬれど　懲《こ》りずてまたも　蒔かむとぞ思ふ（3・三八四）
恋ふる日《ひ》の　日長《け》くしあれば　み園生の　韓藍の花の　色に出でにけり（10・二二七八）
隠《こも》りには　恋ひて死ぬとも　み園生の　韓藍の花の　色に出でめやも（11・二七八四）

さわらびの（ワラビ）〈志貴皇子《しきのみこ》〉

志貴皇子の懽《よろこ》びの御歌一首

石激《いはばし》る　垂水《たるみ》の上《うへ》の　さわらびの　萌《も》え出《い》づる春に　なりにけるかも（8・一四一八）

石激　垂水之上乃　佐和良妣乃　毛要出春尓　成来鴨

［口訳］岩の上を激流となって落ちる　滝のほとりの　さわらびが　勢いよく芽を出す春に　なったことだよ。

ワラビは、北半球の熱帯から温帯、さらに亜寒帯の土手、林のふちなどの日当りのよい所に多く分布する多年草で、夏葉は緑だが、冬になると枯れる。全体に毛があるが鱗片はない。太くて長い根茎が地中を這い、まばらな葉を出す。葉身の長さ一メートル前後で、二、三回羽状に分かれ、小羽片の先が尾状にのび、先端で丸くなる。胞子のう群は葉の縁につき、それが折れ返って包んでいる。春の芽立ちのころの若葉は山菜とされ、根茎からはでんぷんをとって食用、糊の原料とし、残りの茎は縄材とされた。ただし、食用とするのは東アジアだけだという。

巻八の巻頭を飾る一首で、「懽びの御歌」とある。位階の昇進、あるいは増封など、他の喜び事もあっ

ワラビ

たかもしれぬが、素直に「春を迎えた喜びの歌」とみておいてよかろう。「垂水」は普通名詞とすれば滝の意、ただし、「摂津にして作る」とある次の一首、

命をし　幸《さき》く良けむと　石走る　垂水の水を　むすびて飲みつ（7・一一四二）作者不明

の「垂水」は大阪府吹田市垂水をさすと見られたのであろう。志貴皇子の御歌はどちらともいいがたい。ともあれ「命を　幸く良けむと」歌われたように、また滝が、

古《いにしへ》ゆ　人の言ひ来《け》る　老人《おいひと》の　変若《を》つといふ水ぞ　名に負ふ滝つ瀬（6・一〇三四）大伴東人《あづまと》

と歌われた如く、そのたぎり落ちる水は、「命の水」「若返りの水」と信じられていたらしい。その上（ほとり）の「さわらび」が萌え出たのである。自然も人も、まさに一陽来復の喜びに身も心もはずませているといった趣の一首だ。開口音（ア段の音）に富み、流音（ナ、ラ、マ行の音）を多用して、明快穏和な調べを貫いている点も、その主題にふさわしい。これを春の賀宴の歌かとみる説があるが、当たっているだろう。

志貴皇子は、天智天皇の皇子（母は越道君伊羅都売）で、生年は不明だが、六七九年（天武八年）五月の吉野における六皇子の盟約に加わっているところから、その折には成年に達していたとみられている。六八九年（持統三年）六月、撰善言司（長官か）に任じられた。これは、漢籍から人の規範とすべき言葉を撰び集め、また行幸の折などの祝賀歌、皇子女没時などの殯宮《ひんきゅう》の折、挽歌を奉るというようなこともあったかと推定される役所である。おそらく志貴皇子の漢籍などに対する知識が評価されたのであろう。七〇三年九月、四品《しほん》であったが、近江国の鉄穴（採鉄地）を賜った。同年十月、

太上天皇（持統）の御葬儀の折、造御竈長官、七〇七年六月文武天皇の崩御に際し殯宮の事に供奉《ぐぶ》、七〇八年正月に三品《さんぼん》、七一五年正月に二品《にほん》を授けられ、翌年八月十一日没した（『万葉集』には霊亀元年〔七一五年〕九月とある）。七七〇年十一月、御子・白壁王の即位（光仁）直後、御春日宮天皇と追尊された。皇子の歌として入集しているもの、掲げた歌を含めて短歌のみ六首。他の五首は、

(1)采女《うねめ》の　袖吹きかへす　明日香風　都を遠み　いたづらに吹く（1・五一）

(2)葦辺ゆく　鴨の羽がひに　霜降りて　寒き夕は　大和し念ほゆ（1・六四）

(3)むささびは　木末《こぬれ》求むと　あしひきの　山の猟夫《さつお》に　あひにけるかも（3・二六七）

(4)大原の　いち柴原の　いつしかと　わが念ふ妹に　今宵逢へるかも（4・五一三）

(5)神名火の　磐瀬の杜《もり》の　ほととぎす　毛無《ならし》の岳に　いつか来鳴かむ（8・一四六六）

で、(1)は六九四年十二月の藤原遷都後の作、(2)は七〇六年九月二十五日——十月十二日の難波行幸（文武）の折の作、(3)(4)(5)は作歌事情不明のものである。

すみれ摘みにと（スミレ）〈山部赤人《やまべのあかひと》〉

山部宿禰赤人の歌

春の野に　すみれ摘みにと　来《こ》しわれぞ　野をなつかしみ　一夜《ひとよ》寝にける（8・一四二四）

春野尓　須美礼採尓等　来師吾曾　野乎奈都可之美　一夜宿二来

［口訳］春の野に　すみれを摘もうと　来た私なのだ。その私が、野と離れがたいあまりに　一夜ここで宿をとってしまったのだよ。

スミレ㉞科の植物は、熱帯から寒冷な地帯まで約八百種が分布し、日本にはおよそ八十種野生するという。このうち、一般にスミレと呼んでいるものは、東アジアの温帯から暖温帯、さらに北アメリカの温帯地方の、日当りのよい野山に生える無茎の多年草で、低地では四月の上・中旬、高原地方では六月中旬ごろまで花が咲く。高さは一〇センチ前後、葉は卵状披針形で、翼のある葉柄がある。花の色は白色のものもあるが、普通は濃い紫色で、側弁には白い毛が生えている。実の熟すころになると横向きだった花柄が直立し、果皮が三裂して種子をはじきとばす。実につく部分が甘いのでアリが巣に運びこんでその部分を食べ、種子は捨てられて、そこで発芽するという。春菜となったほか染色

㉞スミレ

にも用いられた。ただし万葉のスミレは**レンゲ**（表紙カバー写真）だという説もある。

　この作、

あしひきの　山桜花　日《け》並べて　かく咲きたらば　いた恋ひめやも（8・一四二五）
わが背子に　見せむと思ひし　梅の花　それとも見えず　雪の降れれば（8・一四二六）
明日よりは　春菜摘まむと　占《し》めし野に　昨日も今日も　雪は降りつつ（8・一四二七）

を伴って「山部宿禰赤人の歌四首」とあるその第一首だ。これらは、赤人の春の歌として編者が任意に集めたもので、四首相互の間に直接の結びつきはないともいわれるが、よく見るとそうではなく、「野」と「山」、「一夜」と「日並べて」、「桜」と「梅」、「雪」そして「すみれ」に対する「春菜」と対応している。そこで、一、二首を男性の立場、三、四首を女性の立場での、作者の創作ないし編者の意識的な配列だとする説もある。あるいは一、四首を男性の、二、三首を女性の、それぞれの立場とみてもよいかもしれぬが、たしかにこの四首相互には関連があるようだ。むろん含むところは男女の相聞、すべて赤人の創作とみてよいのではあるまいか。ともあれこの気品ある艶めかしさは、赤人の歌の一面を代表するものである。

山吹の花（ヤマブキ）〈厚見王《あつみおう》〉

厚見王の歌一首

かはづ鳴く　神《かむ》なび川に　影見えて　今か咲くらむ　山吹の花（8・一四三五）

河津鳴　甘南備川尓　陰所見而　今香開良武　山振乃花

［口訳］カジカの鳴く　神なび川に　黄色い影をみせて　今咲いているだろうか。あの山吹の花よ。

ヤマブキ⑩は、中国、朝鮮半島、九州・四国・本州・北海道南部の、谷川ぞいの湿った斜面に自生する高さ一、二メートルの落葉低木で、万葉のころ既に庭などに植えられていた。植えた一年目の茎には花が咲かず、二年目から多くの花枝ができ、鋸歯のある二、三枚の葉をつけた先ごとに一つの花が咲く。新茎は緑色だが、三、四年で褐色となり枯れてしまう。花期は四、五月。黄色の五弁花で、多くの雄しべと五本の雌しべをもつ。花のあとに、黒色で光沢のある楕円形の実が、三、四個がくの上につく。八重咲きのものは、実がならない。『後拾遺集』の雑五に載る、

七重八重　花は咲けども　山吹の　みの一つだに　無きぞかなしき（19・一一五四）兼明親王

の歌は、それを詠んだものである。

⑩ヤマブキ

「神なび」は神のいます処。この歌では明日香川か竜田川か、おそらく前者であろう。作者は、遷都後の奈良にいたか、あるいは遠く旅中にあってか、神なび川のほとりに咲く山吹の花が、黄色く光を投ずる清純な情景を想像して、故郷を懐かしがっているのだろう。印象鮮明な歌として後人からも愛され、

春深み　神なび川に　影見えて　うつろひにけり　山吹の花（『金葉集』1・八二）

かはづ鳴く　神なび川に　咲く花の　言はぬ色をも　人の問へかし（『新勅撰集』11・六九三）

などの作を生んだ。前者は大宰大弐長英、後者は二条院讃岐の作である。

厚見王の系統は不明だが、七四九年（天平勝宝元年）四月従五位下となり、七五五年（同七年）十一月少納言で伊勢大神宮の奉幣使に任じられた。同じ作者の歌は他に二首、

朝に昼《け》に　色づく山の　白雲の　思ひ過ぐべき　君にあらなくに（4・六六八）

宿にある　桜の花は　今もかも　松風早み　土に散るらむ（8・一四五八）

があり、後者には久米女郎（伝記未詳）の報《こた》えた、次の一首がそえられている。

世の中も　常にしあらねば　宿にある　桜の花の　散れる頃かも（8・一四五九）

抜ける茅花ぞ（チガヤ）・合歓木の花（ネブ）〈紀女郎《きのいらつめ》〉

紀女郎の大伴宿禰家持に贈れる歌二首

戯奴《わけ》がため　我《あ》が手もすまに　春の野に
抜ける茅花《つばな》ぞ　食《め》して肥えませ（8・一四六〇）

戯奴（変云、和気）之為　吾手母須麻尓　春野尓　抜流茅花曽　御食而肥座

［口訳］お前などのような若造のために　私の手も休めず夢中になって　春の野で　抜いておいた茅花なのだよ。食《め》し上がってお肥えなさいませね。

昼は咲き　夜は恋ひ寝《ぬ》る　合歓木《ねぶ》の花　君のみ見めや　戯奴さへに見よ（8・一四六一）

昼者咲　夜者恋寝　合歓木花　君耳将見哉　和気佐倍尓見代

［口訳］昼は咲き　夜は恋い慕って寝る　合歓の木の花なのだよ　御主君である私だけが見るということがあるものか　お前も見よ。

チガヤ

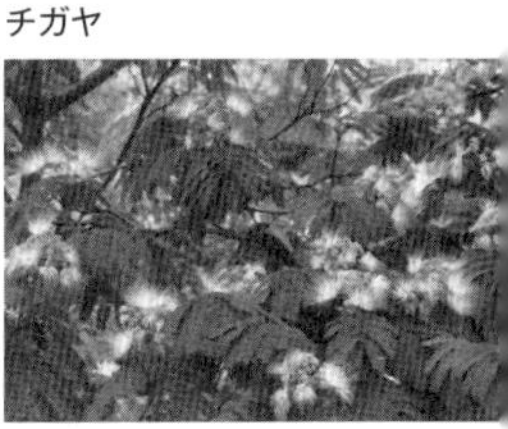
⑳ネブ（ネム）

チガヤ（ツバナとも）は、アフリカからアジアの熱帯、温帯に分布する。川岸の土手や丘陵地の日

当りのよいところに群落をつくる多年草で〈集中「浅茅」と歌われたもの〈二十首あまり〉も同一植物〉長い根茎が地中を這う。茎の高さは一〇センチから五〇センチ前後で、節に白い長毛が生える。葉は長さ三〇センチほどの線形で、二、三枚から五、六枚、秋に黄葉し「色づく」と歌われた。五、六月ごろ、茎の先に一〇ないし二〇センチの花穂をつける。若い花序は今でもツバナ（チバナ）と呼ばれるが、子供のころこれをしゃぶった思い出のある人もあろう（小児が茅花をしゃぶる習慣は朝鮮半島にもあるという）。根茎や茎に甘味があるからだ。根茎は茅根と呼んで、止血・利尿・発汗剤として用いられる。

ネブ⑳はネムともいう。アジアの東南部から朝鮮半島、九州・四国・本州の東北地方以南の川原や雑木林の中（二次林）に生える落葉高木で、高さ一〇メートルぐらいとなるものがある。大型の葉は三〇センチほどで、柄が有り、互生して小葉を沢山つける。花期は六月から八月。細長い紅色の雄しべが多数あって美しいが、花弁は小さくて目立たない。夕方開花する。暗くなると相対する小葉（羽片）は合わさって閉じる。「夜は恋ひ寝る」表現が生まれたこの花の生態はこれである。花のあとに平たくて真っ直ぐの豆果がみのる。

二首とも紀女郎が両花を折りとって家持に贈った歌で、家持は、

わが君に　戯奴《わけ》は恋ふらし　賜《たば》りたる　茅花を食《は》めど　いや痩《や》せに痩す（8・一四六二）

わぎ妹子が　形見の合歓木は　花のみに　咲きてけだしく　実に成らじかも（8・一四六三）

と和している。四首を合わせて見てゆこう。

「戯奴」は「和気」と記すものを合わせて集中に五例（4・五五二、七八〇、8・一四六〇、一四六一、一四六二）ある。本来は「若」（わか）と同根で、「若造」といった軽蔑、卑下を表す語だったらしい。ところで、この一四六〇番歌では「戯奴」としたうえで「変《かへ》して〈わけ〉といふ」と細字で注をつけている。「戯奴」でそのまま「わけ」とは読めなかったからの注であろうが、これで戯れの表現であることを表したのである。「戯れ」といえば、この歌まったくの戯れで、

石麻呂に　われ物申す　夏痩せに　よしといふものぞ　鰻《むなぎ》とり食《め》せ（16・三八五三）

痩す痩すも　生けらばあらむを　はたやはた　鰻を捕ると　川に流るな（16・三八五四）

と、これも家持が、吉田連老《よしだのむらじのおゆ》（石麻呂）を戯笑した「鰻」でもあるまいに、「茅花」をどれだけ食べたところで、腹づまりがおちぐらいで、肥えられたとは思えない。さらに一四六〇番歌には「戯奴」という軽蔑語と「御食」という尊敬語が混在しているのである。「合歓木の花」の歌など、「共寝に来い」などという艶なことを歌っているが、家持の和した歌をみると、それ程深い関係があったとも思われない。

紀女郎は、後に記す怨恨歌三首の注によれば、紀鹿人（生没年不明、七三七年外従五位下、同年主殿頭。七四〇年外従五位上、翌年大炊頭となった。集中に短歌のみ三首入集）の娘で、紀少《を》鹿《しか》女郎といった。志貴皇子の孫・安貴王《あきおう》（家持の歌友・市原王の父）の妻となったが、夫が七二三年ごろ、因幡の八上釆女を娶り、不敬の罪により釆女が本郷《くに》に帰らされるということが起こった。その時かどうか、彼女は、次の怨恨歌三首、

世の中の　女《をみな》にしあらば　わが渡る　痛背《あなせ》の河を　渡りかねめや（4・六四三）
今は我《あ》は　わびぞしにける　息《いき》の緒に　思ひし君を　ゆるさく思へば（4・六四四）
しろたへの　袖別るべき　日を近み　心にむせび　音《ね》のみし泣かゆ（4・六四五）

を詠んだ。その頃の彼女は何歳だったか。山崎馨氏は十七歳と推定しておられるが、少なくともそれくらい、あるいはそれ以上だったろう。時に家持は五歳。どうみても、女郎の方が十歳以上年長である。そこで彼女が家持と関わりを持っていたころ、「老人だからといって」と家持に贈った、

神さぶと　不欲《いな》にはあらず　はたやはた　かくして後に　さぶしけめやも（4・七六二）

とは実感だったろう。家持の方は、

百年《ももとせ》に　老舌《おいじた》出でて　よよむとも　われはいとはじ　恋はますとも（4・七六四）

と和している。また家持が、

うづら鳴く　故《ふ》りにし郷《さと》ゆ　念《おも》へども　何ぞも妹に　逢ふ縁《よし》もなき（4・七七五）

と贈ったのに対して、

言出《ことで》しは　誰《た》が言にあるか　小山田《をやまだ》の　苗代水《なはしろみづ》の　中淀《よど》にして（4・七七六）

と報いている。私は「小山田の　苗代水の　中淀」の句が、谷間の水田をとらえたものとして心ひかれるが、それはともあれ、これによって家持と紀女郎との関わった時期が、ほぼ七四五年（家持二十七歳）前後までかと推定される。とすれば、女郎は四十歳前後だったであろう。

咲きたるはねず（ニワウメ）〈大伴家持《おおとものやかもち》〉

大伴家持の唐棣花《はねず》の歌一首

夏まけて　咲きたるはねず　ひさかたの　雨うち降らば　移ろひなむか（8・一四八五）

夏儲而　開有波祢受　久方乃　雨打零者　将移香

［口訳］夏を待ちつけて　やっと咲いた唐棣花よ　それも（ひさかたの）雨が急に降ったら　色あせて散ってしまうだろうか。

⑯ニワウメ（花）（上）
ニワウメ（実）（下）

ニワウメ⑯「唐棣花《はねず》」については、ニワウメ、ニワザクラ、モクレン、フヨウ、ヤマナシなどとする諸説があったが、白井光太郎氏説によってニワウメ説が多く行われるようになっている。これは中国北部の原産で日本に渡来したものらしい。高さ一・五メートルぐらいの落葉低木、木は株立ちで、葉は二、三ミリの柄に互生し、卵状披針形で、下半部が広く基部は丸くなり、葉先がとがっている。花期は四月すぎ、葉より先か同時かに、花柄の先に梅の花に似た五弁の花を沢山つける。その色は淡紅色だが、白色のものもある。七月ごろ、果径一センチほどで光沢のある紅色の実が、上向きまたは横向きになる。甘味があり、そのまま食べられる。核は郁李子《いくりし》といって漢方薬になる。

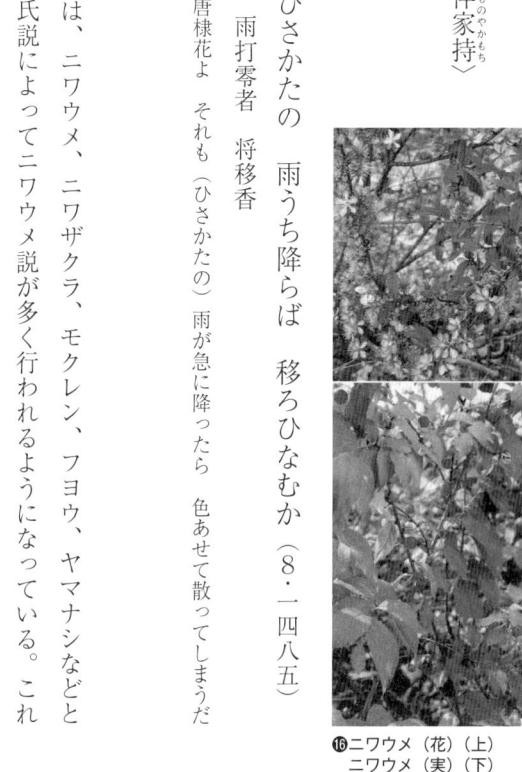

唐棣花を詠んだ歌はこの作の外、

思はずと　言ひてしものを　唐棣花色の　移ろひやすき　わが心かも（4・六五七）坂上郎女

山吹の　にほへる妹が　唐棣花《はねず》色の　赤裳《あかも》の姿　夢に見えつつ（11・二七八六）作者不明

唐棣花色の　移ろひやすき　心あれば　年をぞ来経《きふ》る　言《こと》は絶えずて（12・三〇七四）作者不明

の三首が入集している。作者のわかる二首は大伴氏のものだ。おそらく佐保にあった大伴邸の庭に、新来の花木として植えられていたのであろう。四首のうち三首までが、色あせて早く散る花ととらえている。植物としてそのものを見ているのは家持の一首のみ。彼はこうした可憐な花を愛し、いたわり、惜しむ心を失わなかった。この歌秀作とは言い難いが、季節に対する鋭敏な感受性は評価できる。

あやめ草（ショウブ）〈大伴家持《おおとものやかもち》〉

大伴家持の霍公鳥の歌一首

ほととぎす　待てど来鳴かず　あやめ草　玉に貫《ぬ》く日を　いまだ遠みか（8・一四九〇）

霍公鳥　雖待不来喧　菖蒲草　玉尒貫日乎　未遠美香

［口訳］ほととぎす　それを待っているが来て鳴かない。菖蒲草　それを、薬玉として紐を通して飾る五月五日は　まだずっと先のことだからか。

ショウブは、古く「菖蒲草」と記し、アヤメグサといった。シベリア東南部、アジア東部から日本全土、さらに北アメリカまでの暖温帯に広く分布する。沼沢地や河岸に群生する多年草で、南方では常緑だが、日本などでは冬になると地上葉が枯れて休眠状態となる。根茎は地表近くを横にのびる。葉は長い剣状で長さ七〇センチ前後、中央脈がはっきり隆起し、基部は鞘になる。滑らかで芳香がある。五月ごろ、葉より短くやや偏平な花茎が伸び、頂部に黄緑色の小花の密集した肉穂花序をつけ、八月ごろまで咲きつづける。日本に生えるものには種子がなく、地下茎が分枝して栄養繁殖する。ハナショウブ（原種はノハナショウブ）とは別属である。

ショウブ

集中に「あやめぐさ」の名が出るもの十二首、うち九首までが大伴家持の歌である。万葉人は、邪気をはらうものとして、これを縵《かづら》としたり、薬玉に合わせ用いたりした。

ほととぎす　厭《いと》ふ時なし　あやめ草　縵《かづら》にせむ日　こゆ鳴き渡れ（18・四〇三五）田辺史福麻呂

白玉を　包みてやらば　あやめ草　花橘に　合《あ》へも貫くがね（18・四一〇二）大伴家持

前者は七四八年（天平二十年）三月二十三日（陽暦四月二十八日）越中守家持の館での宴席で、古詠として福麻呂が誦した一首、後者はその翌年の五月十四日（陽暦六月七日）同じ館で、京の家（妻の大嬢）に贈るために真珠を欲した長歌（18・四一〇一）の第一反歌である。

ほととぎすを待つ心は、清少納言の『枕草子』に、

ほととぎすは、なほさらにいふべきかたなし。いつしかしたり顔にも聞えたるに、卯の花、花橘などに宿をして、はたかくれたるも、ねたげなる心ばへなり。

さみだれの短き夜に寝ざめをして、いかで人よりさきに聞かむと待たれて、夜深くうち出でたる声の、らうらうじう愛敬づきたる、いみじう心あくがれ、せむかたなし。六月になりぬれば、おともせずなりぬる、すべて、いふもおろかなり。（三巻本、第三十九段）

などと記されるが、『万葉集』の家持あたりから、卯の花・花橘との取り合わせが始まったらしく、「……卯の花の　咲く月立てば　めづらしく　鳴くほととぎす　あやめ草……」（18・四〇八九）、「……ほととぎす　来鳴く五月の　あやめ草　花橘に……」（18・四一〇一）などと、家持が歌っている。

姫百合（ヒメユリ）〈大伴坂上郎女《おおとものさかのうえのいらつめ》〉

大伴坂上郎女の歌一首

夏の野の　繁みに咲ける　姫百合の　知らえぬ恋は　苦しきものぞ（8・一五〇〇）

夏野之　繁見丹開有　姫由理乃　不所知恋者　苦物曽

［口訳］夏の野の　草深い中に咲いている　姫百合のように　目立つことなく、相手に知ってもらえない恋は　苦しいものなのよ。

ヒメユリ㊼は、アジア東部、九州・四国・本州近畿以西に分布するが、日本では野性密度がきわめて低く、日当りのよい草地や疎林中にまれに生える多年草で、茎は高さ三〇～五〇センチで鱗茎がある。五センチ内外の葉は細い狭披針形で、ふちに細い突起があり、散在して互生する。六、七月の頃、直径六センチ前後、星形・六弁・濃赤色の花を上向きにつける。まれに黄花をつけるものがあり、黄姫百合とよぶ。姫百合の名の出るもの、集中この一首のみ。

前記したように、姫百合は日本にはまれにしか生えず、しかも背が低いので、夏野の繁みの中では

㊼ヒメユリ

目立たない可憐な花である。これを序詞とし譬喩に用いて、人知れぬ片恋の苦しさを歌ったのは巧みというべきだろう。

大伴坂上郎女は、佐保大納言とよばれた安万呂を父、石川内命婦を母として生まれた。旅人の異母妹である（旅人の母は巨勢《こせ》郎女）。生年は未詳だが、六八九年（持統三年）、六九九年（文武三年）、七〇一年（大宝元年）説などがある。初め一品穂積皇子（天武天皇の第五皇子、七一五年七月二十七日、知太政官事で没）に嫁ぎ、その死後に藤原麻呂（不比等の第四子）との交渉もあったが、異母兄の宿《すく》奈麻呂《なまろ》（母は旅人と同じ巨勢郎女）と結ばれ、坂上大嬢《おおいらつめ》《おおおとめ》（家持の妻）、二嬢を生んだが離別し、従兄弟の安倍虫麻呂と関係もあったが、七二八年夏兄の大宰帥旅人の妻・大伴郎女の没後、九州に下向した。これには後妻としてとする説もあるが、大伴一族の「主婦の座」につくためぐらいがおだやかであろう。七三〇年十一月、兄に先立って帰京。「主婦の座」を守って多くの歌を詠んだ。彼女の作品として年代のわかる最終の作は七五〇年の「京師《みやこ》より来贈《おこ》せる歌」の長・反歌各一首（19・四二二〇―四二二一）で、夫の任地越中に下った大嬢にあたえたものである。残念ながらその後の消息はわからない。坂上郎女の歌として入集するもの、長歌六首、短歌七十七首、旋頭歌一首。女流最多の歌人であり、その多才ぶりはもっと高く評価してよい。

七種の花／藤袴（フジバカマ）〈山上憶良《やまのうえのおくら》〉

山上臣憶良の秋野の花を詠める歌二首

秋の野に　咲きたる花を　指折《およ》り　かき数ふれば　七種《ななくさ》の花

その一（8・一五三七）

秋野尓　咲有花乎　指折　可伎数者　七種花　其一

［口訳］秋の野に　咲いている花を　指折って　数えてみると　七種類の花がありますなあ。―その一

萩の花　尾花葛花　なでしこの花　をみなへし　また藤袴　朝顔の花

その二（8・一五三八）

芽之花　乎花葛花　瞿麦之花　姫部志　又藤袴　朝皃之花　其二

［口訳］萩の花　尾花、葛の花　なでしこの花。そして藤袴　朝顔の花ですよね。―その二

51フジバカマ

フジバカマ51は、中国、朝鮮半島から、九州・四国・本州関東以西の川岸や土手に生える多年草であるが、日本には野生のものは少なく、奈良朝に、中国ないし朝鮮半島から渡来したものであろうと

いう。根茎は横に長く延び、地上茎は高さ一メートルあまり、上部で分枝する。茎の中央部の葉は対生し、葉身は深く三つに裂けている。八月から九月にかけ、枝頂に、淡紅紫色五個の管状花を散房状につける。果実は長さ三ミリほどで白い冠毛をもっている。奈良朝では香草として売られていたらしい。藤袴の名の出るもの、集中この一首のみ。

この二首の歌は、短歌（五・七・五・七・七）と旋頭歌（五・七・七・五・七・七）を組み合わせてその一、その二としているが、それぞれ一首では意味をなさない。合わせて一つの内容をもつ謡物であることを示し、漢詩にその例がある。秋の宴席などで、立ち上がった憶良が、詞句どおり、指を折る動作などを交じえながら謡い上げたものであろう。謹直な憶良にもこういう半面があったらしい、というよりも、これこそ万葉文芸の一面というべきかもしれない。参考までに春の七種をあげておく。

芹（せり）、薺（なずな）、御形（ごぎょう）、蘩蔞（はこべら）、仏座（ほとけのざ）、菘（すずな）、蘿蔔（すずしろ）。

もみつ蝦手（イロハカエデ）〈大伴田村大嬢《おおとものたむらのおおおとめ》〉

大伴田村大嬢の妹坂上大嬢に与ふる歌

わが屋戸に　もみつ蝦手《かへるて》　見るごとに　妹をかけつつ　恋ひぬ日はなし（8・一六二三）

吾屋戸尓　黄変蝦手　毎見　妹乎懸管　不恋日者無

［口訳］うちの庭に　黄葉したかえでを　見るたびに　あなたを気にかけ気にかけして　恋しく思わない日はないのよ。

⑲イロハカエデ

イロハカエデ⑲　カエデ科の植物は、二属およそ百六十種が北半球に分布するが、カエデ属は百五十種をこえ、そのうちおよそ九十種がヒマラヤから中国にかけて野生し、日本には二十三〜二十五種が自生するという。現代一般にカエデの名で呼ばれているのは、中国東岸部、朝鮮半島南部、九州・四国・本州（太平洋側では福島県、日本海側では福井県以西）の低い山地に生えるイロハカエデで、万葉時代のものもほぼこれであろうと考えられている。高さが一五メートルに及ぶものもあるという落葉の高木で、庭木として植えられることが多い。葉は二〜五センチの柄に対生し、径三ないし六センチ、掌状に五ないし七つに裂けている。四、五月ごろ雄花と両性花との混じった小花を、葉とともに開く。秋に長さ二・五センチ前後の翼のある実がなり、風に乗って回りながら散り、翌年の春に芽を出す。秋に低地では黄葉するが、紅に染まる部分もあって一様ではない。園芸品種が多い。

この歌は、大伴宿奈麻呂（旅人の同母弟）の娘である作者（母は未詳）が、異母（坂上郎女）妹の大嬢に与えたとある二首中の第二首で、第一首は、

わが屋戸の　秋の萩咲く　夕影に　今も見てしか　妹が光儀《すがた》を（8・一六二二）

である。「夕影」は「夕方の光」、「光儀」は「優美な姿」で、萩の花に妹の姿態を連想して、「今の今逢いたい」と言っているのである。姉は田村の里（奈良市法華寺町付近とも天理市田町ともいう）、妹は坂上の里（生駒郡三郷町立野の東北、坂上か。奈良市佐紀町の北方、磐姫〈仁徳皇后〉陵付近か。不明）と別れ住んでいた。田村大嬢として入集するもの短歌のみ九首、すべてこの妹に与えたもの、来訪を待つ歌ばかりである（何故か、妹が姉に贈った歌は入集していない）。四首記しておく。

いかならむ　時にか妹を　葎生《むぐらふ》の　きたなき屋戸に　入り坐《いま》せなむ（4・七五九）

茅花《つばな》抜く　浅茅《あさぢ》が原の　つぼすみれ　いま盛りなり　わが恋ふらくは（8・一四四九）

ふるさとの　奈良思《ならし》の丘の　ほととぎす　言《こと》告げやりし　いかに告げきや（8・一五〇六）

あはゆきの　消ぬべきものを　今までに　ながらへぬるは　妹にあはむとぞ（8・一六六二）

「つぼすみれ」が「スミレ」と同じものかどうかわからない。もし別種とすれば、これは東アジアの暖帯から温帯に広く分布し、日本では山野の湿った草地に生える多年草で、スミレより背が高く、葉の形も異なる。花期は四、五月。葉腋から白い五弁の小花を開く。

野辺のかほ花（ヒルガオ）〈大伴家持《おおとものやかもち》〉

大伴宿禰家持の坂上大嬢に贈る歌

高円《たかまと》の　野辺のかほ花　面影に　見えつつ妹は　忘れかねつも（8・一六三〇）

高円之　野辺乃容花　面影尒　所見乍妹者　忘不勝裳

［口訳］高円の　野辺に咲く容花、この花そのまま　面影に　いつもちらついて、あなたのことは　忘れることができなかったのですよ。

ヒルガオ㊶「容花」には、ヒルガオ、カキツバタ、オモダカ、アサガオ、ムクゲ説などがある外、ただ「美しい花」の意とする説もあるが、鹿持雅澄《かもちまさずみ》などによって、一応ヒルガオとしておく。これは東アジア一帯（中国、朝鮮半島、日本全土）の野原や道端、川辺などに生える多年性のつる草で、地中深くを横にのびる地下茎から左巻きのつるを出して巻きのぼる。花期は七、八月。葉腋から長い柄を出し、花冠の長さ・直径ともに五センチの、淡紅色、ろうと状（朝顔型）の花を、日中咲かせる。

この歌は、七四〇年（天平十二年）の七、八月ごろ、作者が妻の大嬢に贈ったものであろう。

ねもころに　物を思へば　言はむ術《すべ》　せむ術もなし　妹と我　手携て　朝には庭に出で立ち　夕

㊶ヒルガオ

には　床うちはらひ　白たへの　袖さし交《か》へて　さ寝し夜や　常にありける　あしひきの　山鳥こそは　峰《を》向かひに　妻どひすと言へ　うつせみの　人なるわれや　なにすとか　一日一夜も離《さか》りゐて　嘆き恋ふらむ　ここ念へば　胸こそ痛め　そこ故に　心和《な》ぐやと　高円の　山にも野にも　うち行きて　遊びあるけど　花のみし　にほひてあれば　見るごとに　まして偲《しの》はゆ　いかにして　忘るるものぞ　恋といふものを（8・一六二九）

の反歌である。この長歌、既に多くの指摘があるように、柿本人麻呂が妻の死後、泣血哀慟して作ったという長歌（2・二〇七）や、山上憶良の「世間の住《とどま》り難きを哀《かなし》める歌」の長歌（5・八〇四）などから語句を借りているが、最初に恋の術なさを言って歌を起こし、次に共寝をしたことが幾夜もないといい、山鳥なら習性として谷を隔てて妻どいをするだろうが、人間である私が、どうして一日一夜でも離れていて嘆き恋わねばならないのか、そう思うと胸が痛むと訴え、転じて、そこで心を慰めることが出来るかと高円の山野を遊び歩いてみたが、花だけが美しく咲いている。その花を見るたびに一層恋心が増さるのだと口説き、とすれば、どのようにして忘れることができるのか、恋というものは、と結んで発想部と呼応させ、わが恋の術なさを歌いあげている。どうみても、柿本人麻呂的な激情や山上憶良風の深刻さには及ばないけれど、天平期の青年貴族の相聞歌はこの程度のもので、これなど無駄なところもなく整理された作といってよいだろう。さて掲げた反歌は、「花」を「容花」と個別化し、それを譬喩に妹の幻影とみて、いつも目前にちちらついて忘れることが出来かねると訴えたものだ。ともあれこの歌から、天平美人風・丸顔の、愛らしい大嬢が目に浮かぶようだ。

川楊の（カワヤナギ）〈作者不明〉

絹の歌一首

かはづ鳴く　六田《むつた》の河の　川楊《かはやぎ》の　ねもころ見れど　飽《あ》かぬ河かも（9・一七二三）

河蝦鳴　六田乃河之　川楊乃　根毛居侶雖見　不飽河鴨

［口訳］カジカの鳴く　六田の河の　川楊の　根ではないが、どれだけねんごろに見ても　見あきぬ河だよ。

カワヤナギは、ウスリー地方、中国、朝鮮半島から日本全土の日当りのよい川辺に自生する。高さ二メートル前後の落葉低木で、早春、葉より前に上向きに花穂を出す。雌雄異株で、花穂は三〜五センチ、白絹のような毛を密生し、銀白色に輝く。葉は軟毛のある葉柄で互生し、早いころは両面に絹毛が密生しているが、のち表面は無毛となり、裏面は灰白色となって毛を残す。

六田は現在の奈良県吉野郡大淀町六田。河はその辺りを流れる吉野川である。明日香から巨勢路を経て吉野に入る人々にとっては、はじめてみる川幅の広さであった。そこで、

音に聞き　目にはまだ見ぬ　吉野川　六田の淀を　今日見つるかも（7・一一〇五）作者不明

カワヤナギ

といった感慨もうまれるのだが、橋のない時代には主要な渡し場であった。古くから楊柳が多かったらしく、後世「柳の渡し」と呼ばれて親しまれた。

歌の作者「絹」は、絹麻呂などの略記かともいわれるが、あるいはこの付近にいた遊行女婦の名かもしれない。結句の「河」を「君」とする本もあるが、本来そちらだったのを謡いかえたのであろう。

上句は、川楊の根に注目して、「ねもころ」の「ね」をみちびく序詞だが、多くの万葉歌が「根」から「寝」を連想している。

山の際《ま》に　雪は降りつつ　しかすがに　この川楊《かはやぎ》は　萌えにけるかも（10・一八四八）作者不明

山の際の　雪は消《け》ざるを　みなぎらふ　川の沿ひには　萌えにけるかも（10・一八四九）作者不明

は、早春に咲く川楊の姿をとらえたもの。

あられ降り　遠江《とほつあふみ》の　あど川楊　刈れども　またも生ふといふ　あど川楊（7・一二九三）

は、柿本朝臣人麻呂歌集中の旋頭歌である。「あど川」には、滋賀県高島郡を流れる安曇川説、静岡県の引佐《いなさ》細江《ほそえ》に流入する現在の呉石川説があって不明である。ともあれこの歌は、恋の尽きざることを歌った歌謡であろう。川楊の名の出る歌は以上がすべてである。

ははそ原（コナラ）〈藤原宇合《ふじわらのうまかい》〉

宇合《うまかい》卿の歌

山科《やましな》の　石田《いはた》の小野の　ははそ原　見つつか君が　山道《やまぢ》越ゆらむ（9・一七三〇）

山品之　石田乃小野之　母蘇原　見乍哉公之　山道越良武

［口訳］山科の　石田の小野の　ははその生えた野　あの野を見つつあなたが　いま山道を越えていらっしゃるのでしょうか。

コナラ「ははそ」は、現在のコナラの別名であるが、古くはオオナラ、クヌギなどをも同名で呼んだのかもしれない。朝鮮半島から日本各地の、暖地の山野に分布する落葉高木で、高さ一五メートル以上、胸高直径六〇センチとなるものもあるという。山火事や焼畑耕作が行われた後、二次林として赤松などと共に多く生え出す。樹皮は灰白色、縦に不規則な割れ目がある。葉は互生し有柄、狭い倒卵形で先がとがり、ふちに鋭い鋸歯をもつ。秋になると若木は紅葉、古木は黄葉する。花期は四、五月で、新葉と同時に咲く。雌雄同株で、雄花穂は新枝の基部に多数が下がり、雌花は上部の葉腋から出る、風媒花だ。実がいわゆるドングリで、年内に熟して褐色の堅果となる。これはそのままでは食

コナラ

べられないが、水にさらして食用とされた。

「山科の　石田」は、今日の京都市伏見区石田町付近。古くから奈良・近江を結ぶ交通の要地であった。「ははそ原　見つつ」というのは、前記した紅葉もしくは黄葉をであろう。この歌の作者、藍紙本の目録には「飯女歌三首」とあり、その方が「君」の語にふさわしい。飯女の身分はわからないが、それこそ後世風に言えば飯盛女（遊行女婦）でもあったろうか。その歌を宇合が口誦したのかもしれない。この歌、実は詞書に「宇合卿の歌三首」とあるその第二首で、第一首、第三首は、

(1)暁《あかとき》の　夢《いめ》に見えつつ　梶島の　磯越す波の　しきてし思ほゆ（9・一七二九）

(2)山科の　石田の杜《もり》に　ぬさ置かば　けだしわぎ妹に　ただに逢はむかも（9・一七三一）

であるが、(1)は、

夢のみに　つぎて見えつつ　小竹島の　磯越す波の　しくしく思ほゆ（7・一二三六）作者不明

の替え歌であろう。「小竹島」はササシマかシノジマか。後者として、伊勢湾頭、愛知県の現名「篠島」説が有力である。とすれば「梶島」は三河湾、吉良町沖の「梶島」であろうか。よくわからないが、この両首の間には本歌、替え歌という関係がありそうだ。ともかくこの三首の、少なくともこの歌は、後の二首と旅中の歌という共通性があるだけである。(2)の歌の方は、掲げた歌と場所も同じ、歌い手も男・女と対応する。これはもとから一組のものだったのであろう。そして、掲げた歌には、

草蔭の　荒藺《あらゐ》の崎の　笠島を　見つつか君が　山路越ゆらむ（12・三一九二）

玉かつま　島熊山の　夕暮れに　ひとりか君が　山路越ゆらむ（12・三一九三）

など類歌が多い。

藤原宇合の生年については異伝があって明確ではないが、六八四年（天武十二年）頃とすべきであろう。不比等の第三子で、七一六年（霊亀二年）正六位下で遣唐副使となり、七一九年（養老三年）常陸国守として、安房・上総・下総の三国をも管する按察使となった。七一三年（和銅六年）五月に出た史籍撰上の勅（いわゆる風土記）により、『常陸風土記』を執筆、ないし高橋虫麻呂（「桜花」の項〔124ページ〕参照）をして、古老の伝承などを採集させ、とり入れたらしい。七二四年（神亀元年）持節大将軍となり蝦夷を討つ。七二六年（同四年）知造難波宮事。七三一年（天平三年）参議となり、翌年の八月西海道節度使。七三七年（同九年）の八月五日流行の疫病によって没した。『万葉集』に入集するもの、短歌のみ六首。『懐風藻』（七五一年成立の漢詩集）に漢詩六篇をとどめた。「西海道節度使を奉ずる作」

往歳東山役、今年西海行。行人一生裏、幾度倦辺兵。

は、外の万葉貴族には見られない、戦旅を倦む心が詠まれている。

黄楊の小櫛も（ツゲ）〈播磨娘子《はりまのおとめ》〉

石川大夫の遷任して京に上る時に、播磨娘子が贈れる歌

君なくは　なぞ身装《よそ》はむ　櫛笥《くしげ》なる　黄楊《つげ》の小櫛も　取らむとも思《も》はず（9・一七七七）

君無者　奈何身将装餝　匣有　黄楊之小梳毛　将取跡毛不念

［口訳］あなたが行ってしまわれたら　何のために身を飾ったりしましょうか。櫛箱の中の　黄楊の小櫛も　手にとろうという気持ちも起こりませんわ。

ツゲ㉓は、九州・四国・本州東北地方南部以西の暖地、山の石灰岩地や蛇紋岩地を好んで生える常緑の低木（樹高一～三メートル）である。幹は灰白色無毛で、小枝は四角形。葉は対生し、厚くて光沢があり、小さな長楕円形をしている。花期は三、四月。枝先や葉腋に、無柄で小さい淡黄色の花がかたまってつき、一個の雌花が雄花に囲まれている。実は、球形緑褐色で堅く、つやがあり、三本の花柱が角のような形に残る。熟すと三片に割れ、黒く光る種子を二粒ずつ出す。材質が均一微密で堅く、しかも細工が容易なので、版木・櫛・印判材として用いられてきた。

㉓ツゲ

「石川大夫」とは誰のことか。もし石川朝臣君子だとすれば、七一五年（霊亀元年）五月播磨守となり、七二〇年（養老四年）十月兵部大輔となって帰京しているので、その折の作ということになろう。同じ折、娘子は、

たゆらきの　山の峰《を》の上《へ》の　桜花　咲かむ春べは　君し偲はむ（9・一七七六）

とも歌っている。「たゆらき（原文、絶等寸）の山」は所在不明だが、当時の播磨国府は現在の姫路市城東町におかれていたとされるから、その付近の山か、同市東部の姫山だろうと説かれている。

播磨娘子は伝記が全くわからず、歌もこの二首しかない。遊行女婦ではないかとする説があるが、おそらく当たっているだろう。「たゆらきの……」の歌は、

〔口訳〕たゆらきの　山の頂の　桜の花　それが咲く春になったら　あなたは思いだされるでしょうか。

という意で、直接自分のことを出さないのは、身分の差があったりするからだろうが、おくゆかしい。そして第二首では、あなたのため以外に私は化粧する気もないのだときっぱり言いきって、女身の思い入れの深さを示している。石川大夫も、さぞ別れ難い気持ちだっただろう。

「黄楊」の名の出るもの集中に計六首。五首は櫛だが、柿本人麻呂歌集中の略体歌、

夕されば　床の辺去らぬ　黄楊枕　何しか汝《なれ》の　主《ぬし》待ちがたき（11・二五〇三）

は「黄楊枕」としている。これは、枕に向かってその主（女の愛人）の来ぬのを何故かと問いかけた、空閨を嘆いた歌である。

桜花（サクラ）〈作者不明〉

花を詠める

あしひきの　山の間照らす　桜花　この春雨に　散りゆかむかも（10・一八六四）

足日木之　山間照　桜花　是春雨尓　散去鴨

［口訳］（あしひきの）山あいをぱあっと明るくして咲いている　桜の花よ。それがこの春雨に　散ってゆくのか惜しいことだ。

サクラ『万葉集』にサクラというのは、その原種である「ヤマザクラ」だといわれ、現在のところ、済州島から薩南諸島・九州・四国・本州の東北地方南部以西に分布するとみられている。低い山地か平地にかけて生える落葉の高木で、高さは二〇メートルにも達し、樹齢数百年に及ぶものがあるという。花期は四月。直径二、三センチ、五弁の花が、若葉より前にかあるいは同時に咲く。その若葉にも色や光沢などに変異が多く、青、黄、茶、赤芽などのグループに分けられ、この花の見処の一つとされている。これの亜種または変種とされるものに、広く分布するカスミザクラ、本州中部以東に主として分布するオオヤマザクラ、大島・伊豆諸島原産のオオシマザクラがある。材は、家具、楽器、

ヤマザクラ

木版材などに用いられている。

この歌、巻十の「春の雑歌」のうち「花を詠める」ものの一首である。集中に桜を歌ったものはおよそ四十首、萩の百四十首あまり、梅の百二十首足らずには及ばないが、この「花を詠める」歌に関するかぎり、二十首中、半数の十首は桜、梅が六首、あとは山吹・久木・馬酔木・不明の各一首で、私どもの常識からみて、自然な割合というべきだろう。

万葉人はこの花を、

梅の花　咲きて散りなば　さくら花　継ぎて咲くべく　なりにてあらずや（5・八二九）張氏福子《ふくし》
さくら花　時は過ぎねど　見る人の　恋の盛りと　今し見るらむ（10・一八五五）以下、作者不明
雉鳴く　高円の辺に　さくら花　散りて流らふ　見む人もがも（10・一八六六）
春雨に　あらそひかねて　わが屋前《やど》の　桜の花は　咲きそめにけり（10・一八六九）
見渡せば　春日の野辺に　霞立ち　咲きにほへるは　桜花かも（10・一八七二）
春日なる　三笠の山に　月も出でぬかも　佐紀山に　咲ける桜の　花の見ゆべく（10・一八八七）

など種々にとらえようとしているが、秀作にとぼしい。掲げた歌の「山の間照らす」は、少しオーバーかも知れぬが、桜花の咲きほこる山間の明るさをよくみた表現といえようか。

ところで、この桜をよく詠んだ著名な歌人としては、高橋虫麻呂の名をあげるべきだろう。虫麻呂の作として年代の明白なものは、七三二年（天平四年）八月、藤原宇合が西海道節度使に任じられた折の壮行歌（6・九七一―九七二）、

白雲の　竜田の山の　露霜に　色付く時に　うち越えて　旅行く君は　五百重山《いほへやま》　い行きさくみ　賊《あた》守る　筑紫に至り　山のそき　野のそき見よと　伴の部《へ》を　班《あか》ちつかはし　山彦の　応《こた》へむ極み　たにぐくの　さ渡る極み　国状《くにかた》を　見《め》したまひて　冬ごもり　春さりゆかば　飛ぶ鳥の　早く来まさね　竜田道の　岡辺の道に　丹《に》つつじの　にほはむ時の　桜花　咲きなむ時に　山たづの　迎へ参《ま》ゐ出む　君が来まさば

反歌一首

千万《ちよろず》の　軍《いくさ》なりとも　言挙《ことあ》げせず　取りてきぬべき　士《をのこ》ぞと思ふ

しかない。あとは高橋虫麻呂歌集の歌ばかりだが、これによると、上総・下総・安房・武蔵そして常陸と、ほぼ宇合が按察使《あぜち》であった地方の歌を詠んでいる。これは、宇合に命じられてそれらの地方を歩き、『風土記』撰進のための資料採集にあたったからではないかと推定されるのだ。生没年とも不明なのは残念だが、「水江の浦島子」「勝鹿の真間娘子」「葦屋の菟原処女」の伝承を叙事的に歌いあげた歌人として、また筑波山における嬥歌《かがい》（歌垣）を具体的に紹介した歌人として、逸すべからざる万葉人というべきであろう。彼の歌および歌集歌として入集するもの、長歌十五首、短歌二十首、旋頭歌一首。「桜」の出るもの、七三二年三月宇合が知造難波宮事として下った時の作かと推定される長・短歌（9・一七四七―一七五二）を加えて、計七首ある。

春野のうはぎ（ヨメナ）〈作者不明〉

煙を詠める

春日野《かすがの》に　煙立つ見ゆ　娘子《をとめ》らし　春野のうはぎ　摘みて煮《に》らしも（10・一八七九）

春日野尓　煙立所見　嬬嬬等四　春野之菟芽子　採而煮良思文

［口訳］春の野に　煙の立つのが見える。娘子たちがさ　春野の嫁菜《よめな》　それを摘みとって煮ているにちがいないよ。

ヨメナ「うはぎ」は、今日のヨメナで、古くオハギともいった。九州・四国・本州の愛知県以西の平地（田のへりなど）、丘陵の路傍（湿り気のあるところ）に生える多年草で、根茎が長く地を這って繁殖する。若芽を食用とし、春の摘み草中の代表的なものである。茎は、芽立ちの頃は赤みがかっているが、伸びると紫がかった緑色となり、高さ三〇センチぐらいから一メートルになるものもある。花期は七月から九月。枝の上部に、中央部黄色（管状花）、ふち部紫色（舌状花）、三センチ前後の頭花を散房状につける。世にいう「野菊の花」はこれである。

ヨメナ

春の野に煙が立つのを見て、娘子たちが摘み草（ヨメナ）をして煮ているのにちがいないと推定した歌。摘み草は、娘子たちのする、実用をかねた行楽の一つだが、中国東南部の神仙思想によって、この娘子たちを仙女とする考えがあったらしい。そしてこの煮物は若さを保つ霊薬とみられていた。

巻十六の巻頭部分は「由縁《ゆえん》有る雑歌」だが、その中に、

昔、竹取の翁と呼ばれる老人が、春三月、丘に登って遠望しているうちに、若菜を煮る九人の娘子に遭い、呼びとめられ「火を吹け」といわれ、そうしているうちに、彼女たちの間に、「誰がこの老人を呼んだのか」という争いが生じた。そこで彼は「思いもよらず神仙に遭い、心を抑える暇もなく、馴れ馴れしく近寄ってしまった。この罪は歌でつぐなおう」といって作歌した。

という前書きをもった作者不明の長歌と短歌（16・三七九一—三七九三）がある。この長歌まだ訓み解けない部分があるが、大要は「これでも若い頃はしゃれ男だった。娘子たちにもさわがれたものだ。ところが今ではあなたたちにも、そんな昔があったと信じてはもらえないようだ。けれど古の賢人といわれた人も、後世のお手本にしようというので、老人を棄てにいった車を持ち帰った（棄てるつもりだった老人を棄てずにつれもどした）、という話もあるのだ」というもの。その反歌は、

死なばこそ　相見ずあらめ　生きてあらば　白髪《しらかみ》子らに　生ひざらめやも（16・三七九二）

白髪し　子らも生ひなば　かくのごと　若けむ子らに　罵《の》らえかねめや（16・三七九三）

で、つまり、「早死をしてしまえば見ないですむけれど、生きていればあなたたちにも白髪が生える。そうなったら、あなたたちとても、私のように、若い者に罵られることになるのですよ」と、戒めたものである。続いて「娘子らの和ふる歌九首」（16・三七九四—三八〇二）が記されている。

第一首の、

はしきやし　翁《おきな》の歌に　おほほしき　九《ここの》の児らや　感《かま》けて居らむ（16・三七九四）

は「本当だわね。おじいさんの歌に　うっかり呑気にしていた　私たち九人の若い者も　感動しています が、それだけでいいのかしら」といった意だ。第二首以下は、

恥《はぢ》忍び　恥を黙《もだ》して　事もなく　物言はぬさきに　我は寄りなむ（16・三七九五）

と、「恥を忍んで、女である私の方から、この老人に身をまかせて行こう」という歌から「われも寄りなむ」（16・三七九五）、「友のまにまに」（16・三八〇二）と、老人に身をまかせようという歌が続く。知識人の作らしく凝ったものだが、老人と娘子（ともに神仙とも考えられる）との恋物語（贈答歌）に神仙思想がよみとれるであろう。

まづ三枝の（ミツマタ）〈柿本人麻呂《かきのもとのひとまろ》〉

春の相聞

春されば　まづ三枝《さきくさ》の　幸《さき》くあらば　後にも逢はむ　な恋ひそわぎ妹《も》（10・一八九五）

春去　先三枝　幸命在　後相　莫恋吾妹

［口訳］春がくればきまって　まず咲く三枝の　その名のように幸せだったら　将来も逢うことができよう。そんなに恋いこがれないでほしい。私の愛する女《ひと》よ。

ミツマタ❸　三枝について、諸注多く不明とするが、ミツマタ説に不都合なところはないので、いまそれによっておく。ミツマタは、中国が原産で、わが国には慶長年間（一五九六――一六一五年）の渡来といわれるが、それは製紙材とされた年代（最初かどうかもわからない）を示すだけで、渡来年代を明示するのではないようだ。九州や甲駿地方の暖地の林野や山野に野生状態になっているものがあるといわれるのは、古い渡来を告げていると思う。高さ二メートル前後の落葉低木で、枝が三本ずつに分かれ、若い小枝と葉の裏は白い伏毛におおわれている。その葉は、短い柄で互生し、薄くやわらかい。球形の花序が、白い伏毛につつまれた一センチ前後の柄にさがる。前年の秋からつぼみを生

❸ミツマタ

じ、翌春三月には、葉の出る以前に、芳香のある花が咲く。木皮の繊維が長く丈夫なので、和紙の原料の一つとなっている。

この歌、巻十の「春の相聞」部のはじめに配されている「柿本朝臣人麻呂歌集に出づ」という七首中の第六首（七首すべて略体歌〈「菱採むと」の項（79ページ）参照〉）である。第二句までは「幸く」を同音で起こす序詞だが、『日本書紀』の顕宗天皇三年四月条に「福草部《さきくさべ》を置く」とあり、「三枝部」とも記す（『新撰姓氏録』）から、「三枝」は「福草」ともみられていたらしい。とすれば、いよいよ適切な序詞ということになろう。

ところで同じ七首中にある、

冬ごもり　春咲く花を　手折り持ち　千度《ちたび》の限り　恋ひわたるかも（10・一八九一）

の「冬ごもり　春咲く花」とは何の花であろうか。もしこれをも「三枝」と解することが許されるならば、この歌と掲げた歌とをもって、見事に対応する、女子と男子との相聞とみることができるのだが。

卯の花月夜（ウツギ）〈作者不明〉

鳥を詠める

五月《さつき》山《やま》　卯の花月夜《づくよ》　ほととぎす　聞けども飽かず　また鳴かぬかも（10・一九五三）

五月山　宇能花月夜　霍公鳥　雖聞不飽　又鳴鴨

［口訳］五月の山　卯の花が月光で夜目にも白く見える今夜だ。ほととぎすよ。どれだけ聞いても飽きなどしないぞ。もっと鳴いてほしい。

ウツギ⓮は、中国から日本全土の日当りのよい山麓や原野に生える落葉の低木で、生垣や庭木として栽植される。枝は対生して多く分枝し、中空。一年目の枝、葉、花序には星状毛があり、ざらざらしている。葉も対生。花期は五、六月。花は白色五弁で、時としてほんのり紅色がかる。花のあとに円形緑色の蒴果がなる。材は堅いので、木釘などに利用された。出雲の神魂《かもす》神社では火切り神事の杵《きね》として使用。またいつの頃からか、この花の咲くのを田植え時の目印とするようにもなった。

この歌「夏雑歌」中の一首。「五月山」「卯の花」「月夜」「ほととぎす」と、第三句まで名詞を連ね

⓮ウツギ

ている。印象が鮮明で歯切れがよい。さらにそれを「聞けども飽かず」と言い切って四句切れとし、結句を「また鳴かぬかも」と願望で結びとした。初夏の夜の印象と願望とがつりあって、さわやかな一首となっている。そのためであろう。後代の歌人にも好まれたらしく、『赤人集』(一八七六)、『新古今集』の夏歌(3・一九三)にも、「鳴けども飽かず　また鳴かなむ」、「聞けども飽かず　また鳴かんかも」(題知らず、読人しらず)としてとられている。前者によると、一時期、赤人の作とされたこともあったらしい。

集中、この花を詠んだもの二十四首。そのうち「ほととぎす」と組まれた作が十八首ある。卯の花は豊凶を占う花占の花だったともいうが、『万葉集』でみるかぎり作者の明示されたものは、後期に属する歌ばかりである。同じ巻十から数首抜いておく。(すべて作者不明)

春されば　卯の花ぐたし　わが越えし　妹が垣間は　荒れにけるかも(10・一八九九)
ほととぎす　鳴く声聞けや　卯の花の　咲き散る岡に　田草《くさ》引く娘子(10・一九四二)
朝霧の　八重山越えて　ほととぎす　卯の花辺から　鳴きて越え来ぬ(10・一九四五)
かくばかり　雨の降らくに　ほととぎす　卯の花山に　なほか鳴くらむ(10・一九六三)

くれなゐの（ベニバナ）〈作者不明〉

花に寄する

外《よそ》のみに　見つつ恋ひなむ　くれなゐの　末摘花《すゑつむはな》の　色に出《い》でずとも（10・一九九三）

外耳　見筒恋牟　紅乃　末採花之　色不出友

［口訳］外目ながら　たびたび見るだけで恋していよう。くれないの　末摘花のようには　顔色には出なくとも……。

ベニバナ❹⓪　六月の初旬、茎の先に咲く小花を摘んだので末摘花ともいわれる。原産地は中近東ないしエジプトとされ、三世紀にはシルクロードを経て中国に入り、奈良朝以前に朝鮮半島から伝来したとみられている。日本に野生種はない。高さ一メートル内外の一、二年草で、葉は互生し、縁にとげがある。六月になると、小花の集合した大形の頭状花を茎の先端につける。花の色は、初期は黄色、後に紅色となる。小花を摘みとり日かげ干しにしたものが紅花で、薬用となり、また臙脂《えんじ》とされ赤色染めの原料とされた。果実は白色ないし灰白色、楕円形で四稜があり、基部は斜めに花床についている。これから紅花油をとり、塗料・薬用・食用ともなった。若葉はサラダ菜とされる。今日では山形県が主産地だが、古くは宮城・岐阜・三重・兵庫・愛媛・福岡でも栽植したという。

❹⓪ベニバナ

「夏相聞」花に寄する中の一首。「色に出でずとも」の結句を「私への思いを面に出してくれなくとも」と解する、つまり顔色に出すのを相手とみる説もあるが、やはり「私の顔色には出なくとも（察してほしい）」とするのがおだやかだと思う。作者の性も明らかではなく、男性説もあるが、これも女性の立場でのものと見るべきであろう。譬喩の美しさはあるが、その他の点では類型のある歌だ。
「くれなゐ」の語の出るものは集中に約三十首あるが、そのすべてが「紅花」にかかわるものではなく、紅葉だったり、桃の花の色を言ったりしたものもある。末摘花の名が出るのはこの一首のみ。染めた色合いにも種々のものがあったらしく、「紅の　深染めの衣」（7・一三一三）、「紅の　八折《しほ》の衣」（11・二六二三）、「紅の　濃染めの衣」（11・二六二四、二八二八）、「紅の　薄染衣」（12・二九六六）などがある。「くれなゐの　赤裳」を裾引く姿は印象的だったらしく、それを詞句にしたもの、あるいはそれを意識した作も七首ほどみられる。ここには、高橋虫麻呂歌集中の「河内の大橋を独り行く娘子を見る歌一首」の長歌、反歌を記しておく。

しなでる　片足《かたし》羽《は》河の　さ丹《に》塗りの　大橋の上ゆ　くれなゐの　赤裳裾引き　山藍《あゐ》もち　摺《す》れる
衣《きぬ》着て　ただ独り　い渡す児は　若草の　夫《つま》かあるらむ　橿《かし》の実の　孤《ひと》りか寝らむ　問はまくの
欲しきわぎ妹が　家の知らなく（9・一七四二）

反歌

大橋の　頭《つめ》に家あらば　心悲《まがな》しく　孤《ひと》りゆく児《こ》に　宿貸さましを（9・一七四三）

「片足羽川」は、柏原市安堂付近を流れる大和川の部分名であろうか。当時藤井寺市船橋付近に河内国府が置かれていたらしいから、この安堂、船橋間にかかっていたのが河内大橋であろう。ともあれこの女性は、くれない染めの裳の裾を引き、山藍（インドシナ、タイ、中国、朝鮮半島、台湾、沖縄・九州・四国・本州に分布、山地の樹下に生える多年草。地下茎は分枝して這い、白色であるが、乾くと紫色となる。茎高三〇～四〇センチ。葉は対生し長楕円状の皮針形で薄くまばらに毛が生えている。花期は早春、花柄につく。昔、この生葉を摺り染の材料とした。栽培種の藍より青みが少ないとされる）で摺った衣を着ていた。その彼女が「さ丹塗り」の橋の上を、渡ってゆくのだ。これらの色が水に映えてさぞ美しかったであろう。しかも「心悲しく　孤り」でゆくのである。それを見ては、虫麻呂ならずとも「宿貸さましを」と思うことであろう。

ま葛原（クズ）〈作者不明〉

花を詠める

ま葛原　なびく秋風　吹くごとに　阿太《あだ》の大野の　萩の花散る（10・二〇九六）

真葛原　名引秋風　毎吹　阿太乃大野之　芽子花散

［口訳］一面の葛原を　なびかせる秋風　それが吹くたびに　阿太の大野の　萩の花が散ることだ。

クズ52は、ロシア沿海州の一部から、中国、朝鮮半島、日本全土の温帯から暖帯に分布する。山野に自生するつる性の多年草で、主根は太く地下にのび、長さ一・五メートル、直径二〇センチにもなるものがあるという。この根はでんぷんを多く含み、葛粉と呼ばれて、食用・薬用とされてきた。茎も長くのび、一〇メートルを越える。先が三葉に分かれた大きな葉の裏は白っぽい。七月から九月ごろ、一〇〜二〇センチの花穂をつけ、甘い香りを放つ。紅紫色の蝶形花は約二センチで散りやすい。豆果は五〜一〇センチで、茶色の毛が生えている。秋の七草の一つ。葉は牛馬などの飼料ともなる。

この歌、「秋の雑歌」中の一首。「阿太」は奈良県五条市の東部、現在の阿田付近。この辺りは、大

52クズ

和から吉野、紀伊に出る道筋にあたる。「大野」は、狩りをするような、自然のままの原野をいう。一面の葛原を吹き渡る風がその葉をなびかせて白い裏葉を見せる。そのたびに萩の花が咲き散るという、秋の原野を行く旅びとがとらえた風景。「ま葛原」と第一句にいって荒れた野の姿を示し、第四句で「阿太の大野の」とその位置を明らかにしながら、「大野」で「ま葛原」の原野性を強調し、可憐な萩の花が散ると歌って、その野の様相を的確に表現している。叙景歌としてすぐれた一首というべきだろう。

集中、この名の見えるもの十八首。多くは「ま葛はふ」とその特色をとらえているが、その繊維を衣料としたことを示すものに、柿本人麻呂歌集中の旋頭歌と作者不明の短歌、

大刀《たち》の後《しり》　鞘に入野《いりの》に　葛引くわぎ妹《も》　ま袖もち　着せてむとかも　夏草刈るも（7・一二七二）

をみなへし　佐紀沢の辺の　ま葛原　いつかも繰りて　わが衣《きぬ》に着む（7・一三四六）

がある。「入野」は所在不明だが、京都市右京区大原野上羽町に式内の入野神社があり、その付近かともいう。「佐紀沢」（54ページ参照）は、諸説多く奈良市佐紀町辺りの沼沢地とするが、原文「生沢辺之」ので、固有名詞かどうかわからない。葉の色づくことも注目され、ともに作者不明の短歌、

雁《かり》がねの　寒く鳴きしゆ　水茎《みずくき》の　岡の葛葉は　色づきにけり（10・二二〇八）

わが屋戸《やど》の　葛葉日《ひ》に殊《け》に　色づきぬ　来まさぬ君は　何心《なにごころ》ぞも（10・二二九五）

がある。「水茎の」は枕詞だとされるが、これもよくわからない。

朝顔は（アサガオ、またはキキョウ）〈作者不明〉

花を詠める

朝顔は　朝露負ひて　咲くといへど　夕陰《かげ》にこそ　咲き増さりけれ（10・二一〇四）

朝皃　朝露負　咲雖云　暮陰社　咲益家礼

［口訳］朝顔は　その名のとおり、朝露を浴びて　咲くと世間ではいうけれど　本当は夕方の光のもとでこそ　そらこのように、いっそう見事に咲き増さるものだったのだよ。

アサガオは、ヒマラヤから中国西南部にかけてが原産地で、中国ではおよそ千五百年前から薬用に栽培され、日本には約一千年前（といえば平安朝）渡来したとされてきた。だが事実はどうだろう。最近の研究によれば、ヒマラヤ南麓からブータン、アッサム、中国西南部を経て日本に及ぶ照葉樹林は六千五百年前ごろまでには大阪湾沿岸にまで到達し、日本海側では若狭湾沿岸にまでは確実に到着しており、内陸部に拡大するのは遅れて五千年前ごろだとされ、さらに三千五百年前ぐらいには現在に近い分布域にまで拡大したとされる（安田喜憲氏『環境考古学事始』（本書238ページ参照））。説かれるごとくならば、これと原産地（生育地）を同じくする朝顔の伝来は、一千年前よりはるかに古かった

アサガオ

㊹キキョウ

可能性があろう。ところでこの歌の「朝顔」、ひいては『万葉集』に歌われた朝顔が現在のアサガオではないというのは、この歌の「夕陰にこそ　咲き増さりけれ」という点が相違するからである。ところがこれについても、最近、昼間も咲きつづける在来種のあることが各地から報告されているという（小学館版　日本古典文学全集『万葉集』三）。ということになると、この「朝顔」もアサガオの一種である可能性が大きいということになろう。さてそのアサガオ（一般的なもの）は、つる性の一年草で、茎に下向きの毛が生え、左巻きに巻き上がる。花期は七月から十月（季題は「秋」）。つぼみは筆先状で、右巻き五本のひだがあり、早期に開花し、午前中にしぼむ。花茎は多く七〜一五センチで、雄しべは五本、自家受粉する。主産地は奈良・徳島の両県だという。この「奈良」にも注目したい。

キキョウ㊹　この歌の「朝顔」には右に記した外、キキョウ、ムクゲ、ヒルガオ説がある。キキョウ説をとるものが多い。ウスリー地方・中国北部および東北部から、朝鮮半島、日本全土（特に長野県・東北地方・北海道）に野生のものがある。日当りのよい山地の草原などに生える多年草で、茎は直立し、高さ四〇センチ〜一メートル、傷つけると白い乳液を出す。根は肉質で太く、土中に深く垂直にのびる。葉は一般に互生、対生または輪生状となることもある。長楕円形で鋸歯があり、裏は短毛で蒼白色。花期は八、九月。茎の先に、青紫色（まれに白色）広鐘形で径五センチぐらいの花数個を咲かせる。花冠の先は五裂している。蒴果は、これも五裂し、長さ一ミリほどの種子を出す。

この歌も「秋の雑歌」中の「花を詠める」一首。夕方の淡い光の中で咲き増さる朝顔を見出した喜びを歌っている。理屈っぽいところはあるが、「朝露負ひて」といい、「夕陰にこそ」といっているところに、新鮮な風趣を感じさせる具象性があり、ただの理屈に終わっていないところに好ましさのある一首といってよかろう。集中「朝顔」そのものを歌っているのはこの一首のみ。他は、七種の花を列挙した山上憶良の作（8・一五三八、「七種の花〈藤袴〉」〈111ページ〉に既出）を除くと、

(1)展転《こいまろ》び　恋ひは死ぬとも　いちしろく　色には出でじ　朝顔の花（10・二二七四）

(2)言《こと》に出でて　言はばゆゆしみ　朝顔の　秀《ほ》には咲き出ぬ　恋もするかも（10・二二七五）

(3)わが目妻　人は放《さ》くれど　朝顔の　としさへこごと　わは離《さか》るがへ（14・三五〇二）

があるが、(1)、(2)はともに恋心を顔には出さないという趣旨の作者不明歌、ともに譬喩、「秋の相聞」中の「花に寄する」歌である。(3)は東歌（未勘国）〈どこの国とも判定し難い国〉で、「としさへこごと」の意不明のため何ともいいがたいが、この「朝顔の」も何かの譬喩であろう。

女郎花（オミナエシ）〈作者不明〉

花を詠める

手に取れば　袖さへにほふ　女郎花　この白露に　散らまく惜しも（10・二一一五）

手取者　袖并丹覆　美人部師　此白露尓　散巻惜

［口訳］手に取ると　袖までが黄に染まる。女郎花よ。それがこの白露によって　散ると思うと惜しくてならないことだ。

オミナエシ㊻は、アジア東部、北部から日本全土に分布する。日当りのよい山地や丘陵地に生える多年草で、やや太い根茎が地下を這い、新苗が株の側に出る。茎の高さ六〇センチ～一メートル前後、直立して分枝する。葉は対生し、奇数に深く羽状分裂する。花期は八月から十月。枝の先に、直径三～五ミリの黄色い小花を、散房状に多数つける。実は三、四ミリの長楕円形、やや扁平で腹面に一脈があり、中に一個の種子をもつ。秋の七草の一。

この歌も「秋の雑歌」中の「花を詠める」一首。「手に取れば　袖さへにほふ」という表現が美しく、それが「白露に　散」るというのも、行く秋の情趣が感じられてよい。ただ女郎花が散るというのは

㊻オミナエシ

わが机　袖にはらへど　ほろろ散る　女郎花こそ　うらさびしけれ（『春泥集』与謝野晶子）

などという現代短歌もあるが、適切でないとし、下句は既成のものを使って、一首を合成したのではないかとする説もある。

「をみなへし」の語を含む歌は集中に十四首あるが、そのものをとらえた歌は四首。他は萩などととり合わせるか、枕詞とするか、恋の譬喩とするかの用法である。

七四六年（天平十八年）八月七日（陽暦八月二十七日）の夜、その年の七月越中守となって赴任した大伴家持は、国守の館で宴を催した。その折、越中掾（三等官）だった大伴宿禰池主が女郎花を折りとって持参した。そこで家持は、

秋の田の　穂向き見がてり　わが背子が　ふさ手折《たを》り来《こ》し　をみなへしかも（17・三九四三）

と謝し、池主は、

をみなへし　咲きたる野辺を　行きめぐり　君を思ひ出《で》　たもとほり来ぬ（17・三九四四）

と歌った。ともにわが身を女性としてたわむれているらしいが、池主の作には特にその情趣が濃い。大目《だいさかん》（四等官）だった秦忌寸八千島《はだのいみきやちしま》は同じ折、

ひぐらしの　鳴きぬる時は　をみなへし　咲きたる野辺を　行きつつ見べし（17・三九五一）

と歌って、この人々を野遊びに誘っている。秋の黄昏時のわびしさを慰めようとする心だ。

思ひ草（オモイグサ）〈作者不明〉

草に寄する

道の辺の　尾花が下の　思ひ草　今さらさらに　何(を)か思はむ（10・二二七〇）

道辺之　乎花我下之　思草　今更〻尓　何物可将念

［口訳］道のほとりの　尾花の下の　思い草。それでもないに首を垂れて、くどくどと　何を思いましょうか。

オモイグサ❶には、リンドウ、ツユクサ、オミナエシなどの諸説があったが、オモイグサ（ナンバンギセル）とすべきであろう。これは、インド、フィリピン、中国、沖縄から北海道まで広く分布し、ススキ・ヒエ・スゲ・サトウキビ・ミョウガなどの根に寄生して生育する。ほとんど葉緑素を欠く退化した葉を持つ一年生の草で、一〇～三〇センチの花柄の先に、七月から九月のころ、三ないし五センチほどの淡い紅紫色、筒状の花を横向きにつける。その姿がパイプに似ているというので、物好きな誰かがナンバンギセルといい、その名が一般化した。元の名にもどすべきだろう。集中この草の名が出るのはこの一首のみであり、その後しばらく忘れられていたようだが、和泉式部が、

野辺見れば、尾花がもとの　思ひ草　枯れゆく冬に　なりぞしにける（『新古今集』6・六二四）

❶オモイグサ

と歌ったころから思い起こされて歌われるようになったらしく、その後十首あまりが勅撰集に入っている。そのためかリンドウ、ツユクサ、オミナエシなどと誤解されることにもなった。

歌の訓み方は、第四句の「更」のあとに同じ文字が欠けたとみる説に従った。このままで「今さらになど（なぞ）物か念はむ」と訓む説もある。

「道の辺の　尾花が下の　思ひ草」は「思はむ」を起こす序詞だが、先に記したオモイグサの生態・姿態をよくとらえて、女性のいじらしい姿（心）を暗示するものとなっている。これは、

今更に　何をか思はむ　うちなびき　心は君に　寄りにしものを（4・五〇五）阿倍女郎

と同様に、男と添いとげる決心をした女の立場での誓約歌だろうが、逆に、思い諦める決意の表白とみる説もある。ふと、「尾花」を「雄花」すなわち男性とし、「思ひ草」をそのもとに身を寄せる女性と解する誘惑にかられたが、『万葉集』では、尾花で雄花を連想する例はないようだ。「思」と「更」の語を繰り返して調子を整えているあたり、ある個人の抒情詩ではなく、好んで歌われた歌謡だったと推定される。

入野のすすき（ススキ）〈作者不明〉

花に寄する

さ男鹿の　入野のすすき　初尾花《はつをばな》　いつしか妹が　手を枕かむ（10・二二七七）

左小壮鹿之　入野乃為酢寸　初尾花　何時加妹之　手将枕

［口訳］かわいい鹿が　分け入るという入野のすすきよ。それが初めて尾花を咲かせたようなあの娘　いつになったら彼女の手を枕として共寝をすることができるのかなあ。

ススキ57は、アジアの東部から日本全土、南千島の、寒帯から温帯にかけ、日当りのよい山地や平地の草地に群落をつくる多年草である。根茎は太く短めで副枝を出さない。茎の高さは一メートルぐらいになるが、山地ではやや低い。花期は八月から十月。三〇センチほどの花序の枝に、黄金色で芒《のぎ》のある小穂を密生する。花穂を尾花と呼び、秋の七草の一つ。屋根ふきに用いる葉をカヤという。茎・葉は家畜の飼料になる。

この歌「秋の相聞」中の「花に寄する」一首。「入野」は、「ま葛原」の項（137ページ）でも記したが、

57ススキ

京都市右京区大原野上羽町にある式内社入野神社のある辺りか、あるいは普通名詞として、奥まった野をいったとすべきであろう。

「初尾花」は年頃になったばかりの初々しい娘の譬喩で、そんな彼女をいつになったら妻とすることができようかと、その時を待ちこがれている趣の一首で、期待に胸を弾ませている心が、第二句、第三句の名詞止めにも、鮮やかに感じられる。露骨なことをいいながら気品を失わない一首だ。

集中「すすき」の名の出るもの十七首、「尾花」十九首、「かや」十首。二首記しておく。

(1)人皆は　萩を秋といふ　よしわれは　尾花が末《うれ》を　秋とはいはむ（10・二一一〇）

(2)秋の野の　尾花が末《うれ》に　鳴く百舌鳥《もず》の　声聞きけむか　かた聞けわぎ妹《も》（10・二一六七）

ともに作者不明の歌。(1)は、「世の人は誰しも萩に秋を感ずるという。なんと言おうと私は、尾花の穂末をこそ　秋を思わせるものだと言おう。」という趣向をこらした一首。(2)は、妻（愛人）に向かって、「百舌鳥の声を聞いたか、耳をかたむけて聞け。」と強く求める体《てい》で、鋭い百舌鳥の鳴き声に秋を感じている一首である。鳥のことになるが「百舌鳥」の名の出るものとして集中にもう一首、

春されば　百舌鳥の草《かや》ぐき　見えずとも　われは見やらむ　君があたりをば（10・一八九七）

がある。「春されば　百舌鳥の草ぐき」というのは、春夏の候、百舌鳥が山中の雑木の繁みに巣をかける、その生態をとらえて譬喩とした作である。

つき草の（ツユクサ）〈作者不明〉

花に寄する

朝咲《あした》き　夕《ゆふべ》は消《け》ぬる　つき草の　消ぬべき恋も　あれはするかも

（10・二二九一）

朝開　夕者消流　鴨頭草乃　可消恋毛　吾者為鴨

［口訳］朝咲き　夕べには消えてしまう　つき草ではないが、今にも消えそうな恋をも　わたしはすることだ。

ツユクサ㊴は、古名をツキクサ（鴨頭草・鶏冠草・月草）といった。アジアの東部および東北部、サハリン、中国、朝鮮、日本全土の、暖温帯の丘陵や平地、畑、路傍などに生える一年草で、茎は基部から分枝して地面を横に這い、上半部は斜め上方にのびる。葉は卵状披針形、基部が膜質の短いさやになり、その口部に軟毛が生えている。花期は六月から九月。総状花序は包葉につつまれ、花は包外に出て開く。花弁は上方の二枚が大形で円く、直立して青色または青紫色、下の一枚は小形で白色である。露の残る朝方はしっかりしているが、日光が直接あたるころになるとしおれた感じになる。古く、この花を摺り染めに用いたが、水や光に弱く、早く色あせることも知られていた。

㊴ツユクサ

この歌も「秋の相聞」中「花に寄する」一首。「朝咲き……つき草の」までの上句が「消」をおこす序詞で、右に記したこの草の性質をよくとらえて、恋の悩みに消えいるばかりの心の譬喩としている。「夕は消ぬる」は誇張にすぎるようだが、鴨頭草をみちびきとすることによって、はかない恋に悩む可憐な処女の情念ばかりではなく、その姿態をも浮き彫りにする効果がある。ただし同じ巻に、

朝露に　咲きすさびたる　鴨頭草の　日斜《くた》つなへに　消ぬべく思ほゆ（10・二二八一）作者不明

があり、また、

夕置きて　朝は消ぬる　白露の　消ぬべき恋も　われはするかも（12・三〇三九）作者不明

のような作もみられる。「つき草」の名の出る歌、集中に九首。

月草に　衣ぞ染むる　君がため　斑《まだら》の衣《ころも》　摺《す》らむと思ひて（7・一二五五）以下、作者不明

鴨頭草に　衣《ころも》色どり　摺らめども　うつろふ色と　言ふが苦しさ（7・一三三九）

月草に　衣は摺らむ　朝露に　濡れての後《のち》は　うつろひぬとも（7・一三五一）

は、「つき草」で衣を摺る時の歌、またはその色のあせやすさを譬喩に恋のはかなさを歌ったものだ。この草の名をとりいれた歌のうち、作者名がわかるのは「大伴坂上家の大嬢の大伴宿禰家持に報へ贈る歌四首」（4・五八一―五八四）中の第三首、

月草の　うつろひやすく　思へかも　あが思ふ人の　言《こと》も告げこぬ（4・五八三）

一首のみ。家持の贈った歌は入集していない。大嬢の歌は、すべて家持に贈った短歌で、十一首入集。

山さな葛（サネカズラ）〈藤原鎌足《ふじわらのかまたり》〉

黄葉に寄する

あしひきの　山さな葛《かづら》　もみつまで　妹に逢はずや　わが恋ひをらむ（10・二二九六）

足引乃　山佐奈葛　黄変及　妹不尓相哉　吾恋将居

［口訳］あしひきの　山のさね葛　それが色づくまで　妹に逢わずに　わたしは恋い焦がれていることになるのかなあ。

サネカズラ

サネカズラは、東アジアの温帯から、台湾、九州・四国・本州関東以西の、暖地の山地に自生する常緑のつる木で、右まわりにからみついてのびる。葉は一、二センチの柄で互生し、長楕円形、厚くやわらかい。表面には光沢があり、裏は多く紫色がかっている。花期は、七、八月。雌雄異株で、葉腋から柄の先に下垂したうす黄色い小花をつける。秋になると、球形で赤い液果が花托の周囲に「鹿の子餅」状につく。枝皮の粘液を水に浸出して整髪料としたので美男葛とも呼ばれた。果実は強壮剤、せき止薬として用いられるという。

この歌も「秋の相聞」中の一首。「黄葉に寄する」歌中のものであり、「もみつ」は葉に用いるのが一般で、サネカズラも秋深くなると多少色づくから、これもそれを歌ったとみるのが通説であるが、これは秋の赤い液果を歌ったとする説、つたもみじを歌ったのだとする説もある。何かの事情で、長い間愛人に逢えないでいるじれったさを訴えている一首だ。

集中「さな葛」の名の出るもの、この歌を含めて八首。そのうち「後も逢はむ」の枕詞として用いられたもの五首、他もその意のものが二首。あと一首は、内大臣藤原卿（鎌足）が鏡王女に報贈した、

玉くしげ　みもろの山の　さな葛　さ寝ずはつひに　ありかつましじ（2・九四）

で、やはり「共寝をしないではいられないでしょう」と歌ったものである。総じてこれは、前記した「恋心のじれったさ」を訴える主題とかかわってのみ用いられたとしてよい。鏡王女の贈歌を記しておく。

玉くしげ　おほふをやすみ　明けて往《い》なば　君が名はあれど　わが名し惜しも（2・九三）

熟年に達した女性の自己をゆずらぬ相聞と、現代的にとらえることもできるが、この「からかい」は万葉時代の相聞歌の通例で、個性的なものではない。

藤原鎌足は、中臣御食子《なかとみのみけこ》の長子（母は大伴久比子の娘・智仙娘）として六一四年（推古二十二年）誕生。早く軽皇子（孝徳天皇）と親交、皇太子中大兄と協力して六四五年に蘇我宗家を滅し、大化改新を実現、孝徳朝に内臣となり、六五四年（孝徳五年）紫冠を授けられた。六六九年（天智八年）十月十日藤原の姓を賜り、十六日に没した。車持国子君の娘・与子古嬢《よしこのいらつめ》との間に、第一子・定恵（孝徳の子ともいう）と第二子・不比等《ふひと》を生む。『万葉集』に入る歌、前記の作の外一首、采女・安見児を娶る時の歌、

われはもや　安見子《やすみこ》得たり　皆人《みなひと》の　得かてにすとふ　安見子得たり（2・九五）

がある。采女を妻にし得た喜びを率直に歌ったと解するのが一般だが、実は含むところがあり、采女の権威を高めて、伊賀采女・宅子娘腹の大友皇子（弘文天皇、父は天智天皇）が高貴な皇子（皇位継承権を持つ）であることを認めさせようとした歌だと、うがった見方をする人もある。

鏡王女《かがみのおおきみ》は、系譜・閲歴ともに明確ではない。鏡王の娘で額田王と姉妹関係にあったとも説かれたがそれも疑わしい。天智天皇の賜歌、

妹が家も　継ぎて見ましを　大和なる　大島の嶺《ね》に　家もあらましを（2・九一）

に和した、

秋山の　木の下隠《がく》り　行く水の　われこそ増さめ　思ほすよりは（2・九二）

のあることから、天智に召されたと説かれてきたが、この歌がその証となるかどうか。ただ舒明天皇と何らかの関わりのある高貴な身分の女性で、鎌足の妻となったということは事実とみてよいようだが、不比等がその子で、実は天智の皇胤とする説も信じられない。集中に短歌のみ四首(重出歌を除く)。

風をだに　恋ふるは羨《とも》し　風をだに　来《こ》むとし待たば　何か嘆かむ（4・四八九、8・一六〇七）

は、額田王の次の歌に和したものとされるが、その両首とも疑わしい。

君待つと　わが恋ひをれば　わが屋戸の　すだれ動かし　秋の風吹く（4・四八八、8・一六〇六）

六八三年（天武十一年）七月五日病没。天武帝は、その前日親しく病床を訪ねたという。

檜原もいまだ（ヒノキ）〈柿本人麻呂《かきのもとのひとまろ》〉

冬の雑歌

巻《まき》向《むく》の　檜《ひ》原《ばら》もいまだ　雲居《ゐ》ねば　子松が末《うれ》ゆ　あわゆき流る（10・二三一四）

巻向之　檜原毛未　雲居者　子松之末由　沫雪流

［口訳］巻向の　檜の原にもまだ　雲がかかっていないのに　子松の枝先からは　もうあわ雪が流れ落ちていることだ。

ヒノキ

ヒノキは、鹿児島県の屋久島から、本州（福島県の東南部まで）の山地に群生する。常緑の高木で、直立する幹は高さ三〇メートル、直径二メートルに達するものもある。樹皮は赤褐色で幅広く、縦に裂片となる。葉は鱗状で十字対生し、側葉と背腹葉との区別がある。花期は四月。雌雄同株で、雄花は黄、雌花は赤褐色の目立たない花が小枝の先につく。一センチ前後の球果は秋に熟し、緑色か赤褐色となる。この木には独特の香気があり、古くから建築材として用いられた。また、この材を摩擦して火を起こしたことから「火の木」と呼ばれるようになったのだという。

この歌「柿本朝臣人麻呂歌集」中の一首（非略体歌〈「菱採むと」の項〈79ページ〉参照〉）。「巻向」は奈良県桜井市三輪の東北。現在、この名を持つ巻向山は標高五六七メートルだが、『万葉集』の「巻向山」、「巻向の檜原の山」がこの山だけを指したかどうかは定められない。それはともかくとしてこの歌には、檜原にはまだ雲もかかっていないのに、もう子松（小松）の枝先からは雪が流れ落ちていると、気象の激変に驚く心が詠まれている。檜原と子松の位置関係は明白ではないが、前者は高所（遠景）後者は低地（近景――作者のいる付近）であろう。

集中に「檜原」の語の出るもの六首。うち三首が「巻向」の、二首が「三輪」の、残り一首は「泊瀬」のそれである。ほぼ三輪付近に集中しているわけだ。「巻向」の歌はこの作の外、次の二首、

鳴る神の　音のみ聞きし　巻向の　檜原の山を　今日見つるかも（7・一〇九二）

巻向の　檜原に立てる　春霞　おほにし思はば　なづみ来《こ》めやも（10・一八一三）

ともに柿本朝臣人麻呂歌集中の非略体歌である。同じ歌集中の「三輪の檜原」の歌は、

古に　ありけむ人も　わが如《ごと》か　三輪の檜原に　挿頭《かざし》折りけむ（7・一一一八）

行く川の　過ぎにし人も　手折らねば　うらぶれ立てり　三輪の檜原は（7・一一一九）

これも非略体歌だ。いずれにも柿本人麻呂らしい個性が感じられる。泊瀬の歌は、

みもろつく　三輪山見れば　こもりくの　泊瀬の檜原　思ほゆるかも（7・一〇九五）

で、これは作者不明歌中に入っているが、非略体の人麻呂歌集歌と似たところがある。

白樫の（シラカシ）〈柿本人麻呂《かきのもとのひとまろ》〉

冬の雑歌

あしひきの　山道《やまぢ》も知らず　白樫《しらかし》の　枝もとををに　雪の降れば　或は云ふ。「枝もたわたわ」（10・二三一五）

足引　山道不知　白柯杖　枝母等乎〻尒　雪落者　或云、「枝毛多和多和」

〔口訳〕あしひきの　山道もわからない。白樫の　枝もしなうほどに　しきりに雪が降っているので。

シラカシ

シラカシは、中国の中南部、済州島、九州・四国・本州（福島県以南）の暖地に分布する。山地に自生する常緑の高木で、樹皮は黒色（故にクロカシの名あり）、高さ二〇メートル、径六〇センチにおよぶものがある。若枝は紫黒色。葉は一、二センチの柄で互生し、長さ五～一二センチ、うすい革質で表面につやがあり、裏面は灰白色、披針形で上部のふちに鋸歯がある。雌雄同株で四、五月ごろ、黄褐色の雄花が前年の枝に腋生し、尾状に垂れ下がる。雌花は黄色く、新枝の葉腋につく。茶褐色の堅果が年内に熟し、食用となる。シラカシの名は材が白色であることによるという。

前歌と同じく、「冬の雑歌」中の人麻呂歌集に出る歌（非略体歌）であるが、或本には「三方沙弥（伝不明）の作」という。「或は云ふ」の方が三方沙弥が吟誦したものだったかもしれない。

第一、二句で「あしひきの　山道も知らず」と大局をとらえて結びを先におき、そのシラの音をうけながら「白橿の　枝もとををに　雪の降れれば」と細部の描写に移っている。山路に雪の降り積む景観を、単純だが的確に表現しえた一首といえるだろう。人麻呂と同時代の歌人と推定される高市黒人に、富山市の市街地西北方の野とみられる地（かつての富山県婦負《ねい》郡）で詠んだ、

婦負《めひ》の野の　すすき押しなべ　降る雪に　宿借る今日《けふ》し　悲しく思ほゆ（17・四〇一六）

の作があり、情景にも相違点があるが、黒人は「悲しく思ほゆ」と主観句で結んでいるところ、両者の発想の差がみとめられて興味深い。巻十「春の雑歌」中「柿本朝臣人麻呂の歌集に出づ」とある巻頭歌（非略体）をあげておく。

ひさかたの　天の香具山　この夕《ゆふべ》　霞たなびく　春立つらしも（10・一八一二）

山草に（スゲ、またはヤブラン）〈柿本人麻呂《かきのもとのひとまろ》〉

物に寄せて思を陳《の》ぶ

ぬば玉の　黒髪山の　山草《すげ》に　小雨《こさめ》降りしき　しくしく思ほゆ（11・二四五六）

烏玉　黒髪山　山草　小雨零敷　益ゝ所思

［口訳］ぬば玉の　黒髪山の　山菅に　小雨が降りしきる　そのように愛しい人のことが、つい思われてしまうことだ。

スゲ　「山草」は、ヤマグサと訓み、山草一般とみる説、ヤブランのこととする説、ヤマスゲで、「菅」だという説などがある。ところで、スゲはカヤツリグサ科スゲ属の総称であって特定のものではない。そこでこの「山草」は「カンスゲ」と呼ばれるものなどであろうという。とすれば、これは日本の特産で、九州・本州の山地や丘陵地の林中に分布する常緑の多年草である。高さ四〇～七〇センチ。葉は根生えで、表面にやや光沢があり、硬くてふちがざらざらしている。花茎は細く葉の間から出て、葉の高さと同じぐらいにのびる。五月ごろ、花茎の上部に雄花穂を、下部に雌花穂をつける。ともに茶色。沼地に生えるカサスゲと共に、菅笠・蓑などの材料とされた。住居の敷物にもなる。

ヤブラン㉟は、中国、朝鮮半島南部、九州・四国・本州（関東以西）の林地に生える多年草で、葉

スゲ

㉟ヤブラン

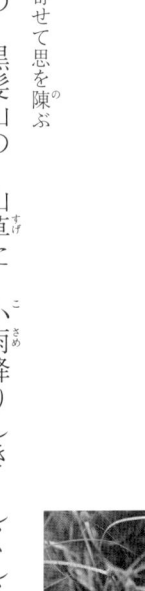

は線形、長さ三〇～五〇センチ、深緑色で根ぎわに束生する。花茎もほぼ同じ長さ、花序は一〇センチ前後で、六弁の淡紅紫色の小花を沢山つける。花期は八月から十月におよぶ。黒色でつやのある球形の種子が、果皮を破って姿を見せる。根が薬用とされている。

この歌「古今相聞往来歌類の上」という総題のもとに、第一部(1)「旋頭歌」(2)「正に心緒を述ぶる歌」(3)「物に寄せて思を陳ぶ歌」(4)「問答歌」(5)「譬喩歌」と分けられた巻十一の(3)に入れられた一首であり、人麻呂歌集に出る歌（略体歌）である。「ぬば玉の」はその項（12ページ）参照。黒髪山は、奈良市街東北方の佐保山の一部をさした名だとされるが明瞭ではない。そことすれば、かつてのドリームランド付近である。

「ぬば玉の」と枕詞でおこし、「黒髪山の　山草に　小雨降りしき」と長い序詞によって、主題の「しくしく思ほゆ」を導き出している。「シキ」「シク」の類音によるのだが、情景も結句を導くにふさわしい。「黒髪山」の「黒髪」は女性のそれを連想しているとみるのが一般だが、そのとおりとしても、山道を小雨にしょぼ濡れながら、山草を見るにつけ別れてきた彼女の黒髪がいつまでも忘れられず、雨にとも涙にともつかず、頬を濡らしている、そんな男の歌か、あるいは、そんな男を案じ、濡れた山草を思い浮かべてわが黒髪に手を置き、ぼんやりと男の去ってゆく山道を考えている女の歌か、どちらとも決めがたい。あるいは、男がわが黒髪に手をやってと解してもよいだろう。さまざまの想像を許す歌である。

甍しだ草（ノキシノブ）〈柿本人麻呂《かきのもとのひとまろ》〉

物に寄せて思を陳ぶ

わが屋戸は　甍《いらか》しだ草　生《お》ひたれど　恋忘れ草　見るにいまだ生ひず（11・二四七五）

我屋戸　甍子太草　雖生　恋忘草　見未生

［口訳］わが家は　屋根のしだ草　それは生えているけれど　恋忘れ草の方　こちらは、どれだけ気をつけて見てもまだ生えないことだ。

ノキシノブ⑮は、中国、朝鮮半島南部から、日本各地の、樹皮上、岩上、崖面、家の屋根の軒端などに生える常緑の多年草で、太さ二、三ミリの短い根茎が這い、黒またはこげ茶色の細い鱗片がおおっている。葉は根茎上に並んでいて濃緑でつやがあり、長さ一〇ないし三〇センチ、先がとがり、表面にはまばらに小さな凹部があり、胞子のう群が、数多く目のように並んでいるのでヤツメランの名もある。

これも前歌と同じに配された柿本人麻呂歌集中に出る一首（略体歌）。この歌、第一、第二句の訓

⑮ノキシノブ

みに異説がある。あるものは「わがやどの　軒にしだ草」と訓み、「軒のしだ草」としたり、原本「甍」によってそのまま「いらかしだ草」と訓んだりしている。どちらにしても、屋根の軒端にしだ草が生えているのに対して、恋忘れ草（ヤブカンゾウ）はどれだけ注意してみても生えないといい、恋にとりつかれたわが身の愚かさを自嘲してみせた、戯れの歌声で、歌謡的なものである。集中「しだ草」の名の出るものはこの一首のみ。地方に、ノキシノブをカラスノワスレグサと呼ぶところもあるという。この歌の作者にも、それこそ忘れ去られたもののようにぽつんと生える草という認識があったのだろうか。

天武天皇の第五皇子である穂積皇子の歌に、

家にありし　櫃《ひつ》に鍵さし　蔵《をさ》めてし　恋の奴《やつこ》し　つかみかかりて（16・三八一六）

がある。「家にあった　櫃に鍵をかけて　外に出ないよう厳重に　しまっておいた　憎むべき恋の奴（擬人化）めがさあ　私にしっかり組みつきおって……。」ほどの意で、提示の歌と同じく、「恋のとりこ」となっているわが身の愚かさを自嘲した一首である。この歌には左注がつき、それによると、「右の歌一首は、穂積皇子が宴会の日に、酒宴たけなわに及ぶと、よくこの歌を吟詠して、いつも興じておられた」という。

また、穂積皇子の歌と似た思いを歌った次の様なものもある。

面《おも》忘れ　だにも得《え》すやと　手握《た》りて　打てどもこりず　恋といふ奴（11・二五七四）以下、作者不明

ますらをの　聡《さと》き心も　今はなし　恋の奴《やつこ》に　我《あ》れは死ぬべし（12・二九〇七）

いちしの花（ヒガンバナ）〈柿本人麻呂《かきのもとのひとまろ》〉

物に寄せて思を陳ぶ

路《みち》の辺の　いちしの花の　いちしろく　人みな知りぬ　わが恋妻《こひづま》は（11・二四八〇）

路辺　壱師花　灼熱　人皆知　我恋孀　或本歌曰「灼然人知尓家里継而之念者」

［口訳］道のほとりに生える　いちしの花の　そのようにはっきりと　人が皆知ってしまったよ。私の恋妻のことをさ。

ヒガンバナ60「壱師花」については、大黄、ギシギシ、イチヒシバ、クサイチゴ、エゴノキ、イタドリ、ヒガンバナなど、実に多くの植物が推定されてきたが、集中の配列からみて「物に寄せて……」の「物」は「草」とみるべきであり、したがってこの植物は草本でなければならないこと、漢名にヒガンバナを壱枝箭ということ、山口、熊本などの方言にこれをイチシバナ・イチジバナと呼ぶことなどを根拠に、ヒガンバナと推定された松田修氏説に従っておく（牧野富太郎・山口隆俊両氏も同説という）。これは、中国揚子江沿いの岩地原産といい、沖縄・九州・四国・本州（東北地方南部以西）の堤防、路傍、墓地などに群生する多年草で、表面の中央部に白い縦線のある葉が秋に出て、春には枯れてしまうので、花時の九月には葉がない。高さ三〇～五〇センチの花茎の先に、朱紅色（時として白色）の花数個が

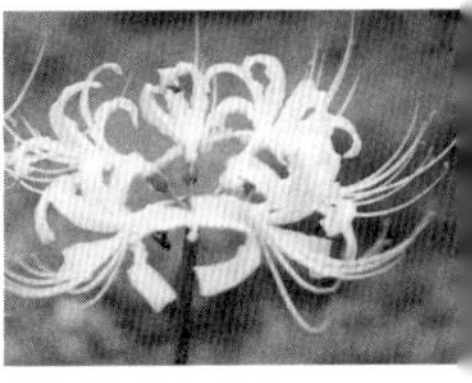

60ヒガンバナ（白）

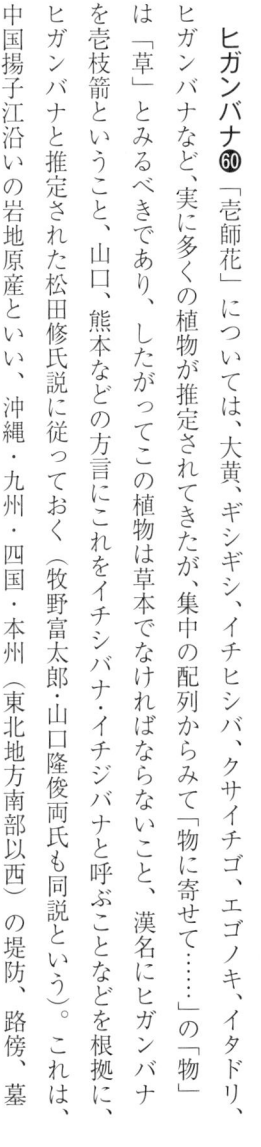

開く。六枚の花被片は細く、強く反《そ》っていて、同数の雄しべが長く突出する。一般に結実しない。リュリンなどのアルカロイドを含み有害であるが、古くはこの毒性を水さらしによって抜き食用とした。人里近くにこの花の多いのは、食用とした残りが路傍などに捨てられて野生化したのではないかともいう。その他、史前帰化植物説、海流による漂着説、野生説などがある。

この歌も同じ人麻呂歌集中の略体歌。「路の辺の　いちしの花の」は、同音で「いちしろく」を起こす序詞だが、この花の色彩も強烈であり、それが「いちしろく」を導くのにふさわしいと思われていたからでもあろうか。歌意は一見まことに明白のようだが、歌われた時、処がよくわからない。人々の多く参加する何かの機会に、「これこそ、皆さんがよく御承知のわが恋妻ですよ」と高らかに歌って得意然としたものとも想像されるが、一方、ある女性（恋妻でも何でもない）に向かって「あんたが私の恋妻であることは先刻皆さんが御承知なのだから、今さら隠すこともないよ」とたわむれたものとも考えられる。どちらにしても、このはずんだ歌声から察せられるものは、そんな場面での軽快さ、明朗さであって、他人に知られてしまったことに心から困惑したり、苦渋を感じているようなものではない。これも個人的な抒情詩ではなく、歌謡の一つだったと思われる。

「或る本の歌」の表記法は非略体である。どちらが原型かは明白ではない。「継ぎてし思へば」の方が抒情詩的とも見られようが、決定的ではあるまい。

あへ橘の（クネンボ）〈作者不明〉

物に寄せて思を陳ぶ

わぎ妹子に　逢はず久しも　うましもの　あへ橘の　苔生《こけむ》すまでに（11・二七五〇）

吾妹子　不相久　馬下乃　阿部橘乃　蘿生左右

［口訳］私の愛するお前に　長い間逢わないでいることだ。あのうまい　あへ橘が　老木となって、苔が生えるまでも。

クネンボ「阿部橘」については、ダイダイ、タチバナ、クネンボ説などがあり明確ではないが、ここでは「うましもの」をそのまま「味の良いもの」と解し、クネンボ説に従っておく。これはインドシナあたりが原産地と考えられているもので、中国南部、朝鮮半島を経て伝来したものであろうが、その時期、伝来事情とも不明である。常緑の低木で高さは三、四メートル。葉はミカンに似てやや大形の楕円形。五月ごろ、枝先に芳香のある白い五弁の花をつけ、秋から翌年の一、二月にかけて熟す。果実は扁球形で、ミカン色の、やや厚く表面が凸凹した果皮につつまれている。甘味と酸味を合わせ、ミカンに似た芳香があるので生菓とされた。

巻十一、第二部の「物に寄せて思を陳ぶ」歌中、分類項目はないが、植物歌の最初におかれた一首。

クネンボ

「逢はず久しも」を言うのに「あへ橘の　苔生すまでに」と、それに寄せて歌っている。例によって、歌意は明らかだが、成立事情はわからない。老木となった「あへ橘」を前にして、こんなに「久し」くと言ったものか、さらに想像すると、宴席などで、食膳に添えられたその実を歌材として、即席に歌ったものか。どうも後者のようだが、とすれば、「わぎ妹子」は以前同席したことのある遊行女婦かとも思われるが、初対面の方が面白いかもしれない。どちらにせよ、これも「笑いの文芸」、決して真剣、実直な作などではあるまい。だが、これを宴席に招かれた客の歌ったものとすれば、主のもてなしに対する感謝の、巧みな歌声とされたであろう。

東《ひむがし》の　市《いち》の植木の　小垂《こだ》るまで　逢はず久しみ　うべ恋ひにけり（3・三一〇）門部王

なども同類だと思われる。

山菅の（ジャノヒゲ）〈作者不明〉

物に寄せて思を陳ぶ

妹待つと　三《み》笠《かさ》の山の　山菅《やますげ》の　止《や》まずや恋ひむ　命死なずは（12・三〇六六）

妹待跡　三笠乃山乃　山菅乃　不止将恋　命不死者

［口訳］彼女が早く来ないかしらと見《み》る　その「ミ」と同音の、三笠の山の　山菅ではないけれど　止むこともなく恋し続けることになるのだろうか。死なずに生きている限りは。

ジャノヒゲ㉟「山菅」は「山草に」の項（157ページ）で記したカンスゲ類でよいのであるが、ここでは牧野富太郎氏説によって、ジャノヒゲについて解説しておく。これは中国から朝鮮半島、そして日本全土の、日当りのよい山地や丘陵の林のへりなどに生える多年草で、細長いひげ根の一部が紡錘状に肥大している。葉の長さ一〇ないし三〇センチ、細長く濃緑色で、平行脈が数本ある。七、八月ごろ、一〇センチ前後の平たく稜のある花茎をのばし、短い花柄の先に、淡紫色または白色六弁の小花を総状に十個ほどつける。直径一センチ足らずでつやのある紫紺色の種子が実り、美しく、よく弾むので、子供たちの遊びに使われる。根は、強壮、鎮咳、解熱剤となる。

㉟ジャノヒゲ

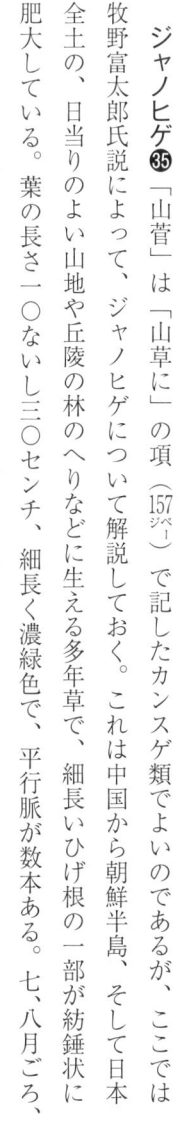

この歌、巻十二、第二部の「物に寄せて思を陳ぶ」中の一首。「妹待つと」は「見る」意の「ミ」から、同音で「三笠の山の」の「ミ」を起こす枕詞。そして第三句の「山菅の」までが、これも同音の「ヤマ」から「止ま」を導く序詞となっている。つまりこの歌の実意は、「止まずや恋ひむ命死なずは」というだけのものということになる。枕詞の技法だけ、それもあまり自然とはいえぬ、の一首である。これも特定の作者など忘れられ、歌謡として歌われたものであろう。「三笠山」は、奈良市の東部、春日大社後方の、山焼きで知られた御蓋山だと思われる。山頂が三重になっていることから三笠山の名が出たともいう。

「スゲ」「スガ」の名の出るもの、集中に約五十首、「菅の根」から同音で「ねもころ」を起こすもの（4・五八〇、六一九、七九一、11・二四七三、二七五八、12・二八五七、二八六三、三〇五四、13・三二八四、20・四四五四など）、根の長さから「長き」を起こすもの（10・一九二一、一九三四）、有馬菅（11・二七五七、12・三〇六四）、三島菅（11・二八三六）など、特定の地名と結びついたものも目につく。

白木綿花に（コウゾ）〈作者不明〉

反歌

逢坂《あふさか》を　うち出でて見れば　淡海《あふみ》の海《うみ》　白木綿花《ゆふばな》に　浪立ち渡る（13・三二三八）

相坂乎　打出而見者　淡海之海　白木綿花尓　浪立渡

［口訳］逢坂山を越えて　見晴らしのきく処に急に出ると　あれこそ琵琶湖だ。白木綿の花のように　一面に波が立っている。

㉕コウゾ

コウゾ㉕「木綿」は、今日のコウゾである。東アジアの原産といわれ、中国、朝鮮半島から沖縄・九州・四国・本州の暖帯に分布し、山地に生えるが、早くから製紙の原料として栽植された。野生するヒメコウゾとカジノキとの雑種だという。高さ五メートルぐらいになる落葉低木で、枝を広げ、互生する、長さ七ないし二五センチのクワ形の葉をつける。雌雄同株で、四、五月ごろ葉と同時に開花する。雄花は若枝の基部、雌花は上部の葉腋につき小さい。六月になると紅色の果実が球形に集まって熟し、甘くて食べられる。

この歌、巻十三の雑歌中の「或本の歌に曰はく」という長歌（13・三二三七）、

あをによし　奈良山過ぎて　もののふの　宇治川渡り　をとめらに　逢坂山に　手向けくさ　幣《ぬさ》とり置きて　わぎ妹子《もこ》に　相《あ》ふ海《み》の海の　沖つ波　来寄る浜辺を　くれくれと　一人ぞわが来る　妹が目を欲り

の後に配されていてその反歌ともみられるが、本来は、

そらみつ　大和の国　あをによし　奈良山越えて　山背《やましろ》の　管木《つつき》の原　ちはやぶる　宇治の渡り　滝つ屋の　阿後尼《あごね》の原を　千年《ちとせ》に　欠くることなく　万代《よろづよ》に　あり通はむと　山科《やましな》の　石田《いはた》の杜《もり》の　皇神《すめがみ》に　幣とり向けて　われは越えゆく　逢坂山を（13・三二三六）

の反歌だったと思われる。両長歌とも「道行き」風の発想であるが、「或本の歌」の方は「くれくれと　一人ぞわが来る　妹が目を欲り」に中心があり、この長歌なら「千年に　欠くることなく　万代に　あり通はむ」に中心がある。主題を異にする別の歌だ。波の立つのを「白木綿花」と見立てているのは、ともに手向けた幣からの連想であろう。とすると、この反歌、単なる叙景歌とみても堂々たる作だが、この見立てからすると、神に祈る意図があってのものと考えるべきだと思う。長歌とのつらなりという点では、「われは越えゆく　逢坂山を」を受けての発想とみる方が自然である。

うけらが花の〈オケラ〉〈東歌〉

相聞

恋しけば　袖も振らむを　武蔵野《むさしの》の　うけらが花の　色に出《づ》なゆめ（14・三三七六）

古非思家波　素弖毛布良武乎　牟射志野乃　宇家良我波奈乃　伊呂尓豆奈由米（東歌――武蔵国）

［口訳］恋しかったら　袖を振るということもありましょうよ。でもあなた知られたら大変よ、武蔵野のうけらの花のように　ほのかにも、顔色に出さないでね。

オケラ㊾は、中国、朝鮮半島、九州・四国・本州の、山地や丘陵の明るく乾燥した土地に生える多年草で、茎の高さは五〇センチから一メートルに及ぶ。葉は硬く光沢がある。若芽は白い綿毛をかぶり、折ると白汁がしみ出る。四、五月ごろ摘んで「おひたし」にする。花期は九月から十一月。雌雄異株で、長い雄株の頭花は枝先につき、針のように羽裂した包葉につつまれている。花びらは白または淡《うす》い紅色だが、華やかなものではない。大晦日の夜、京都祇園の八坂神社では、社前の火にオケラをくべ、京の人々はその火を綿にうつし、持ち帰って元旦の雑煮の種火とする。邪気を払うと信じられたからだ。地下茎は芳香があるので正月の「とそ」に用いる。同じ考えから出たものだろう。健胃、

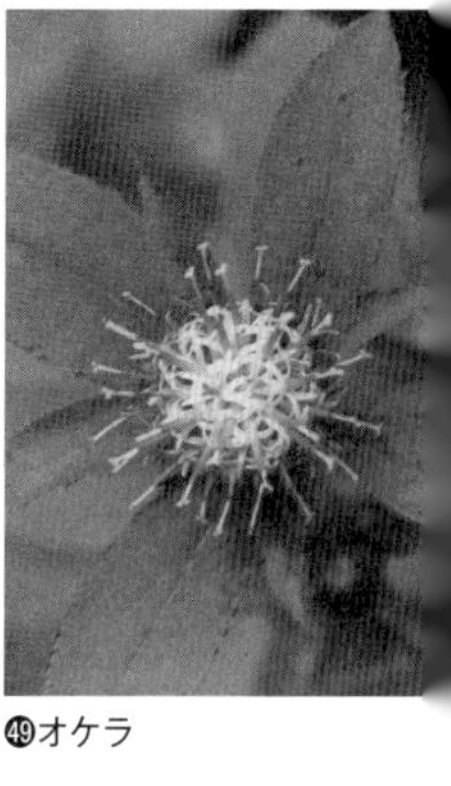

㊾オケラ

風邪の予防などの薬効があるという。集中にこの名の出るものは東歌のみ四首、うち三首は武蔵野のものだ。現在でも、武蔵野には自然生えとみなされるものがあるともいわれる。

袖を振るのは相手の魂を求める行為。恋心を鎮めようとするのが本義である。この歌は男に気を鎮めるようにと求めながら、実はその恋心を誘い出そうとしている女歌であろう。「或本の歌に曰はく」という、次の男歌、

いかにして　恋ひばか妹に　武蔵野の　うけらが花の　色に出《で》ずあらむ

と組んだ男女の相聞歌、実は唱和体の民謡ないし歌謡だったのであろう。同じ武蔵国の歌に、

わが背子を　何《あ》どかもいはむ　武蔵野の　うけらが花の　時なきものを（14・三三七九）

がある。「私の大好きなあなたなの。さあ何といったらよいのかしら　武蔵野の　うけらの花の　花期が長いように、いつも恋しくてならないのよ」といった趣の歌だ。「いかにして……」の歌に、さらに唱和したものとみてもよいだろう。未勘国の歌中に、

あぜか潟　潮干のゆたに　思へらば　うけらが花の　色に出《で》めやも（14・三五〇三）

がある。「あぜか潟」は、利根川の河口にあった「安是湖」かと思われる。とまれ、「あぜか潟　その潮干がゆったりしているように　切実に思っているのでなかったら　うけらの花のように　顔色には出ないだろうに」という意で、わが恋心の激しさを訴えているのである。これら皆、流行して人々の間を伝播し、歌い替えられていった民謡ないし歌謡であったと思われる。

『万葉集』巻十四は「東歌」として、東国の作者不明歌を一括している。この「東歌」の範囲は「未勘国の歌」(どこの国の歌とも判定し難い国の歌)としては、「須沙の入江」(14・三五四七)――尾張、今日の豊浜港か、「草蔭の安努」(14・三四四七)――伊勢、津付近か、のようなものも含んでいるが、東海道は遠江《とおとうみ》、東山道では信濃《しなの》以東、それに陸奥《むつ》の歌ということになる。多くは東国人によって歌われた民謡(歌謡)だったと思われるが、ごく少数は東国を旅した都人のものも含まれているかもしれない。雑歌、相聞、譬喩歌、防人歌、挽歌と分類されているが、大部分が恋の趣をもった歌である。これらの歌の採集者は誰であったか明らかではない。高橋虫麻呂説も出たが、今日の如き編輯をしたのは大伴家持と考えてよいだろう。多く国府周辺か街道筋の歌が集録されている。七七一年(宝亀二年)以前は東山道《とおさんどう》(五畿七道の一つ)に属していた武蔵国の歌が東海道に入れられていることから、その編輯はこの年以後だとみられている。

かづの木の〔ヌルデ〕〈東歌〉

譬喩歌

足柄《あしがら》の　わを可鶏山《かけやま》の　かづの木の　わを誘《かづ》さねも　かづさかずとも（14・三四三二）

阿之賀利乃　和乎可鶏山能　可頭乃木能　和乎可豆佐祢母　可豆佐可受等母（東歌――相模国）

［口訳］足柄の　私を心にかけるというその可鶏山の　かづの木のかづそのままに　私をかづ（誘い出）してほしいわ。掠奪だってかまわないのよ。

ヌルデ

ヌルデ　「かづ」はヌルデのこと。陸奥から甲斐にかけての方言だったらしく、現在でも、足柄峠付近では「カズ」と呼んでいるという。ヌルデは、ヒマラヤ南部から東南アジア、中国、朝鮮半島を経て、日本全土、熱帯から温帯の野山に分布する落葉の小高木で、高さ五～七メートルになる。八月から九月にかけて、枝先に黄味を帯びた白い五弁の小花を、雌雄異株につける。果実は中央部が平たい卵形で熟すと赤くなり、葉は秋に美しく紅葉する。この葉にヌルデミミフシと呼ぶ昆虫が寄生し、その産卵の刺激で、袋状の虫こぶ（虫えい）をつくる。これを五倍子《ごばいし》またはフシと呼ぶが、多量のタンニンを含むので染料とし、お歯黒染めなどにも用いた。現在の足柄地方では、旧正月にあたる一月十四日のサイの神の祭の当日、神前に物を供える時は、この木を細く割《さ》いて作った箸を使う習俗があるという。これがどこまでさかのぼる習俗かはわからないが、サイの神は男女両体で、本来は実りの豊かさを感染させるものであったが、そこから魔を防ぐなどという風にも信じられたらしい。今は水田中などに祭られているが、焼畑文化期あるいはそれ以前からの信仰だったかもしれない。

この歌、第五句に諸解がある。「穀割《かづさ》かずとも」で、「繊維を取る作業を後にして」、「神祭など後にまわして」とするもの、「穀咲かずとも」で、「私が若すぎても」とみるもの、「門《かど》し開かず」とも即ち「門が閉じていても」と解するものなのである。いずれにしても、女性が男の誘いを待ちかねている歌声にはちがいない。「可鶏山」の所在地は不明だが（特定の山名ではないという説もある）、芦ノ湖の南東にある鞍掛山・石垣山・笠掛山辺りではないかともいう。ともあれ、この辺りでも歌垣が行われていたとみられるので、その場での女性側からの誘い歌ではなかったかと考えられる。なお前川文夫氏は、おそらく中国南部揚子江流域あたりの風習だったと想像される、葦と鶏と桃をもって魔よけとする正月行事が日本に伝来し、野生種のない桃の代用として、赤く熟して中に堅い核があるという形態、羽状複葉というような類似性から、「かづの木」（ヌルデ）が用いられたのではないかと推定し、この歌にはアシ（葦と足）、カケ（鶏の古名）、カヅノキと、三位一体がたくみに読み込まれているのだと説いておられる（『植物の名前の話』八坂書房刊）。

岡の茎韮（ニラ）〈東歌〉

雑歌

きはつくの　岡の茎《くく》韮《みち》　われ摘めど　籠《こ》にも満《み》たなふ　背なと摘まさね（14・三四四四）

伎波都久乃　乎加能久君美良　和礼都売杼　故介毛美多奈布　西奈等都麻佐祢（東歌——未勘国）

［口訳］きはつくの　岡の茎韮。これを私がどれだけ夢中に摘んでも　籠一杯にもならないの。（それならあなた）いい人とお摘みあそばせよ。

ニラ59は、パキスタン辺りから東、日本にまで広く山野に分布する宿根性の多年草だが、古くから栽培されたので、野生か野生化したものか不明だという。茎や葉にネギのような臭みがあり、食用とされてきた。中国では五菜（韮・薤・山葵・葱・藿）の一つに数えられている。現在では、群馬、千葉の両県で主に生産されるという。葉は長さが二、三〇センチ、幅四ミリ前後である。花期は七月ごろから九月におよぶ。三〇～五〇センチの花茎の先に、半球形の散状に白い六弁の小花を多数つけ、花後約一か月で茶黒色の蒴果となる。集中この名の出る歌はこの一首のみ。

59ニラ

「きはつく」は、常陸国真壁郡（茨城県真壁町）山尾にあった古い地名だともいうが、はっきりしない。ただ現在でも、ニラが群馬、千葉といった近県で栽培されるという点からみて、この付近が注目される。ところでこの歌は、第四句までと第五句とが対話の形をとっているのが珍しい。あるいは労働歌で、ひとりの女が第四句までを歌い、第五句を多数の女たちが繰り返し合唱するとでもいった韮摘み歌だったかもしれない。なお第四句は、諸本「故尓毛乃多奈布」とあり意味不明なので、賀茂真淵の「美」とする説、鹿持雅澄の「尼」とみる説によって、諸説の多くが「ミ」と訓んでいる。私もそれによった。

ここに「うけらの花」の項（169ページ）で触れた未勘国の歌のうち、尾張の歌とみられるものと、伊勢の歌かと考えられるものを記しておく。

(1)あぢの住む　須佐《すさ》の入江の　隠《こも》り沼《ぬ》の　あな息づかし　見ず久にして（14・三五四七）

(2)くさかげの　安努《あの》な行かむと　墾《は》りし道　安努は行かずて　荒草立《だ》ちぬ（14・三四四七）

(1)には、これと対をなして問答歌ではなかったかとも説かれる、「物に寄せて思を陳ぶ」歌、

あぢの住む　須佐の入江の　荒磯松《ありそまつ》　吾《わ》を待つ児らは　ただひとりのみ（11・二七五一）

も入集している。

葦が中なる（アシ）・玉小菅（スゲ）〈旋頭歌〉

雑歌

水門《みなと》の　葦が中《なか》なる　玉小菅　刈り来《こ》わが背子　床の隔《へだ》しに（14・三四四五）

美奈刀能　安之我奈可那流　多麻古須気　可利己和我西古　等許乃敝太思尒（東歌――未勘国）

［口訳］河口の　葦の中に交じっている　美しい小菅　あれを刈って来て、あなた。寝床の風除けの囲いにしましょうよ。

アシは、北半球の亜寒帯から温帯にかけて、川原や沼地の日当りのよいところに大群落をつくる多年草で、扁平な根茎が泥中を横に這い、節からひげ根を出す。茎は高さ一～三メートル、硬く中空である。葉は互生し、長さ二〇～五〇センチ、幅は四センチ前後で、縁がざらざらしている。花期は八月から十月、多数の茶色な小穂でできた円錐花序を出し、長さ一ないし四センチ。茎は「よしず」「すのこ」として用いられ、根は薬用とする。余談だが、アシの音が「悪し」に通ずるとして、「善し」に因んでヨシと呼称することが多い。

スゲ　ここでいう「菅」は、今日の「カサスゲ」〈ミノスゲ〉というものであろう。アシと同じく沼沢地の水辺に群がる多年草で、東シベリア、サハリン、中国北部、朝鮮半島、日本各地に分布する。

アシ（上）　スゲ（下）

茎は多数叢生し、群落をつくって一メートルぐらいになる。五、六月ごろ、茎の先端に紫がかった褐色の雄花穂をつけ、そのすこし下に黄緑の雌花穂をつける。この葉を乾かして「みの」、「笠」とした。むろん、風除けの囲いにもなったであろう。

「床の隔し」は、近頃「風除けの囲い」とする説が多くなったが、「吾が身と床とを隔てるもの」、即ち敷物の「むしろ」とみる説もある。「刈り来わが背子　床の隔しに」というあたり、共寝に誘うような、手馴れた女の語気が感じられる。河口の船着場付近にいた遊行女婦の口から出た歌声と察せられ、宴歌として流行したものと思われる。

集中に、アシの名の出る歌は約五十首ある。ここでは特異な形態をもったもの一首をみておこう。

水門《みなと》の　葦の末葉《うらば》を　誰か手折《たを》りし　わが背子が　振る手を見むと　われぞ手折りし
(7・一二八八) 作者不明

見られるごとく、これは五七七五七七という形式で、旋頭歌(雙本歌)とよばれる。その発生は片歌形式(五七七)による問答にあり、その唱和性から自問自答体となり、さらに、

春日なる　三笠の山に　月の船出づ　遊士《みやびを》の　飲む坏《さかづき》に　影に見えつつ
(7・一二九五) 作者不明

のように、中国の詩文に魅せられた古代貴族の風雅な遊宴の作をも生んだが、おそらく偶数句型という歌謡性のゆえに、早く亡びてしまった。集中この形式をとるもの六十首あまり。

ささら荻〈オギ〉〈東歌〉

雑歌

妹なろが　つかふ川津《かはづ》の　ささら荻《をぎ》　あしとひとごと　語りよらしも（14・三四四六）

伊毛奈呂我　都可布河泊豆乃　佐左良乎疑　安志等比等其等　加多理与良斯毛（東歌――未勘国）

［口訳］お前さんたちが　居着いている川の船着場の　風になびく荻よ。そんないい子を、あれは葦（悪し）だと世間では　言っているらしいよ。

63オギ

オギ63は、ウスリー地方、中国北部、朝鮮半島、日本各地の暖温帯に分布する。日当りのよい原野、川岸、池沼のほとりの湿地に群生する多年草で、根茎は地下を縦横に走り、茎は高さ二メートル前後になる。葉は長さが五〇～六〇センチ、幅は二・五センチ前後、九月から十月にかけての花期になると、よく茎の下部が露出するのでススキと区別できる。花はススキより大きく密な、黄褐色の花穂となる。

この歌は集中の難解歌の一つ。「妹なろ」は遊行女婦を親しんでいった語句か。「都可布」には「仕ふ」「使ふ」の両説があり、「河泊豆」は川の船着場とみたいが、山形県米沢・宮城県石巻・新潟などで川辺の物洗い場をカワドという例から、ここでもそれとする説もある。「ささら荻」は「小荻」をいうとみるもの、「風に音をたてる荻」とする説があり、「比等其等」も「人言」ではなく「一語」だと解する人もある。説の多いのは結句の「加多理与良斯毛」で、「誰が言っても私はかまわないわ」とも「語り寄りたいものよ」とも解されている。私解は、川辺の船着場での宴歌と解し、客が、ひとこと嫌味を言って、遊行女婦をからかった歌とみてのものである。集中「荻」の名の出るもの、次の二首を加えて計三首。

(1)神風の　伊勢の浜荻　折り伏せて　旅寝やすらむ　荒き浜辺に（4・五〇〇）碁檀越《ごのだんをち》の妻

(2)葦辺なる　荻の葉さやぎ　秋風の　吹き来るなへに　雁鳴き渡る（10・二一三四）作者不明

(1)は、伝不明の碁氏の妻（作歌この一首のみ）が夫を伊勢国に送り出し、都に留まっての作。同じ物でも所によって呼び名の変わる譬えとされる「難波の葦は伊勢の浜荻」の句は、中世の救済法師が、

草の名も所によりてかはるなり

に付けた句（『菟玖波集』巻十四、雑三）であるが、一一七〇年（嘉応二年）十月九日の住吉社歌合の一の判詞に「伊勢島には浜荻と名付くれど、難波わたりには葦とのみ言ひ、吾妻の方には葭といふなる」と藤原俊成が記している。むろん万葉の歌の「伊勢の浜荻」が葦だったかどうかはわからない。なお、(2)の歌には、第三句以下を「秋風に　雁が音聞ゆ　今し来らしも」の異伝もある。

ねつこ草（オキナグサ）〈東歌〉

相聞

芝付《しばつき》の　御宇良《みうら》崎なる　ねつこ草　相見ずあらば　我《あれ》恋ひめやも（14・三五〇八）

芝付乃　御宇良佐伎奈流　根都古具佐　安比見受安良婆　安礼古非米夜母（東歌――未勘国）

［口訳］芝付の　御宇良崎の　ねつこ草よ。そのように可愛いお前と、共寝をしなかったならば　わたしはこうも恋いこがれることもなかったろうに。

オキナグサ㉝「根都古具佐」には、フデクサ、ネジバナ、ニコグサなどの諸説があるが、現在のところは、鹿持雅澄が『万葉集古義』に説き、松田修氏が支持したごとくオキナグサとみておくべきであろう。これは、中国東北部、朝鮮半島、九州・四国・本州の、日当りよく乾燥した山野に分布する多年草で、全体に白く長い毛が密生している。根は太く長い。根本の葉は羽状複葉で束生し、五～七葉に分かれ、茎先の葉は三枚で輪生し、細く裂ける。三月から五月の花期に入ると、茎は一〇センチ前後になり、その先端に濃赤紫色、鐘形半開、三センチほどの花一輪を、首を垂れた形につける。茎は花の後にも伸びて三〇センチぐらいとなり、花柱の毛も長く羽毛状に延び、その様が老人の白髪を

㉝オキナグサ

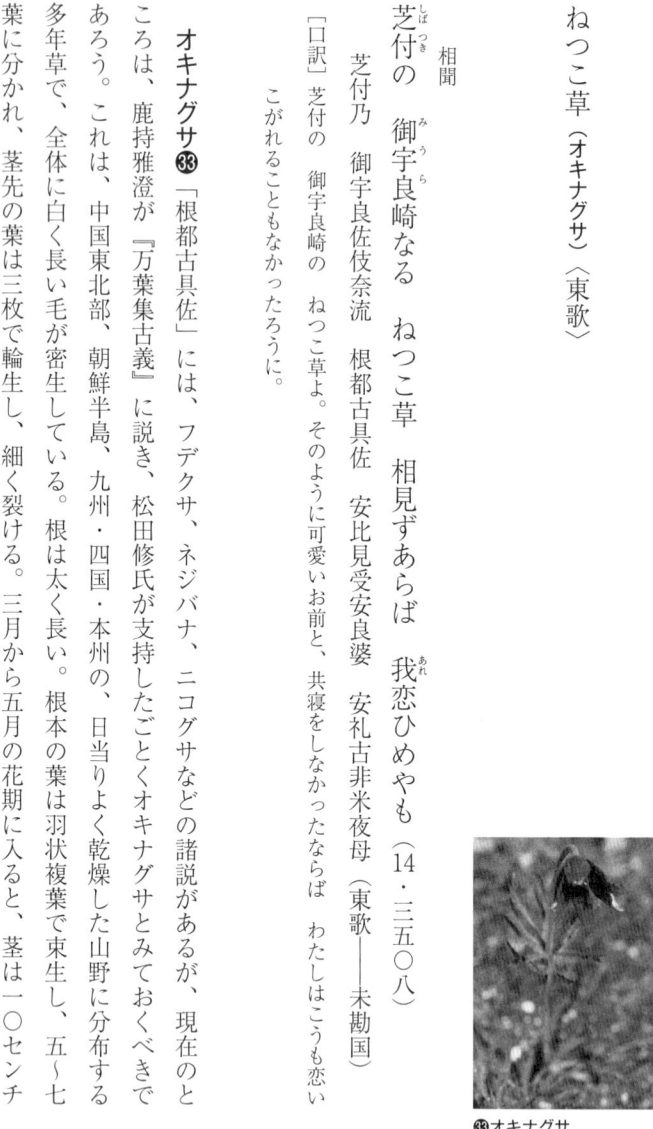

連想させるのでオキナグサ（中国名「白頭翁」）という。「ねつこ草」の名の起こりも、これが猫の毛に見立てられたからだというが、根の太さ、長さに着目しての命名という説もある。その根は解熱剤として用いられる。

「芝付の　御宇良崎」は、大地名・小地名の順に並べたものであろうが、現在のどことも確定できない。神奈川県の三浦崎説は、平安時代に、雑薬として、当地から白頭翁が中央政府に年進されていることからみて最も有力であろう。

さてこの歌は、その「ねつこ草」に寄せてわが恋心を歌ったものであるが、その花の色や姿態をとらえて可愛い女性の比喩としたもので、同時に「ネ」の音が「寝」を連想させたのだと諸注が説いている。そのとおりであろう。「ねつこ草」の名の出るもの、集中この一首のみ。

梓の弓の（ミズメ）〈防人歌〉

防人の歌

置きて行《い》かば　妹はまかなし　持ちて行《ゆ》く　梓《あづさ》の弓の　弓《ゆ》束《づか》にもがも（14・三五六七）

於伎弖伊可婆　伊毛婆麻可奈之　母知弖由久　安都佐能由美乃　由都可尓母我毛（東歌――防人）

［口訳］後に残して行ったら　お前が愛しくてならない。持って行く　梓弓の弓の　束でもあってほしいことだ。

ミズメ

ミズメ　「あづさ」と呼ばれて弓材となった大部分のものは、今のミズメであろうといわれている。この近縁種に、ウスリー地方、中国東北部、朝鮮半島に分布するチョウセンミネバリがあるが、ミズメそのものは、鹿児島県から岩手県までの、暖帯から温帯山地に生える日本特産種だという。落葉の高木で、直立する幹は、大きいもので高さ二〇メートル、径六〇センチ前後となる。若木の樹皮はなめらかで横縞の桜膚だが、老木になると不規則な鱗片状になる。この樹皮から出る液はサルチル酸メチルで強い香を放つ。花は雌雄が同株、五月ごろ細長く茶黒い花穂を垂らす。幹は堅く重い。現在では家具や床板材として用いられる。なお、同じ「あづさ」の名で弓材とされたものに、ヨグソミネバリ、ウワミズサクラ、リンボクなどもあったかという。

「防人」は、岬守（崎守）の意で、山陰地方から九州北部にかけて配置された兵士をいう。百済救援のため朝鮮半島に派遣された軍勢が、唐・新羅の連合軍に敗れた白村江の戦（六六三年）以後、その翌年あたりから対馬・壱岐・筑紫地方に多く置かれるようになったのが実情だろうが、六四五年（大化元年）の改新の詔第三条に、その名は見えている。七〇一年に出た大宝律令中の軍防令によると、任期は三年で毎年二月にその三分の一を交替させた。任地では自給のため農耕にも従事し、十日に一日の休暇が与えられた。父母妻子、牛馬も共に行くことが許されていたというが、『万葉集』で見るかぎり父母妻子を伴った例はないようだ。巻二十に大伴家持が集録した防人歌（七五五年のもの）についでは、「茨の末に」の項（221ページ）で精説するが、掲げた防人の歌はいつのものとも知れない。

後《おく》れゐて　恋ひば苦しも　朝狩の　君が弓にも　ならましものを（14・三五六八）

と組まれ、夫婦間の問答歌とされている。「弓束」は、弓弦《ゆみづる》の中程で、装飾的（信仰的）な意味もあろうが、実用上すべり止めのために革や桜の樹皮などを巻くところ、そしてその物をいう。防人であるからには弓は常に身辺にあるべきものだから、妻がそれならば、いつも離れずにいることが出来るのだという念がこめられているのである。妻の歌は、その弓束の連想から、日ごと朝狩りに出かけていた夫を思い、その弓に万が一にもなれたらなりたいと訴えて、後に残されて恋う心の苦しさを歌っている。「……にもがも」、「……にもならましものを」という表現は類型的だが、「……」が弓であるところに防人らしさがある。

蓮葉は（ハス）・芋の葉にあらし（サトイモ）〈長忌寸意吉麻呂《ながのいみきおきまろ》〉

蓮葉《はちすば》を詠《よ》む歌

蓮葉は　かくこそあるもの　意吉麻呂《おきまろ》が　家にある物は　芋の葉にあらし

（16・三八二六）

蓮葉者　如是許曾有者　意吉麻呂之　家在物者　宇毛乃葉尒有之

［口訳］なる程、蓮の葉というのは　こういうものなのですなあ。すると、私（意吉麻呂）の家にあるものは　芋の葉にちがいありませんよ。

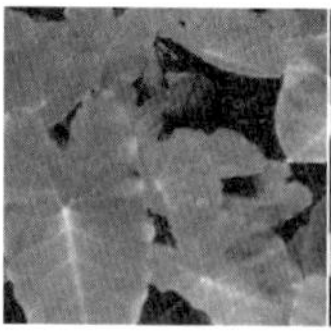

㊹サトイモ　㊷ハス（白）

ハス㊷は、インドの原産、中国を経て伝来したものというが、洪積期（一万年以上前）の化石（葉・地下茎・種子など）が日本の遺跡からも発見されていることからみると、太古の伝来か、あるいは日本の地にも原種があったかとも考えられる。池や水田に植える多年草の水草で、節でくびれた太い根茎が泥中を這い、その節から長い柄を空中に出して、直径五〇センチ前後の円形に近い楯形の葉を、葉身のほぼ中央につける。花期は八、九月。径二〇センチほどの白色または淡紅色の花を、空中に伸びた花茎の先に一花開く。花弁は二〇数枚。うずまった雌しべを入れた径一〇センチ前後の花床の周囲に、黄色い雄しべが沢山見える。熟すと黒い堅果が花床の穴にできる。根茎の先には芽をつけた枝が延びて太くなる。堅果とこの枝とが食用になる。

サトイモ㊹は、ビルマ・アッサム付近が起源地の可能性が大きく、五千年以上も前の日本の地に伝来したらしいが、その経路などの詳細はまだわかっていない。畑地に栽培される多年草で、楕円形の球茎（親イモ）は褐色で繊維におおわれ、側に数個の小球茎（小イモ）をつける。葉は親イモや子イモの一部から根生し、高さ一、二メートルとなる。大きい切れ込みの一つある長楕円の楯形の葉は、これも大きく、表面には細い突起があって水をはじく。花は夏から初秋にかけ、老株にまれに開く。葉鞘の間から一〜四本の花茎を出し、その先端に、基部緑色・上部黄紅色の仏炎包をつけ、その中に雄花・雌花・不稔花をつける。このイモと葉柄とが食用となる。

「長忌寸意吉麻呂の歌八首」とある歌中の第三首。この八首、すべて宴席のものらしい。そこでこの歌、その宴席で、食物を盛りつけた蓮葉を歌材とし、今初めて気付いたものの如く、仰山に驚いてみせたもの、自己の無知を自嘲した作とされるが、宴席の美女を蓮葉に、家の妻を芋の葉に譬えたのではないかともいわれる。どちらにせよ、これが宴席の道化歌であることに変わりはない。

ここで、日本におけるイモ文化について触れておこう。

中尾佐助氏らは、各種の植物が栽培化された段階を時代順に考えて、根栽農耕（ワラビ→ヤマイモ→サトイモ→コンニャク）→雑穀農耕（アワ・ヒエ・イネ）→水田農耕（イネ）と展開したとされるが、明らかに縄文期には栽培化されたと思われる根栽文化は、その後も深く根を下ろし、日本の各地で、稲に代わる儀礼食物（正月、五月五日、九月十三日などに神に供えられ、人間が食べる食物）としてヤマイモ、サトイモが現在も用いられている。ところで本間トシ氏の調査によれば、ヤマイモを儀礼食物とする地方は、九州や山陰、近畿辺りにもなくはないが、主として東日本、特に東北地方に多く、これに対してサトイモを儀礼食物とする地域は、これも東北地方にもなくはないが、その南部から関東、近畿、山陰、山陽、四国、九州に集中する。これは主として、サトイモの一般種が、生育期間中、平均気温十度を下ると収穫不可能となることとあたりに原因があるらしい。

　蓮の名の出るものは、この作以外に次の二首がある。

　勝間田の　池はわれ知る　蓮《はちす》なし　然《しか》言ふ君が　鬚なき如し（16・三八三五）作者不明

　ひさかたの　雨も降らぬか　蓮葉に　たまれる水の　玉に似たる見む（16・三八三七）作者不明

「勝間田の……」の歌は、新田部皇子《にいたべのみこ》（天武の第七皇子）が勝間田の池（所在不明、薬師寺西の大池とする説もある）を御覧になっての帰り、ある婦人に「勝間田の池を見たところ、水が一面波立ち、蓮の花が輝くばかりの美しさであった……」と言ったのに対して、その婦人が戯れにこの歌を作って、しきりに吟詠したものだという（左注）。また「ひさかたの……」の歌は、右兵衛府の役所での宴席の折、この時食物は皆蓮の葉に盛られていたが、宴酣におよんで人々が、歌作にすぐれていた右兵衛（姓名不詳）に、「この葉に寄せて歌を作れ」ともとめたところ、彼がその声に応じて即座に作ったものだという（左注）。意吉麻呂の作を含めて、その即席性が讃えられ、記録されることにもなったのであろう。

蒜つき合てて（ノビル）・なぎの羹（ミズアオイ）〈長忌寸意吉麻呂《ながのいみきおきまろ》〉

酢《す》・醤《ひしほ》・蒜《ひる》・鯛・水葱《なぎ》を詠む歌

ひしほすに　蒜つき合《か》てて　鯛願ふ　われにな見えそ　なぎの羹《あつもの》

（16・三八二九）

醤酢尒　蒜都伎合而　鯛願　吾尒勿所見　水葱及煮物

［口訳］酢味噌に　蒜を混ぜ合わせて　鯛が食いたいと思う　そんなワシに見せてくれるな。水葱の煮物なんぞ。

ノビルは、中国の暖温帯から台湾、朝鮮半島、日本各地の山野、畑、路傍などに生える多年草で、全体にニラ臭があり、晩秋から葉を出して越冬する。根生葉は長さ二五センチあまり、線形で緑白色。鱗茎は白色、球形で直径一センチほどで、これが若葉とともに「あえ物」として食用になる。五、六月ごろ、長さ五〇センチ前後の花茎を延ばし、花柄の先に白紅紫色の花をまばらにつける。ヒルは、ネギ、ニンニクなどの総称である。歌の「蒜」もノビルと限定できるかどうかわからない。

ミズアオイ「水葱」は、現在のミズアオイであろうという。ウスリーの暖温帯、中国、朝鮮半島、日本各地の水田や沼地などに生える一年草で、高さ三〇センチ前後、根生葉は一〇～二五センチ、茎

ミズアオイ　ノビル

葉は一〇センチ前後のつやのある卵状心臓形である。この葉はネギのような味があり、古く煮物となった。花期は九月、十月。長さ五～一五センチの穂状の花序を出し、直径三センチ前後、青紫色の花をつける。なお、これに似てさらに背の低い、花序も葉より短い「コナギ」も、アジア東部からマレーシアあたりまで分布し、日本でも水田などに生える。これもナギと呼ばれ、同じく茎・葉を煮て食べた。

前項と同じ、八首中の第六首。「醬」は裸麦や小麦に大豆を混ぜ、食塩水を加えて作った。今日の「モロミ」と似たものだという。「酢」は米または酒から作る。「醬酢」は今日の酢味噌に近いものということになろう。当時としては高価な調味料だったようだ。対する「水葱」は、蔬菜類中の安価なものだったらしい。この歌、宴席に出た料理を即席に歌ったものであろう。おそらく実際に出されたのは「水葱の羹」の方で、一座の人々も共感して、声を合わせて歌ったかもしれない。貧しい官人たちの宴席の様子が目に見えるようだ。

棗がもとを（ナツメ）〈長忌寸意吉麻呂《ながのいみきおきまろ》〉

玉箒《たまばはき》・鎌・天木香《むろ》・棗《なつめ》を詠む歌

たまばはき　刈り来《こ》鎌麻呂　むろの木と　棗がもとを　かき掃かむため（16・三八三〇）

玉箒　苅来鎌麻呂　室乃樹与　棗本　可吉将掃為

［口訳］玉ぼうきを　刈って来いや　鎌麻呂。むろの木と　なつめの木の根元を　掃除するためにさ。

68ナツメ

ナツメ68は、小アジアから中国北部にかけての原産と推定されるが、中国ではおよそ二千五百年前、ヨーロッパ南部でも約二千年前から栽培化されたらしく、この両地域の各地で野生化しているので、本当の原産地は突き止めにくいという。日本にも古く伝来し、栽培されていた。高さ一〇メートルぐらいになる落葉高木で、枝には、時として対生するトゲがあり、その間に初夏のころ若芽を出す。卵形の葉は互生し、鈍い鋸歯があって主脈が三本とおり、表面には光沢がある。五月から六、七月にかけ、腋生の集散花序に直径五ミリ前後、淡黄緑色の花を二、五個ずつつける。五弁の花のように見えるのはガクで、その間に花弁が小さく見えている。楕円形の球果が緑から茶褐色に熟し、生のまま、あるいは乾燥して食用、薬用とされる。

前項、前々項と同じ八首中の第七歌。「鎌麻呂」は人名ではなく、鎌を擬人化したのだろうという。漢字音の「棗《ソウ》」と「掃《ソウ》」の同音を連ね、「棗」の根元を「掃」するために、「早」に「箒」を刈って来いと利かしたものらしい。なお、中国唐代の詩人張文成（六七五――七三〇年）の作『遊仙窟』中の五嫂の語、

「但問意如何、相知不在棗」

いかがおぼしめす、なつめ〈馴染〉のおそかりし〈魚返善雄氏訳〉

を踏まえたものといわれる。『遊仙窟』は、七〇四年（大宝四年）に帰朝した第七次遣唐使中の山上憶良あたりが購入して持ち帰ったのではないかと考えられている。渡来人の子孫で知識人だった意吉麻呂なども早く目を通していたらしい。もう一つ、意吉麻呂の知識人ぶりを示す作を記しておこう。

池神の　力士舞かも　白鷺の　桙《ほこ》啄ひ持ちて　飛びわたるらむ（16・三八三一）

これは詞書に「白鷺の木を啄ひて飛ぶを詠む歌」とあるが、西域からシルクロードを経て唐土さらに日本に伝来した花咋鳥文様《かさくちょうもんよう》（花喰鳥《はなくいどり》）の絵画によったものと説かれている。これも、前記第七次遣唐使あたりがもたらしたものらしい。

からたちの（カラタチ）〈忌部首黒麻呂《いむべのおびとくろまろ》〉

忌部首の、数種の物を詠む歌

からたちの　茨《うばら》刈り除《そ》け　倉建てむ　屎《くそ》遠くまれ　櫛《くし》造る刀自《とじ》（16・三八三二）

枳　棘原苅除曾気　倉将立　屎遠麻礼　櫛造刀自

［口訳］からたちの　茨を刈りはらって　倉を建てようと思うのだ。屎はもっと遠くでしてこい。櫛造りのおかみさんよ。

カラタチ71は、中国揚子江上流地域の原産、古く朝鮮半島を経て渡来したといわれる落葉の低木で、生け垣にされるほか、ミカン類の台木として栽培されるが、野生化状態のものもあるという。枝には稜角があり、二、三センチのトゲを互生し、その下の短い柄の先に三小葉をつける。花期は四月、葉より前に白色五弁の花が咲く。ミカンに似た球形で、黄色の果皮に包まれた液果は、臭気と苦味とがあり食用にならないが、枳実《きじつ》と呼ばれて薬用とされる。

71カラタチ

詞書に「数種の物を詠む」というのは、おそらく「枳」「倉」「櫛」「刀自」といったものを詠みこめと求められての作歌であろう。これは難題であった。そこで作者は、それこそ「やけくそ」になって、強引にこのような歌を作り上げたのではなかろうか。第三句以下は「ク」の音を重ねて頭韻を踏んでいるが、これは唱ったからであろう。鼻をつまみながら早々に切り上げたであろう、宴席の官人たちの様子が思われて、愉快といえば愉快である。

作者の「忌部首」は「名を忘失せり」とあるが、

新墾田《あらきだ》の　鹿猪田《ししだ》の稲を　倉に上げて　あなひねひねし　我《あ》が恋ふらくは（16・三八四八）

の作者、忌部首黒麻呂ではないかとも説かれている。この歌には「夢の内にこの恋歌を作りて友に贈る。覚《おどろ》きて誦み習はしめしに前《さき》の如し」という左注がついている。

梨棗　寸三二粟嗣　延田葛乃　後毛将相跡　葵花咲

〔口訳〕新しく開いた田を充分耕してないので、量も少く味も悪い稲、おまけに不便な山間だから、鹿や猪が荒らしまくった田の稲を、お倉に納めて「ひね米」（干からびた古米）にしてしまった。それと同じでさ、なんともまあ、古びて味も何もないものだわさ。わしの恋なんていうものはね。

ぐらいの意であろう。倉に上げておいて「ひね米」としてしまった稲で「ひね」にかかる序詞にしているのだが、「新墾田の」といい、「鹿猪田の」といってこの稲の不味さを強調し、更に「倉に上げて」といって、おまけに「古米」なのだと、さらにしつこくその干からびた味気なさの念を押し「ひねひねし」を起こしているのである。そうしておいて、左注によると、「わしは夢の中でこの恋歌を作って友だちに贈ったのさ。目覚めてからそいつに言わせてみたら全く同じなんだよ。驚いたのなんの」と言ったということになるらしい。

梨なつめ（ナシ）・葵花咲く（アオイ）〈作者不明〉

作主の未詳なる歌

梨なつめ　黍《きみ》に粟次ぎ　はふ葛の　後にも逢はむと　葵《あふひ》花咲く

（16・三八三四）

梨棗　寸三二粟嗣　延田葛乃　後毛将相跡　葵花咲

［口訳］梨（離）と棗（早）と　黍（君）に粟（逢）が続いて　はう葛のように　後々にも逢おうと　葵（逢う日）の花が咲いていることだ。――君に逢いながら　早々と離れねばならなかったが、後々再び逢うことができるだろう、その証拠に葵（逢う日）の花が咲いているよ。

⓫ナシ

㉘アオイ

ナシ⓫　ナシ属は、ヨーロッパ、アジア大陸、アフリカの暖温帯に数十種分布するが、日本で梨と呼ぶのは、中国中南部、朝鮮半島南部、九州・四国・本州（関東以西）に野生するヤマナシが原種であろうという。高さ二〇メートルに及ぶ高木ともなるが、一般には低木として栽植される落葉樹で、春の若枝は白い綿毛におおわれている。葉は卵形で基部がへこみ、周囲に細かい鋸歯があり、先は芒状となる。四月から五月にかけて、葉が出るより前か同じ頃に、径三センチほどの白い花が咲く。果実は秋に熟し、褐色球形で直径二、三センチ、改良した梨と比較して小さく、味も悪い。

アオイ㉘ アオイ属は、両大陸の暖温帯に約八十属、千五百種分布するが、『万葉集』に出る葵はフユアオイで、古く中国から渡来したといわれる。海岸地帯に生える多年草で、茎は円柱形で直立し、高さ八〇センチ前後、葉は長い柄の先につき掌状、六つぐらいの切れ込みがある。春から秋にかけて葉腋から短い柄を出し、淡紅色五弁の両性花をつける。若芽は食用、種子は薬用とされた。

キビとアワについては「落穂」の項（244ページ）参照。

この歌の第一句は、「棗がもとを」の項で記した『遊仙窟』の、姉の五嫂が歌った「但問意如何、相知不在棗」をうけて、妹の十娘が、

現今正意密、「不忍即分梨」

なじみつ〈密〉親しみつ、離〈梨〉はおことわり（魚返氏訳）

と歌ったのを踏まえたものだという。即ち「早々と離れねばならなかった」の意である。第二句は、「黍」に「君」を、「粟」に「逢」をかけたもの、「君に逢いながら」の意となろう。第三句は「後にも逢はむ」という第四句を導く枕詞で、両句で「後に再び逢うことができるだろう」の意、第五句は「葵」といって「逢う日」をかけているのだ。そこで、全体を通した歌意は前記のようなことになる。長忌寸意吉麻呂の場合と同じく、中国文芸の新知識を踏まえた、奈良朝官人の戯れ歌である。

かはらふぢに（サイカチ、またはジャケツイバラ）・くそ葛（クソカズラ）〈高宮王《たかみやのおおきみ》〉

高宮王、数種の物を詠む歌

かはらふぢに　はひおほとれる　くそ葛　絶ゆることなく　宮仕へせむ（16・三八五五）

　　皂莢介　延於保登礼流　屎葛　絶事無宮将為

［口訳］皂莢に　這いまつわっている　くそ葛　それではないが、そんな下司《げす》の身も　絶えることなく　宮仕えしようと思う。

ジャケツイバラ

かはらふぢについては、現在のサイカチ説とジャケツイバラ説とがある。サイカチには、中国原産で日本でも時折植えられているシナサイカチと、日本産（九州・四国・本州に分布）のいわゆるサイカチとがあるという。山野や河原に生える落葉の高木で高さ一〇メートルぐらいになる。枝の変形した大きなトゲが多く、五、六月に黄緑色の花を穂状につける。豆果は一〇〜三〇センチにも及び、中に扁平な種子が入っている。利尿、解毒剤とする。ジャケツイバラは、ヒマラヤ、中国から沖縄・九州・四国・本州（山形・福島県以南）に野生する。つる性の落葉低木で高さ一、二メートル、鋭いか

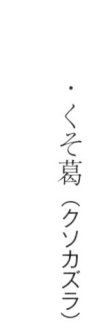

ぎ状のトゲがあり、四月から六月にかけて、大きく直立した総状花序に黄色の花をつける。豆果七センチ前後。

クソカズラ㉗　くそ葛は、花の形からサオトメバナといい、花の平面が灸あとのように見えるところからヤイトバナともいうが、全体に悪臭がするのでヘクソカズラという呼び名が一般に行われている。フィリピン、中国、朝鮮半島、北海道以南の日本各地の山野の草地に生える多年草で、広卵形の葉を対生し、夏から秋にかけて、内面紅紫色、外面白色の筒状花を集散花序につける。核果は五ミリ前後の球形で、黄色に熟す。

㉗クソカズラ

「葛」から「絶ゆることなく」を導くのは類型的だが、「くそ葛」と「宮仕へ」との関係は自然とは言いにくい。これも「皂莢」、「屎葛」の物名を入れて、むりやり作り上げたものであろう。宴席の戯れ歌だと思われる。

高宮王は、『万葉集』に、この作につづく、

波羅門《ばらもん》の　作れる小田《をだ》を　食《は》む烏《からす》　瞼《まなぶた》はれて　幡桙《はたほこ》に居り（16・三八五六）

を残すほかは、系統も伝記も不明である。この歌も、波羅門・田・烏・瞼・幡桙を詠み入れた作で、

［口訳］　僧正波羅門が　耕作している田を　食い荒す烏めは　まぶたを腫らして　旗竿に止まっているよ。

ぐらいの意であろう。伎楽《ぎがく》の滑稽な主人公「波羅門」をとりあげた、戯れ歌だろうという。

榎の実もり食む（エノキ）〈作者不明〉

わが門《かど》の　榎《え》の実もり食《は》む　百千鳥《ももちとり》　千鳥は来《く》れど　君ぞ来まさぬ

（16・三八七二）

吾門之　榎実毛利喫　百千鳥　千鳥者雖来　君曾不来座

［口訳］うちの門口の　榎《えのき》の実をついばむ　様々な多くの鳥たちよ。多くの鳥は来るけれど　私の待ち兼ねる、あなたはおいでにならないことだ。

エノキ

エノキは、中国中部から台湾、朝鮮半島、九州・四国・本州の、日当りのよい海沿いの山林中に生える落葉の高木で、現在では道路わきなどに植えられている。樹皮は灰色で、小枝は黒褐色、新枝に細毛を密生する。葉は互生し、広卵形ないし楕円形で、両面がざらつき、主脈が三つある。花は雌雄同株、四、五月ごろ、新枝の上部葉腋に雌花、下部に雄花が、新葉とともに開花する。秋になると球形の核果が橙色に熟し、子供たちも食べるが、多く椋鳥《むく》などの餌となる。これと似たものにムクノキがあり、中国の亜熱帯・暖帯から、台湾、朝鮮半島、沖縄・本州（関東以西）の山地に生え、人家付近に植えられている。落葉の高木で、葉は互生し、雌雄同株でエノキと同じ頃に開花する。秋に黒褐色の液果が熟し、これも子供たちが食べ、鳥の餌となる。そこで、この歌の「榎」もムクノキだという説もある。
この歌に詞書はないが、もしつけるとすれば、後に記す歌とともに、「鳥（千鳥）に寄する」とでもすべきだろう。「百千鳥」には「数多い椋鳥」とする説もあるが、それと限定することもできないので、「種々な多くの鳥」説に従うべきであろう。上三句が同意同義で「千鳥」を導く。この「百千鳥」は、暗に、求めてもいない男たちを示しているのかもしれぬが、よくわからない。「モリハム　モモチトリ　チトリハ」と同音を重ねて、調子のよい、明るい歌声となっているのは歌謡として唱われたからであろう。次の、
わが門に　千鳥しば鳴く　起きよ起きよ　わが一夜夫《ひとよづま》　人に知らゆな（16・三八七三）
の歌は、ひそかに愛人を通わせている女が、他人に知られるのを恐れた趣の一首だが、これも前に記したごとく、鳥に寄せたもので、同じく歌謡だったと思われる。なお「東《あづま》」にかかる枕詞は「鳥が鳴く」（2・一九九を合わせ十例）だが、このかかり方は「鳥が鳴く　吾夫《あづま》よ　起きよ」から出たとする説がある。この歌などもその証拠とされたものであろうか。

杜若（カキツバタ）〈大伴家持《おほとものやかもち》〉

十六年四月五日に、独り平城の故宅に居りて作る歌

杜若　衣《きぬ》に摺《す》りつけ　ますらをの　きそひ狩りする　月は来にけり（17・三九二一）

加吉都播多　衣尓須里都気　麻須良雄乃　服曾比獦須流　月者伎尓家里

［口訳］杜若を　衣服に摺りつけ　立派な男たちが　着飾って狩りをする　その五月が来たことだなあ。

㊲カキツバタ

カキツバタ㊲は、シベリア、中国東北部、朝鮮半島、本州・北海道の水湿地に生える多年草で、根茎が横に延びて分枝する。葉の長さ五〇センチ前後、幅は二、三センチでハナショウブより広い。花茎の高さ約六〇センチで分枝しない。五、六月ごろ、濃紫色、直径一〇センチほどの花を開く。大きく垂れ下がった外花被片は、基部中央が黄色、内花被は直立している。古代ではこの花を衣に塗りつけ、いわゆる摺り染めとした。

七四四年（天平十六年）閏四月五日（陽暦五月二十二日）、独りで平城（佐保）の故宅にいた家持（二十六歳）は、

橘の　にほへる香かも　ほととぎす　鳴く夜の雨に　うつろひぬらむ（17・三九一六）

を第一首とする六首の歌を作った。掲げたのはその最終歌である。七四〇年（天平十二年）の十月藤原広嗣の乱中に伊勢行幸に発った聖武天皇は、乱平定後も平城に還らず、十二月には山城の恭仁宮に遷都、以後近江の紫香楽宮とそことを往来し、七四四年二月二十六日には難波を皇都とした（翌年九月二十五日平城に還都）。この間、家持も佐保の家を留守にしていたので故宅（旧宅）といったのである。為に平城の都は荒れはてた。同じ歌群の中で家持も、

あをによし　奈良の都は　古りぬれど　もとほととぎす　鳴かずあらなくに（17・三九一九）

うづら鳴く　古しと人は　思へれど　花橘の　にほふこの宿（17・三九二〇）

と歌って自らを慰めている。

さらに家持にとってつらかった出来事は、この人によって大伴勢力の伸張をと念じたのであろうか、親しみ仕えた安積皇子《あさかのみこ》（父は聖武天皇、母は県犬養大刀自《あがたいぬかいのひろとじ》）が十七歳の若年で没したことである。皇子は、同年一月十一日難波宮行幸に同行、脚気のため桜井頓宮から恭仁宮《くにのみや》に帰って十三日に没している。これは恭仁宮の留守官であった藤原仲麻呂が、光明子腹の阿部内親王（孝謙天皇）の立太子を図って、皇子を毒殺したのではないかとも考えられる。

さて、第四、第五首によって自らを慰めざるを得なかった家持は、憂情を振りきるべく第六首を作った。だが、これによって気分転換ができたかどうか。しかし、こう歌って自らを奮い立たせるしか術のない家持であった。

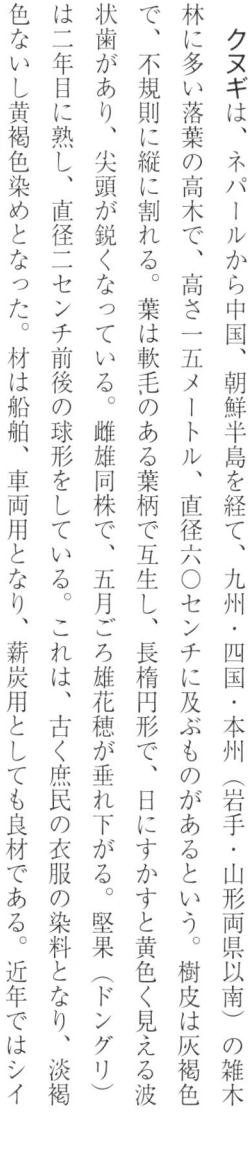

橡の（クヌギ）〈大伴家持《おほとものやかもち》〉

史生尾張小咋を教へ喩せる歌

くれなゐは　移ろふものぞ　橡《つるばみ》の　馴れにし衣《きぬ》に　なほ及《し》かめやも（18・四一〇九）

久礼奈為波　宇津呂布母能曾　都流波美能　奈礼尒之伎奴尒　奈保之可米夜母

［口訳］紅花の色は　褪せるものだ。橡の実染めの　着馴れた服に　やっぱり及ばないのだぞ。

クヌギ

クヌギは、ネパールから中国、朝鮮半島を経て、九州・四国・本州（岩手・山形両県以南）の雑木林に多い落葉の高木で、高さ一五メートル、直径六〇センチに及ぶものがあるという。樹皮は灰褐色で、不規則に縦に割れる。葉は軟毛のある葉柄で互生し、長楕円形で、日にすかすと黄色く見える波状歯があり、尖頭が鋭くなっている。雌雄同株で、五月ごろ雄花穂が垂れ下がる。堅果（ドングリ）は二年目に熟し、直径二センチ前後の球形をしている。これは、古く庶民の衣服の染料となり、淡褐色ないし黄褐色染めとなった。材は船舶、車両用となり、薪炭用としても良材である。近年ではシイタケ栽培の榾木《ほたぎ》として多く用いられている。

この歌は、奈良から下向し、越中守家持の下にあって記録係を勤めていた尾張連小咋《おくひ》が、現地の遊行女婦・左夫流《さぶる》を妻（妾）としたのを教喩しようとして作った長・反歌（18・四一〇六―四一〇九）中の第三反歌で、七四九年（天平感宝元年）五月十五日（陽暦六月四日）の作である。当時も重婚は許されておらず、犯した男は懲役刑一年、女は百叩きのうえ離婚と定められていたが、小咋の場合は七四四年の勅令で、国司が現地の女性を妻妾とすることを禁じたのに抵触したのかもしれない。

さて七四六年（天平十八年）七月以降越中守となっていた家持はこの事件に出遭い、七二八年（神亀五年）の七月に山上憶良が作った「惑へる情を反さしむる歌一首あはせて序」（5・八〇〇、八〇一）にならい、それを踏まえてこの歌を作った。むろん、「くれなゐ」は遊行女婦の左夫流、「橡の　馴れにし衣」は長年連れ添ってきた妻の暗喩である。ところでこの直後、奈良にいた小咋の妻が、夫の呼ぶのを待たず自ら下向してきた。同月十七日の家持は、

　左夫流児が　斎《いつ》きし殿に　鈴掛けぬ　駅馬《はゆま》下れり　里もとどろに（18・四一一〇）

と歌った。

［口訳］左夫流児が　大切に仕えていた御殿に　私用のためとて、駅鈴を掛けていない　駅馬が突然下って来たぞ。そら　この府内はその件で大騒ぎだ。

という意で、ここでの家持は、見事に戯れている。

この時期の家持は、父や憶良のような先人を思うことが多かったらしく、大伴池主に対する謙辞としてではあるが、「幼年未だ山柿《さんし》の門に逕《いた》らず……」（17・三九六九の序）と書き贈っている。「山柿の門」の「柿」は論なく柿本人麻呂を指すが、「山」には、山上憶良、山部赤人の両説がある。

桃の花（モモ）〈大伴家持《おほとものやかもち》〉

天平勝宝二年三月一日の暮に、春苑の桃李の花を眺矚して作る歌

春の苑《その》　紅にほふ　桃の花　下照《で》る道に　出で立つ𡢳嬬《をとめ》　（19・四一三九）

春苑　紅尓保布　桃花　下照道尓　出立𡢳嬬

［口訳］春の苑は　紅色に華やいでいる。桃の花。それが木陰まで照らしている道に　出で立つ𡢳嬬（娘子）だ。

モモ❻は、中国黄河上流の高原地帯の原産。およそ二千五百年前から栽培化され、日本でも紀元前一世紀ごろには栽培がはじまっていたらしく、現在では野生化しているものもある。高さ三メートル前後の落葉低木で、小枝は無毛でつやがあり、芽にはうぶ毛が生えている。頂芽があり三個の側芽がつくが、そのうち左右両側の二個が花芽である。葉は短い柄で互生し、長披針形または倒披針形で先が尖り、小さな鋸歯があり、基部に蜜腺をもつ。四月から五月にかけ、短い花柄の先に、葉より前に、通常は淡紅色五弁の花をつけはじめる。核果はこまかい毛におおわれ、直径五、六センチ、核は、しわがより、片側に縦の溝がある。

❻モモ

家持のこの作は、七五〇年陽暦四月十一日の夕方、次項の「李の花か」とともに詠まれた第一首で、巻十九の巻頭を飾っている。越中守として着任（七四六年七月）以来、家持が四度目に迎えた春だ。その前年であろうか、妻の大嬢も越中に来ていた。そこでこの「嬬嫣」を彼女とみる説もあるが、そう限定する必要はあるまい。詞書によれば、家持が見ているのは「桃李の花」である。そしてこれは、イランからインド、中国を経て日本に伝わった「樹下美人図」の和歌版なのだ（ついでに言えば、それがギリシア・ローマに伝えられてビーナス像を生んだのだともいう）。現在、日本に残る「樹下美人図」の最古のものは、この歌の成った二年後の、天平勝宝四年六月二十六日の日付を下張りに持つ『鳥毛立女屏風』で、正倉院に保管されている。その木が何であるかほぼわかるのは松で、桃ではないが、同じ正倉院には、阮咸（楽器）の撥《ばち》に、桃樹の下に坐って奏楽する三人の美女を描いたものもあり、中国敦煌の壁画や新疆発見の絵画にも桃樹下の美人図がある。とすれば、この歌の素材は家持の新発見ではないということになりそうだ。そこで家持の手柄はといえば、あくまでその和歌版を作ったことにあるのだが、その作にあたって家持は、「春の苑」「桃の花」「嬬嫣」と一、三、五句を名詞として、短歌に漢詩風の趣を出そうと努めている。そこに私どもは、当時の家持の中国文化に対する憧れと、それを豊かに伝えた都への郷愁といったものとを読みとることができよう。時に家持三十二歳であった。

延喜式の頃となってなお「上十七日、下七日、海路二十七日」と記される越中国庁は、現在の高岡市伏木町古国府の真宗寺院勝興寺の地一帯を占めていた。ここは、富山湾に臨む伏木港から南西およそ六〇〇メートル、二上山（二七〇・三メートル）東麓の高台で、射水川（現在の小矢部川）がその東を廻って湾に注ぐ河岸段丘上である。当時既に照葉樹林帯に入っていたから、夏季は都と大差がないものの、「立山に　常夏に　雪降りし」（17・四〇〇〇）く景観を目にし、冬期には「あゆの風」（17・四〇一七）〈北東ないし北西から吹く海風〉が寒く吹きあげて積雪も多い。家持自身「越中の風土、橙橘あること稀なり」（17・三九八四、左注）と嘆いた北陸辺境の地に、しかも任期の半ば以上を単身赴任のかたちで、寂寥・独居の年月を送迎したのは、七四六年七月（任命は六月二十一日）以降、七五一年八月まで、家持二十八歳から、三十三歳にいたる満五年間であった。おそらく左大臣橘諸兄の推挙による任命だったろうから良吏となろうと努力もしたらしいが、歌人としても大きく成長したと見るべきであろう。作歌数も長歌三十四首、短歌百六十五首の多きに及んでいる。ちなみに家持の『万葉集』入集総歌数、長歌四十六首、短歌四百三十一首だから、この期間に家持は、生涯の作歌中の、長歌では七四パーセント弱、短歌では三八パーセント強を作ったことになる。

李の花か（スモモ）〈大伴家持《おほとものやかもち》〉

天平勝宝二年三月一日の暮に、春苑の桃李の花を眺矚して作る歌

わが園の　李《すもも》の花か　庭に散る　薄雪《はだれ》のいまだ　残りたるかも（19・四一四〇）

吾園之　李花可　庭尓落　波太礼能未　遺在可母

［口訳］わが園の　李の花だろうか。それとも庭に散る　はだれ雪（薄雪）がまだ　消え残っているのだろうか。

スモモ❾　スモモ類には、中国揚子江流域から日本まで野生し、あるいは野生化している「スモモ」と、コーカサス南部からイラン北部にかけての原産で、地中海の沿岸地域を中心に栽培される、いわゆるセイヨウスモモとがあるという。『万葉集』のこの一首のみに出る「李」はむろん前者で、『古事記』『日本書紀』にもその名はみえているが、日本古代の貴族社会では桃ほどには愛玩されなかったらしく、『古今集』には、

いま幾日《いくか》　春しなければ　うぐひすも　ものはながめて　思ふべらなり（10・四二八　紀貫之）

と、物名歌としてただ一首みられるのみ。中世になると、

消えがての　雪と見るまで　山がつの　垣ほの李　花咲きにけり（藤原為家）

❾スモモ

数ならぬ　片山かげの　青李　身はあるかひも　なくなりにけり（藤原信実）

などと歌われるようになった。

さてそのスモモは、高さ二〜五メートルの落葉小高木で、小枝に毛がなくつやのある点はモモと似ているが、モモと相違して頂芽がない。葉柄に蜜線があり、葉は広い倒披針形または倒卵形で、にぶい鋸歯がある。花期は桃よりやや早い三、四月。前年の葉腋に一〜三個ずつ、白い五弁花をつける。核果はほぼ球形で、初夏に赤紫色あるいは黄色に熟し、酸味は強いが、生で食べられる。

この歌、前項の「桃の花」の歌と同じ時の咋。一応二句切れとして口訳しておいたが、三句切れと見るべきかもしれない。李の花が散るのと薄雪が残るのとでは季節が合わないと説くのが一般だが、越中ではそういうこともありうるのだという。ともあれこの作は、この作の成立前二十年の七三〇（天平二年）正月十三日（陽暦二月八日）、大宰帥だった父旅人が〈梅花の宴〉で詠んだ、

わが園に　梅の花散る　ひさかたの　天《あめ》より雪の　流れ来るかも（5・八二二）

の作を意識したものであろう（そういえばこの歌についても、「梅の花の散る時期ではない」とする説もあった）。正三位大宰帥、従五位越中守という相違はあるが、ともに「天離る夷」住まいの身として、家持は亡き父を思うことが多かったらしい。ただ、父の歌は明確な二句切れ、家持の歌は良くも悪くも「あいまい」、歌柄の大きさでは父に及ばない。父は上を向き、子は下を向いている。観察も父は大様、子は微細である。さらに言えば、「梅」や「李」を「雪」と見立てることは、六朝時代（二二〇—五八九年）からの中国詩の常套であった。

かたかごの花（カタクリ、またはコバイモ）〈大伴家持《おほとものやかもち》〉

堅香子草の花を攀《よ》ぢ折る歌一首

もののふの　八十《やそ》嬬嬬《をとめ》らが　汲みまがふ　寺井の上の　かたかごの花（19・四一四三）

物部乃　八十嬬嬬等之　挹乱　寺井之於乃　堅香子之花

［口訳］（もののふの）多勢の娘たちが　入り乱れて水を汲んでいる　寺井のほとりの　これが堅香子の花だよ。

カタクリ㉚は、中国の北部、朝鮮半島、日本では本州の中部以北から南千島にかけての山地や丘陵に野生する多年生の鱗茎植物で、地中深くに柱状披針形に肥大した鱗茎があり、良質のデンプンを含んでいる。葉は長さ一〇センチ、幅三センチ前後の卵状長楕円形で、表面はつやのある淡緑色だが、紫色の斑点がある。地域差があって三月末から五月にかけ、二〇センチ前後の花茎を出し、一茎に一花、径四～五センチ、花冠の内面に濃紫の紋をもつ。紅紫色の花が、反り返ってうつむきに咲く（二葉が出ないと花茎が出ず、花も咲かない）。現在のカタクリは本来のものではなく、コバイモをとり尽くしたあとの二次的な命名であるとするのが前川文夫氏説であるが、どうだろうか。

コバイモは、四国、本州中部の山中谷沿いの陰地に生える多年生の鱗茎植物で、高さは一二～二〇

㉚カタクリ

センチ。鱗茎は茎のすぐ下にでき、デンプンを含んでいる。葉は茎の上部に二枚相対し、花下に三枚が輪生する。花期は早春、長さ二センチ前後、鐘形の花一個を下向きにつける。花被片は淡黄色で濃色の網紋がある。北陸地方に生えるコシノコバイモは、花被片の内側に鋸歯のあるひれがつき、花が大きい。

七五〇年（天平勝宝二年）三月二日（陽暦四月十二日）の作。越中国分寺の建立はこれより六年後、天平勝宝八年十二月のこととみられるから、この「寺井」は国庁に近い国府寺のものであろう。その寺域にあり、湧き水を堰きとめた泉で、当日は何かの仏事が催され、国府近隣の女性たちが水を汲むため立ち働いていたのだと推定される。越中守家持もその仏事に加わるべく参詣し、女らのにぎやかさに微笑みながら、付近に群がり咲く堅香子の花に目をとめて、思わずその一茎を折りとったのであろう。春を迎えた乙女らの律動的な姿態の把握と、第五句の名詞止が効果的で、越中の春を見事に表現しえた一首となっている。

コバイモ

つままを見れば（タブノキ）〈大伴家持《おほとものやかもち》〉

渋谿の崎を過ぎ、巌の上の樹を見る歌一首　樹の名はつまま

磯の上の　つままを見れば　根を延《は》へて　年深からし　神《かむ》さびにけり（19・四一五九）

磯上乃　都万麻乎見者　根乎延而　年深有之　神左備尓家里

［口訳］磯のほとりの　つままを見ると　根をぐっと張って　長年月を経たらしい。神々しい様子をしていることだ。

タブノキ　「都万麻」には諸説があったが、現在のタブノキと考えてよいらしい。中国南部、台湾、朝鮮半島南部から、九州・四国・本州（太平洋岸は岩手県中部、日本海岸では青森県西南部以南）の海岸沿いに多い常緑の高木で、高さ二〇メートル、直径一メートルに及ぶものもあるという。こうした常緑の大木が東北地方や日本海岸にまで分布するのは黒潮の関係である。側枝が主軸より勢いよく生長する仮軸分枝を繰り返して葉を繁らし、その枝や葉を折ると芳香を放つ。若枝の頂芽は大きく、多くの鱗片におおわれ、赤みを帯びている。葉は枝先の柄で互生し、厚い革質。五、六月ごろ、赤みを帯びた若葉とともに、淡黄緑色六弁の両性花が開く。液果は、基部に花被片を残したまま、八月ごろ黒紫色に熟す。この実を伊豆七島では食用にするという。芯材は紅褐色、辺材は淡黄褐色で、船材、

タブノキ

建築材、家具材、彫刻材などとなり、また餅つき臼、飼料用の桶材として用いられた。樹皮や葉は乾燥して線香の粘着剤とされる。

七五〇年（天平勝宝二年）三月九日（陽暦四月十九日）、越中守家持は出挙《すいこ》の政（春に公の稲を農民に貸しつけ、秋の収穫時に利子とともに返済させる）につき、布勢の水海の南岸の旧江村（氷見市神代付近か）に行った。その折、道中の風景を見て歌を詠んだり、興味を覚えて作歌したりしたが、この歌はその第一首で、今日の高岡市渋谷海岸に立ち寄り、タブの巨木を見ての作である。第一にその神々しいまでの高貴性、常緑性に心をうたれ、第二に「つまま」（この木は、高木であり、よく繁るので、その下が居間の延長として副室に用いられたからの名か）の地方名に、それこそ興味を覚えて作歌した（松田修氏説）のだと推定される。細注してことさら「樹の名はつまま」と記したのは、その故であろう。こんな見事な樹が、よくも越中あたりに、という感動が、「根を延へて　年深からし　神さびにけり」に的確に表現されている。家持はこれより前の出挙の政により諸郡を巡行した折（七四八年〈天平二十年〉二月か）にも、能登郡の香島の津（石川県七尾市）から舟を出し、熊木村（同県鹿島郡中島町）を目指した時の歌として、

とぶさ立て　舟木伐《き》るといふ　能登の島山　今日見れば　木立繁しも　幾代《いくよ》神びそ（17・四〇二六）

という旋頭歌を作っている。木を伐る折には、切株の上に枝葉の茂った梢をさして山の神に祈る風習があった。「とぶさ立て」というのはそのことである。ここでも「木立」の繁りに、長年月を経た神神しさをとらえている。

ほほがしは（ホオノキ）〈恵行《えぎょう》〉

攀ぢ折れる保宝葉を見る歌

わが背子《せこ》が　捧げて持てる　ほほがしは　あたかも似るか　青き蓋《きぬがさ》（19・四二〇四）

吾勢故我　捧而持流　保宝我之婆　安多河毛似加　青盖（講師僧恵行）

［口訳］あなたが　捧げ持っている　ほおがしわ　それはそっくりですなあ。青いきぬがさに。

ホオノキ㉒は、中国から九州・本州・南千島にいたる、暖温帯の山地に生える落葉の高木で、灰白色ですべすべした幹は、高さ二〇メートル以上、直径一メートルにもなる。三センチ前後の柄が枝先に集まり、長さ二〇～四〇センチ、幅一五～二五センチに及ぶ大きな、芳香のある葉を互生する。五、六月ごろ、直径およそ一五センチの六弁ないし九弁の白い花を枝先に開き、これにも芳香がある。秋になると、多くの袋果が集まった、長さ一〇～一五センチの果穂をつけ、赤く熟して縦に割れ、赤色で光沢のある仮種皮をかぶった種子が白い糸で下がる。材は細工しやすく、建具、箱、下駄の歯、彫刻材などとされ、芳香のある大きな葉は、食べ物を載せる柏となり、柏餅を包むのに利用される。

㉒ホオノキ

七五〇年（天平勝宝二年）四月十二日（陽暦五月二十一日）、布勢の水海（富山県氷見市南部にあった湖。近世に干拓が進み、現在では十二町潟という帯状の小湖を残すのみとなっている）に遊覧した越中国司の一行は、多祜の浦（水海の東南部。現在氷見市宮田に上田子。下田子の小字名を残す）に舟泊りをし、藤の花を望んで、

藤波の　影なす海の　底清み　沈《しづ》く石をも　玉とぞ我《あ》が見る（19・四一九九）大伴家持

以下の歌を作ったが、同じ時、家持が折りとって手にしているのを見た国府寺の僧恵行が歌った一首である。「蓋」は高貴な人にさしかける織物製の傘だ。大きなホオノキの葉をそれと見たてて家持を讃えたのである。これに対して家持は、

すめろきの　遠御代御代《とほみよみよ》は　い敷き折り　酒飲《さの》みきといふぞ　このほほがしは（19・四二〇五）

と歌った。

［口訳］皇祖の　御代御代には　これを曲げ折りにして　酒を飲んだということだぞ。それがこのほおがしわだよ。

という意。「蓋」からの連想が昔の尊い天皇の御代御代に及び、「われわれもこれで一杯」と歌ったのであろう。家持たちはこれより前、同月六日にも布勢に遊覧している。当時の官人たちには、六日ごとに一日の休日があったというから、この日も休日で一同が遊覧したのだろう。その余裕から行楽気分を満喫している家持なのだ。

山橘の（ヤブコウジ）〈大伴家持《おほとものやかもち》〉

雪の日に作る歌一首

この雪の　消残《け》る時に　いざ行かな　山橘の　実の照るも見む（19・四二二六）

此雪之　消遺時尓　去来帰奈　山橘之　実光毛将見

［口訳］この雪が　消え残っているうちに　さあ出かけよう。山橘の　実が赤く輝いているのも見たいものだ。

ヤブコウジ㉓は、中国大陸から朝鮮半島、台湾、北海道の奥尻島までの日本各地の山野の林下に群生し、栽植もする常緑の小低木で、地下茎が長く横に延びて繁殖する。地下茎は高さ一〇ないし二〇センチで地を這い、ほとんど分枝しない。葉は互生し、茎の上部に輪生状につく。七、八月ごろ、葉腋から散状花序を出し、二〜五個の、花冠に腺点のある白い花を下向きにつける。初冬のころ、直径五ミリ前後の球形の実をつけて赤熟し、翌年の春まで下垂して残る。葉の常緑性と実の美しさが好まれて、正月の飾り物とされている。

七五〇年（天平勝宝二年）十二月の作。「いざ行かな」と呼びかけているところからみて、宴席の

㉓ヤブコウジ

会衆に向けて歌ったものであろう。葉の緑、実の紅、それに雪の純白と、色彩の対照が美しく、歌柄も明るく弾んでいる。だが、この作から二週間足らずの後と推定される三年正月二日(陽暦二月二日)の越中は大雪で、「積みて四尺」(約一・二メートル)〈次の歌の左注〉とある。それでも家持たちは国守の館で集宴し、家持は、

　新しき　年の初めは　いや年に　雪ふみ平《な》らし　常かくにもが(19・四二二九)

と歌った。さらにその翌日、介(次官)内蔵忌寸縄麻呂《くらのいみきなわまろ》の館に宴楽した折にも家持は、

　降る雪を　腰になづみて　参《ま》ゐ出《で》こし　験《しるし》もあるか　年の初めに(19・四二三〇)

と歌っている。この折には、降り積んだ雪に岩山の群立するさまを彫り、草木の花まで見事に作られた飾り物が出ていた。そこで掾(三等官)久米朝臣広縄が、

　なでしこは　秋咲くものを　君が家の　雪の巌《いはほ》に　咲けりけるかも(19・四二三一)

と歌った。風流も極まるというべきであろうが、これは越中の風土性によらず、都風の心情がさせた遊びに過ぎない。ついでに言えば、これより九四〇年ほど後の一六八七年(貞享四年)の冬、俳人芭蕉が、名古屋の門弟で書籍商の風月堂孫助(俳号、夕道)亭(現在の名古屋市中区丸の内三丁目辺にあった)で休んでいるうち、雪が降り出したので口ずさんだ句に、

　いざ出《いで》む　雪見にころぶ　所まで

があり、初句は「いざ行かむ」、「いざさらば」と推敲されている。時に芭蕉は四十三歳、家持が「いざ行かな」と歌ったのは三十二歳であった。

いささ群竹（タケ）〈大伴家持《おほとものやかもち》〉

二十三日、興に依りて作る歌

わが宿の　いささ群《むら》竹《たけ》　吹く風の　音のかそけき　この夕《ゆふべ》かも（19・四二九一）

和我屋度能　伊佐左村竹　布久風能　於等能可蘇気伎　許能由布敝可母

［口訳］わが家の　少しばかりの群竹　それを吹く風の　音のかすかな　この夕暮れであることよ。

タケ㉙のほとんどは中国の原産。熱帯から温帯にかけて約四十属、六百種が分布するというが、日本にはおよそ三属、マダケ・ナリヒラダケ・オカメザサとその栽培品種があったという。このうち古代に広く分布していたのは多くササ属のもので、マダケなどは中国から渡来し、律令国家の支配層の人々が占有、管理していたのだとされる。七五一年（天平勝宝三年）七月少納言となり帰京した大伴家持が、二年後の天平勝宝五年正月十一日（陽暦二月十八日）に、降り積んだ大雪が一尺二寸（約三六センチ）あったので拙懐を述べたという三首（19・四二八五―四二八七）中の第二首に歌った、

御園生《みそのふ》の　竹の林に　うぐひすは　しば鳴きにしを　雪は降りつつ（19・四二八六）

の「竹の林」は「御園生」（平城宮内の庭園）のものだから立派な竹だったろうが、家持の家の庭に

㉙タケ

植えられていたのも、宮中のそれと同じ竹だったか、それともササ類だったかは判然としない。御園生からおすそ分け（?）の竹だったとしても、マダケか、ハチクの類だろうが明確ではない。マダケならば現在でも栽植種のみ。ハチクならば山中に野生化したものがある、多年生の常緑竹である。根茎はともに横に這い、稈高二〇メートル（マダケ）、一〇メートル（ハチク）、径三〜一三センチ（マダケ）、三〜一〇センチ（ハチク）で中空、初夏まれに花が咲く。筍は春、食用とされる。オカメザサならば、時に野山に野生もするが、多く庭に栽植される小形のタケ類で、稈高一、二メートル、枝が一節から三〜五ぐらい出て短く、先に小数の葉をつける。タケ類のうちでは背たけに比較して幅が広く、基部に葉鞘がない。花期は五、六月だが、めったに咲かない。掲げた歌から推量するに、もしマダケだったとしても、あまり背の高いものではなかったらしい。

七五三年（天平勝宝五年）二月二十三日（陽暦四月一日）から二十五日にかけて、家持は興によって三首の歌を作った。二十三日作の第一首は、

春の野に　霞たなびき　うら悲し　この夕影《かげ》に　うぐひす鳴くも（19・四二九〇）

であり、第二首がかかげた作、二十五日の作歌が、

うらうらに　照れる春日に　ひばり上がり　心悲しも　ひとりし思へば（19・四二九二）

である。この左注に「春の日はうららかで暮れがたく、うぐいすが今鳴いている。失意に痛むこの心は、歌以外に紛らし難い。そこでこの歌を作り、やりきれない憂うつな気持ちを晴らすのである」と

いった意味の言葉を添えている。

「失意に痛むこの心」の具体的な原因が何であるか明白ではないが、聖武天皇が譲位されて孝謙女帝の代となった七四九年（天平勝宝元年）九月、紫微中台の官制が定められて、家持が庇護されていた橘諸兄の政敵、藤原仲麻呂がその長官となった。仲麻呂は、これを土台に、光明皇太后、孝謙女帝の権威を借りて力をのばす。病気持ちの聖武太上天皇は七五六年五月病没、この頃になると形ばかりの左大臣でしかなかった橘諸兄もその翌年の一月には七十三歳で没する。家持がこの政権の推移を知らないはずはない。とすれば、家持の孤独感は推測することができる。そこで家持は、その孤独をはっきり自覚にのぼすことによって、それを晴らそうとするのだ。これはもはや、近代の文芸が果たす一つの役割であろう。そういうところに、家持の文芸は到り着いていくのである。

赤ら柏（カシワ）〈安宿王《あすかべのおおきみ》〉

七日、天皇・太上天皇・皇大后、東の常宮の南大殿に在して肆宴したまふ歌一首

印南野《いなみの》の　赤ら柏《がしは》は　時はあれど　君を我《あ》が思《も》ふ　時はさねなし（20・四三〇一）

印奈美野乃　安可良我之波ゝ　等伎波安礼騰　伎美乎安我毛布　登伎波佐祢奈之

［口訳］印南野の　柏が赤く色づくのには　時期がございますが　陛下を私がお慕い申し上げますのは　時期など全くございません。

カシワは、ウスリー地方、中国、朝鮮半島から、南千島におよぶ日本各地の、火山や海岸などの日当りのよい礫地を好んで群生する落葉の高木で、高さ一七メートル、胸高直径六〇センチに及ぶものもあるという。照葉樹林が山火事などのため焼けたあとに、よく二次林として形成される。葉は長さ一〇〜二五センチと大きく、初め星状毛を密生するが、後裏面にだけ残る。秋に色づき枯れるが、落ちずに越年する。雌雄同株。四、五月ごろ、若葉とともに長さ一〇センチぐらいの尾状雄花序が新枝の基部から出て多数垂れ下がり、雌花序は葉腋につく。堅果（ドングリ）は楕円状の球形で、長さ一・五〜二センチ、十月に褐色に熟す。葉はかしわ餅を包むのに用いるが、古くはこれに食物を盛った。

カシワ

七五四年（天平勝宝六年）正月七日（陽暦二月三日）、孝謙女帝、聖武太上天皇、光明皇太后が、天皇の常の御座所となっていた東の常宮の南大殿で、五位以上の者に宴を賜った折、安宿王（長屋王の第五子、母は藤原不比等の娘）が奏上した歌で、当時の王は播磨国守であった（七五三年四月任命）。

さて、宴席の食膳に、何か柏の葉に載せられたものが出されたのであろう。それを踏まえた王は、わが領内の印南野に場所を限定し（一つには、播磨から献上される柏が大嘗祭などのほか各節日に使用されたからだという）、この柏の赤らむのには季節がございますが、私の臣節に時期はございませんと、永久の臣従を誓って一首を歌い上げたのである。あらかじめ準備していたのではあろうが、当意の奏歌と評し得よう。

茨の末に（ノイバラ）・延ほ豆の（マメ）〈防人歌〉

防人の歌

道の辺《へ》の　茨《うまら》の末《うれ》に　延《は》ほ豆の　からまる君を　離《はか》れか行かむ（20・四三五二）

美知乃倍乃　宇万良能宇礼尓　波保麻米乃　可良麻流伎美乎　波可礼加由加牟

［口訳］道ばたの　茨の枝先に　這う豆のように　からまりつくあなたを　後に残して、離れてゆくことになるのだろうか。

㊸ノイバラ

ツルマメ

ノイバラ㊸は、中国、朝鮮半島、九州から北海道にいたる日本各地の、日当りのよい山野に生える落葉の低木で、枝に太いとげがまばらについている。高さは二メートル前後、葉は奇数羽状複葉で互生し、多く二、三対の小葉がある。五、六月ごろ、直径二、三センチ、五弁の白または桃色を帯びた花を枝につけ甘い香を放つ。秋になると花床が赤く熟し、一センチ足らず、球形の実となり、葉の落ち尽くした後にも残っている。

マメは、ツルマメ（ノマメ）かヤブマメであろう。前者なら中国、朝鮮半島から九州・四国・本州の各地、後者なら、中国、朝鮮半島、九州・四国・関東以西の本州の野原に生える。ともに一年生のつる草で、夏から秋にかけて紫紅色の花をつける。前者はダイズの原生種であるとされ、茎も豆果もダイズに似ている。

作者は上総国天羽郡（千葉県君津郡南部）出身の防人である。「防人」については「梓の弓」の項（182ジペー）で記したが、この歌の防人は、七五五年（天平勝宝七年）の二月に交替して、筑紫に遣わされた諸国の防人の一人である。この折には、兵部小輔として難波にあった大伴家持が、国々の部領使《ことりづかい》（防人の引率者）が奉った歌のうちから拙劣なものは捨てて採用し、ここに集録した。遠江の歌十八首中の七首、相模の歌八首中の三首、駿河の歌二十首中の十首、武蔵の歌十九首中の十三首、常陸の歌十七首中の十首、下野の歌十八首中の十一首、下総の歌二十二首中の十一首、信濃の歌十二首中の三首、上野の歌十二首中の四首、武蔵の歌二十首中の十二首、総計数百六十六首、集録数八十四首で、他に昔年の防人の歌九首が入っているが、約半数が捨てられたことになる。惜しいといえば惜しくもあるが、これだけ残してくれた家持に感謝すべきかもしれない。

さてこの一首、第四句の「君」を「なついている主家の若君」で「男」とする説もあるが、一般には「妻」または「許婚の娘子」とみられている。「延ほ豆」を茨の実だと解する人もあるが、やはり野生の豆類とすべきだろう。道端の茨の先に野生の豆がまつわりつくといった状況は、この作者などが日頃見馴れていたことで、彼もそのイバラに難儀をした経験があったかもしれない。そういう極めて日常的なものを譬喩として離れ難い情を歌ったもので、生活に即した東国人の歌声がここから聞こえてくる。

さ百合の花の（ヤマユリ・ササユリ）〈防人歌〉

防人の歌

筑波嶺の　さ百合《ゆる》の花の　夜《ゆ》床《とこ》にも　愛《かな》しけ妹ぞ　昼も愛しけ（20・四三六九）

都久波禰乃　佐由流能波奈能　由等許尓母　可奈之家伊母曽　比留毛可奈之祁

［口訳］筑波山の　小百合の花のように　夜床の中でも　愛しい妻なのだ。昼も愛しくてならぬ。

ユリ属は北半球の亜熱帯から亜寒帯にかけて約九十六種が分布するが、アジアには五十九種あり、そのうちの十五種が日本に生育するという。『万葉集』に歌われた主なものは、ヤマユリとササユリだったようだ。共に日本の特産種で、ヤマユリは本州の中部以北から東北地方の低山地に、ササユリは本州中部以西から四国・九州の山地に生える。鱗茎をもつ多年草である。そして、ここで歌われているのはヤマユリ。

ヤマユリ㊺は、鱗茎が直径六〜一〇センチの扁球形。茎高一ないし一・五メートルで、葉は披針形か広披針形で長さ一〇〜一五センチである。花期は七、八月。花は直径一五〜二〇センチでササユリより大きく、数個が横向きにつき、強い香気がある。一〇〜一八センチの花被片は卵状披針形で白色

㊺ヤマユリ（上）
㊻ササユリ（下）

地に橙赤色の斑点があり、中央脈に沿って黄色く、上方に反り返る。鱗茎は食用とされる。

ササユリ㊻は、鱗茎が直径二センチ前後の広卵形。茎高五〇センチないし一メートルで、少し白い粉をふく。葉は長さ一〇センチ内外で、ササの葉に似ている。花期は七、八月。直径一〇センチ前後の花は、淡紅色で斑点がなく、一〜六個が横向きにつき、芳香がある。花被片は長さ一二〜一五センチで、外片は内片より幅がせまく、反り返る。

前項のものと同じく七五五年二月、大伴家持が採り集めた防人歌。作者は常陸国那賀郡（茨城県那珂郡と那珂湊市および勝田市と水戸市の一部）の出身である。筑波山は標高八七七メートル、茨城県筑波郡にそびえる男女二峰をもった関東の名山で、古くから歌垣が催された。そうした場でも、こんな歌が男女の間で取り交わされていたのだろう。妹を百合の花に譬えたのも好ましいが、謡い物らしく「ユ」の同音を用いている。なおこの作者は、同じ時に、

あられ降り　鹿島の神に　祈りつつ　皇御軍《すめらみくさ》に　われは来にしを（20・四三七〇）

とも歌っている。いかにも防人らしい決意を表明した一首だが、こういう作がこの時の防人歌十か国中八か国の歌中に、かならず一首以上は含まれている。これが要請によるものかどうかは明らかではないが、防人歌の性格を考える場合には見落としてはならない点である。

なお、ササユリを詠み入れたとみられるものに、作者不明の、

道の辺の　草深百合の　花咲《ゑ》みに　咲まししからに　妻といふべしや（7・一二五七）

などがある。

児の手柏の〈コノテガシワ〉〈防人歌〉

⑲コノテガシワ

防人の歌

千葉の野の　児の手柏の　含《ほほ》まれど　あやに愛《かな》しみ　置きてたか来ぬ（20・四三八七）

知波乃野乃　古乃弖加之波能　保ゝ麻例等　阿夜尓加奈之美　於枳弖他加枳奴

［口訳］千葉の野の　児の手柏の実のように　子供っぽくまだあどけないが、何とも可愛いいと思いながら　後に残して遠く来てしまったことだ。

コノテガシワ⑲　「児の手柏」については、旧来⑴カシワ、コナラのようなコナラ属で紅葉するものとする説と、⑵コノテガシワでよいとするものの二説がある。⑴は「含まれど」を、広葉の若葉が丸まっている状態とみての説であった。とすると鱗片状葉の「コノテガシワ」ではたしかに適切とは言えない。だが、私解のように、それを葉ではなく実とみたらどうだろう。まさに幼児の拳《こぶし》そのままといってよい形をしているのだ。そして、

奈良山の　児の手柏の　両面《ふたおもて》　かにもかくにも　佞人《かだひと》が伴（16・三八三六）消奈行文《せなのぎやうもん》

の「両面」はその葉の特色をとらえた表現とみれば、これもコノテガシワでぴったりである。ただ困

るのは、中世の藤原家隆が、

長月の　時雨降るらし　奈良山の　この手柏も　紅葉しにけり

と詠んでいる点だが、これは、それこそコナラ属の植物だろう。だからといって、万葉のそれもコナラ属とする必要はあるまい。もう一つコノテガシワとみるには難点があるといわれる。それはこの植物が中国北部から西部にかけての原産で、日本には江戸時代になってから伝来したのだといわれる点だ。しかしこれにはもっと古い渡来とみる説もあり、私にもその可能性は充分にあろうと思われる。

さてコノテガシワは、常緑の小高木で高さは一〇メートル前後になるものがある。よく分枝し、小枝の若い緑色の部分は葉のように見えるが、翌年は褐色となり、三年目にははげ落ちる。葉は枝の左右と背後とに交互に対生しヒノキに似ているが、表裏がなく、両面とも同色である。この点をとらえたのが消奈行文の歌で、その大意は、

［口訳］奈良山の　児の手柏の葉は　両面だ。そのように、あちらにもこちらにもいいようなことを言ってへつらっている奴らだ。

というぐらいであろう。花は雌雄同株で単生、四月ごろ短い柄先に、長楕円形白緑色の雌花、球形の雄花をつける。拳状の球果は緑色から褐色に変ずる。こうみてくると、万葉の「児の手柏」は、今のコノテガシワである可能性が極めて高いと思われるがどうであろう。

これも前項などと同じ時に大伴家持が採り集めた防人歌、作者は下総国千葉郡（千葉市・習志野市

およびかっての千葉郡の一部）の出身。歌の結句「置きてたか来ぬ」の解には諸説があり、「たか」を「たち」とみて「後に残して来たことだ」とするもの、「たか」をそのままで、「遠く」「はるばると」の意とみる説、「置きて」を「手も触れずに」と考える説、さらに「起き出して来たのは誰だ」などと解する説までがある。「立ってきたことだ」「はるばる来たことだ」ぐらいがおだやかであろう。ともあれこの歌、「児の手柏の　含まれど」がうら若い処女の形容として適切で、作者の感受性の、それこそ若々しさを評価したい。

同じ下総国の防人歌を少し見ておこう。

暁の　かはたれ時に　島陰《しまかぎ》を　遭ぎにし船の　たづき知らずも（20・四三八四）他田日奉直得大理《をさだのひまつりのあたひとこだり》

行こ先に　波なとゑらひ　後方《しるへ》には　子をと妻をと　置きてとも来ぬ（20・四三八五）私部石島《きさきべのいそしま》

「暁の……」の歌、「かはたれ時」は「薄暗い夜明け」、「たづき」は「手がかり、様子」の意。先発した船の安否を気づかい、ひいては自分の船旅の不安を歌ったものである。「行こ先に……」の歌、「波なとゑらひ」は「波よやたらとうねるな」の意。歌意は「妻子の待つ東に無事に帰り着きたい」である。両首とも難波での出船に際してのものだ。

あぢさゐの（アジサイ）〈左大臣橘卿《たちばなきょう》〉

同じ月十一日、左大臣橘卿、右大弁丹比国人《たぢひのくにひと》真人の宅に宴する歌

あぢさゐの　八重咲くごとく　八つ代にを
いませわが背子　見つつ偲はむ（20・四四四八）

安治佐為能　夜敝佐久其等久　夜都与尒乎　伊麻世和我勢故　美都々思努波牟

[口訳] あじさいが　八重に咲くように　幾年月も　お元気でいらっしゃい貴君。この花を見ては懐かしく思い出しましょう。

㉖アジサイ

アジサイ㉖は、本州の関東南部および東海道の海岸域・伊豆七島・四国・九州の南端の海岸に近い山地に野生するガクアジサイを原種として自然に変化したもので、中国の揚子江沿岸東部に野生化しているものも、古く日本から渡ったのだと考えられている。このように日本と中国のその地域との間には太古から交渉があったようだ。落葉の低木で、茎は群がって立ち、高さ二、三メートル。枝は太く一年枝は緑色で濃紫色の斑点がある。葉は三センチ前後の柄で対立し、厚く光沢があり、長さ一〇～一五センチ。六月ごろから八月まで、半球形に群がった無性の花を沢山つける。花弁、雄しべ、雌

しべは退化し、美しいのはがく片である。土壌によって、がく片に青、紫、紅などの色変わり品があり、一般には白から碧紫色になり紅褐色になって終わる。中国の紫陽花とは別種という。

七五五年（天平勝宝七年）五月十一日（陽暦六月二十四日）、太政官五等で従四位上相当の右大弁であった丹比国人真人の宅で宴会のあった折、主客とみられる左大臣橘諸兄が「味狭藍の花に寄せて詠んだ一首」である。国人宅の庭に植えられていたアジサイを嘱目してのものであろう。「八重咲く」は花が群がる様をいったもの。その「八重」を「八つ代」と重ねて国人の健康と繁栄を予祝し、併せて自分の誠意を披瀝したもので、宴席にふさわしい一首となっている。「あぢさゐ」を詠みこんだものは集中にもう一首、

言問はぬ　木すらあぢさゐ　諸弟《もろと》らが　練《ねり》のむらとに　詐《あざむ》かれけり（4・七七三）大伴家持

がある。久邇京から妻の坂上大嬢に贈った歌五首中の一首で、「諸弟らが」以下難解で、諸説があるが、前後の作から考えて、

〔口訳〕口をきかない　木々でも　あじさいのように変色して信用できないものがある。それで、諸弟らの上手な言葉に　私はだまされてしまったのだ。

と、大嬢の冷淡さを詰《なじ》った歌かと思われる。「諸弟」は人名で、二人の間を往復した使いの男だろうともいうが明らかではない。

芹ぞ摘みける（セリ）〈薛妙観命婦《せちのみょうかんみょうぶ》〉

薛《せち》妙観命婦の報《こた》へ贈りし歌一首

ますらをと　思へるものを　大刀《たち》はきて　可尓波《かには》の田居《たゐ》に　芹《せり》ぞ摘みける（20・四四五六）

麻須良乎等　於毛敝流母能乎　多知波吉氏　可尓波乃多為尓　世理曾都美家流

［口訳］立派な御身分の男子と　存じておりましたのに　大刀を腰になさって　蟹幡の田で　芹をお摘みになったのですってね（驚きましたわ）。

62セリ

セリ62は、アジアの熱帯から温帯地域一帯、日本では全土の湿地帯（川辺、田のあぜなど）に自生し、栽培もされる多年草。長い地下茎が地中走枝を出して越冬する。地上茎は高さが二〇〜五〇センチ、中空で角ばっている。葉は一、二回の羽状複葉、小葉は菱形で不揃いな切れ込みがある。七、八月に白い五弁花を群がってつける。秋の彼岸過ぎから早春の頃まで、「ひたし」「あえもの」として食用にする。葉に芳香があり、なめらかだからである。東洋ではおよそ二千年前から賞味されたという。

七二九年（天平元年）に京および畿内に班田収授（律令制のもとで、一定の年齢に達したものに一定面積の口分田を占有させ、租税を確保するための制度。大化改新の時〈六四六年〉に採用され九〇二年〈延喜二年〉に廃絶した。六歳に達した良民の男子に二段、女子にその三分の二が与えられ、死後は収公する。六年目ごとに改定する定めであった）が行われた折、葛城王（当時四十五歳で佐大弁。後の橘諸兄）は山城国でこの業務に従ったが、芹の包みに添えて作者に、

　あかねさす　昼は田賜《た》びて　ぬば玉の　夜の暇《いとま》に　摘める芹これ（20・四四五五）

の一首を贈った。それに報えたのがこの一首だという。この歌が披露されたのは、七五五年（天平勝宝七年）十一月二十八日（陽暦一月四日）に諸兄の子・奈良麻呂の宅に集って宴会をした折と推定されるから、二十五年程も以前のことだが、食膳に出た芹を見て思い出し、諸兄が披露したのであろう。作者の薛《せち》妙観命婦は渡来人で、七二三年（養老七年）従五位上、聖武即位の七二四年（神亀元年）には河上忌寸《いみき》の姓を賜り、七三七年（天平九年）に正五位下に叙せられている。宮中に仕える女官（内命婦）であった（五位以上の官人の妻を外命婦《げみょうぶ》という）。「可尓波」＝「蟹幡」は今日の京都府相楽郡山城町綺田《かばた》である。さて葛城王が、「昼間は班田収授の仕事に従って、夜の暇な時に摘んだ芹がこれですよ」と言い贈ったのに対して、命婦の方は、むろん贈られた芹に感謝してはいるのだが、それを素直には言わず、「ますらを」が「大刀」をはいて「芹」を摘むなど、さぞ奇妙な姿だったでしょうね、とからかった形にしたのである。こういう発想は当時の常道ではあるが、二人の間の親しさも想像できよう。ところで橘諸兄は、この歌を披露した同じ十一月、飲酒の席で孝謙女帝と藤原仲麻呂との醜聞を口にし、言辞に礼を欠いたという件で密告され、翌年二月二日致仕に追いこまれた。

しきみが花の（シキミ）〈大原真人今城《おほはらのまひといまき》〉

二十三日に、式部少丞大伴宿禰池主の宅に集ひて飲宴せる歌

奥山の　しきみが花の　名のごとや　しくしく君に　恋ひ渡りなむ（20・四四七六）

於久夜麻能　之伎美我波奈能　奈能其等也　之久之久伎美介　故非和多利奈無

［口訳］奥山の　しきみの花の　その名のようにねえ。しきりに君に　恋しつづけることでしょうよ　きっと。

シキミ❷は、中国の暖帯、台湾、済州島、沖縄から本州（宮城県以西）の山林中に分布する常緑の小高木で、その高さ、一般には五メートル以下だが、一〇メートルに達するものもあるという。枝や葉を折ると、いわゆる「抹香臭い」香気がある。このため上代には神前に、後には墓前や仏前に供えられたのでハナノキともいうが、カエデ科の落葉高木「ハナノキ」とは全く別のものだ。葉は柄で互生し、長さ八センチ前後、厚くて光沢がある。三、四月ごろ、枝の上の葉腋に淡黄緑色の両性花をつける。秋になると数個の袋果が熟し、黄褐色で光沢のある種子をはじきだす。枝で抹香、樹皮で線香をつくる。種子は有毒である。この名の見える歌、集中にこの一首のみ。

❷シキミ

七五六年（天平勝宝八年）十一月二十三日（陽暦十二月十九日）式部省の少丞（従六位上相当）であった大伴池主の宅で宴を催した時の二首中の一首である。この歌はシキミの花の特性をとらえたものではなく、類音によって序詞として用いたものに過ぎない。通常なら第二句を「しくしくに」とでもすべきところを、「名のごとや」といった点に変化があるだけのものである。

この年左大臣橘諸兄が致仕し（二月二日）、五月二日には聖武太上天皇が崩じた。孝謙女帝を立て、光明皇太后と結んだ藤原仲麻呂の時代が来ようとしていたのである。翌年一月六日橘諸兄が没し、五月二十日には仲麻呂が紫微内相となる。諸兄の子・奈良麻呂、大伴古麻呂らは仲麻呂を殺そうと謀ったが事前に内報されて失敗し、獄中杖下に死んだ。この企てに池主も加わって投獄されている。大原今城は中立だったたか、仲麻呂側にいたたか。後に仲麻呂が孝謙太上天皇と不和となり叛乱を起こした折（七六四年九月）には仲麻呂側にいたと推定されている。すると、この池主の宅に大原今城を招いて宴を催したのは池主側の策謀だったたかもしれない。だが、この歌でみるかぎり、今城はその策に乗らなかったようだ。この歌からは見せかけの誠意しかよみとれないのである。この折、今城は兵部大丞だったから、池主たちにすれば、是非にも味方としたかっただろうが、である。なお、同じ頃に、池主と同族でもあり、かねてから親しくもあった従五位上大伴家持は兵部少輔で今城の上席にいた。だが家持もまた、この企てには参加しなかったのである。

玉箒（コウヤボウキ）〈大伴家持《おほとものやかもち》〉

二年春正月三日、玉箒を賜ひて肆宴したまふ折の歌

始春《はつはる》の　初子《はつね》の今日の　玉箒《たまばはき》　手に取るからに　揺らく玉の緒（20・四四九三）

始春乃　波都禰乃家布能　多麻婆波伎　手尓等流可良尓　由良久多麻能乎

［口訳］新春の　初子（正月最初の子の日）の今日　賜りました玉箒でございます。手にとるとすぐに　揺れて音を立てる玉の緒（命）でございます。

コウヤボウキ58は、中国から九州・四国・本州（関東以西）の日当りのよい林中に生える草状の小低木で、茎は木質でよく分枝する。葉は卵形でまばらについている。九月から十月にかけて、白色の頭花を枝先につけるが、頭花は十個以上の小筒状花からなり、これは一・五センチ前後で、五つに深く裂ける。箒とするほか、儀礼用にも用いた。

七五八年（天平宝字二年）正月三日に、天皇に近侍する者や王臣を内裏の東屋の垣下に集め、玉箒を賜り、宴が張られた。その折、内相の藤原仲麻呂を通して勅が下り、「各自の能力に応じて自由に

58コウヤボウキ

歌を作り詩を賦せ」とおっしゃったので、それによって各人が思いを述べ、歌や詩を作った。時に右中弁（太政官の六等、正五位上相当）であった大伴家持が作った一首。周・漢以来の中国で行われた儀礼に、帝王躬耕（帝王が親しく耕作する）、皇妃親蚕（皇后が親しく蚕を飼う）があり、それをわが国でも学んで行ったもので、正月の初子の日に、天皇は手辛鋤《てからすき》を、皇后は目利箒《めどきぼうき》を手にされた。この折は孝謙女帝の代だから親蚕儀礼が行われ、それを侍臣や官人たちに分かったのであろう。この時東大寺から宮廷に献上された手辛鋤、目利箒が正倉院に現存するが、目利箒一双のうちの一つは、長さ六五センチ、コウヤボウキの枝を束ね、根本を紫の革で包んでその上を金糸で巻いて把手とし、枝先には種々の玻璃玉がついているという。

「たまふり」といって、玉のついた緒を揺すって息災延命を祈るのは古代の習俗であった。家持の歌はそれを踏まえて、「手にとるとすぐ、玉の緒が揺らぎますのはおめでたいことです。長命まちがいございません。」と祝意を表したのである。ただしこの時の家持は、大蔵省の政務多忙のため、奏上できなかったという。

さて大伴家持は、この年の六月十六日因幡守に任命され、七月五日（八月十三日）大原今城真人宅の宴において、

秋風の　末吹きなびく　萩の花　共にかざさず　相《あひ》か別れむ（20・四五一五）

の作を残して因幡に赴任した。国庁跡は鳥取市の南東、稲葉山の山麓にある。越えて翌年正月一日、国庁に国郡の司等を集めて宴を張った家持は、

新しき　年の初めの　初春の　今日降る雪の　いやしけ吉事《よごと》（20・四五一六）

と新年を祝い、これを最後に『万葉集』の巻を閉じてしまった。時に家持四十一歳。だが官僚としての家持はその後も生き続け、七六二年信部大輔、七六四年薩摩守、七六七年大宰小弐、七七〇年民部少輔、七七一年従四位下、七七四年相模守、七七六年伊勢守、翌年従四位上、さらにその翌年正四位下となり、七八〇年に参議に列して右大弁となり、翌年右京大夫兼春宮大夫正四位上を経て従三位となった。時に家持六十三歳である。父の旅人が従三位となったのは五十七歳であったから、六年ほど遅れている。さらに中納言に任じられたのは六十五歳（七八三年）だから父より八年も遅れた計算である。

ところで家持は、中納言就任の前年、春宮大夫で兼陸奥按察使鎮守将軍となった。そのころの陸奥は北上川中流域の胆沢《いさわ》を拠点とする蝦夷集団の力がますます強大となり、征討軍は兵役に疲れきって家産を破る者が続出するという有様であった。そして、おそらく家持が赴任したであろう多賀城周辺は、かつて蝦夷中の有力者であり一時中央に帰伏していた伊治公呰麻呂《これはるのきみあざまろ》の叛乱によって荒廃に帰していた。陸奥における家持の業績としては、多賀、階上二郡の郡領の任命を要請し、中央からの同意をとりつけているぐらいで、他は明らかではない。同意書を得たのは七八五年の四月七日であった。それから四か月後の八月二十八日、六十七歳で家持は病没した。ところがその死後二十日あまり、屍を未だ葬られぬうちに、藤原種継暗殺という事件が起こり、家持も連座したという疑いで除名の刑をうけ、庄園を含む一切の私財が没収されてしまった。この疑いが晴れて本位に復したのは、桓武天皇が没して平城天皇が即位した八〇六年三月十七日のことである。

落　穂

私たちの住むこの日本の土地に人類が初めてその足跡をしるすのは、今からおよそ三万二千年以上の前だという。この時期は洪積期（約二百万年前から一万年前ごろまで）にあったという氷河期の終末期にあたり、当時の日本は、瀬戸内海を含めて本州・四国・九州はひと続きの陸地であり、本州と北海道とは陸橋でつながっていたか少し切れ目があったかで、これがまたサハリンを経てシベリア大陸と陸続き、そして本州の西端部および九州と朝鮮半島とも同様であったと推定されている。そこで当時の人々は、これらの陸橋を経、あるいは狭い海峡を渡り、旧石器（一万年以前の打石器）を持ってこの地に渡来したのであろう。この時代の人々が狩猟の対象としたのは、北方から渡って来たとみられるマンモス・ヤギュウ・ヘラジカなどのマンモス動物群と、中国大陸から朝鮮半島を経てきたナウマンゾウ・モウコウマ・オオツノジカなどの黄土動物群で、人々もこれらの大型動物を追って大陸からの移動を繰り返したらしい。しかし当時の人々も、これらの動物だけを食糧としていたのではなく、むしろ植物質の物の方が多かったに相違ない。そこで氷河期末期の最寒冷期（現在より、平均気温で七、八度は低かったという）、およそ二万年前ごろの植物分布（植生）を見ておこう、

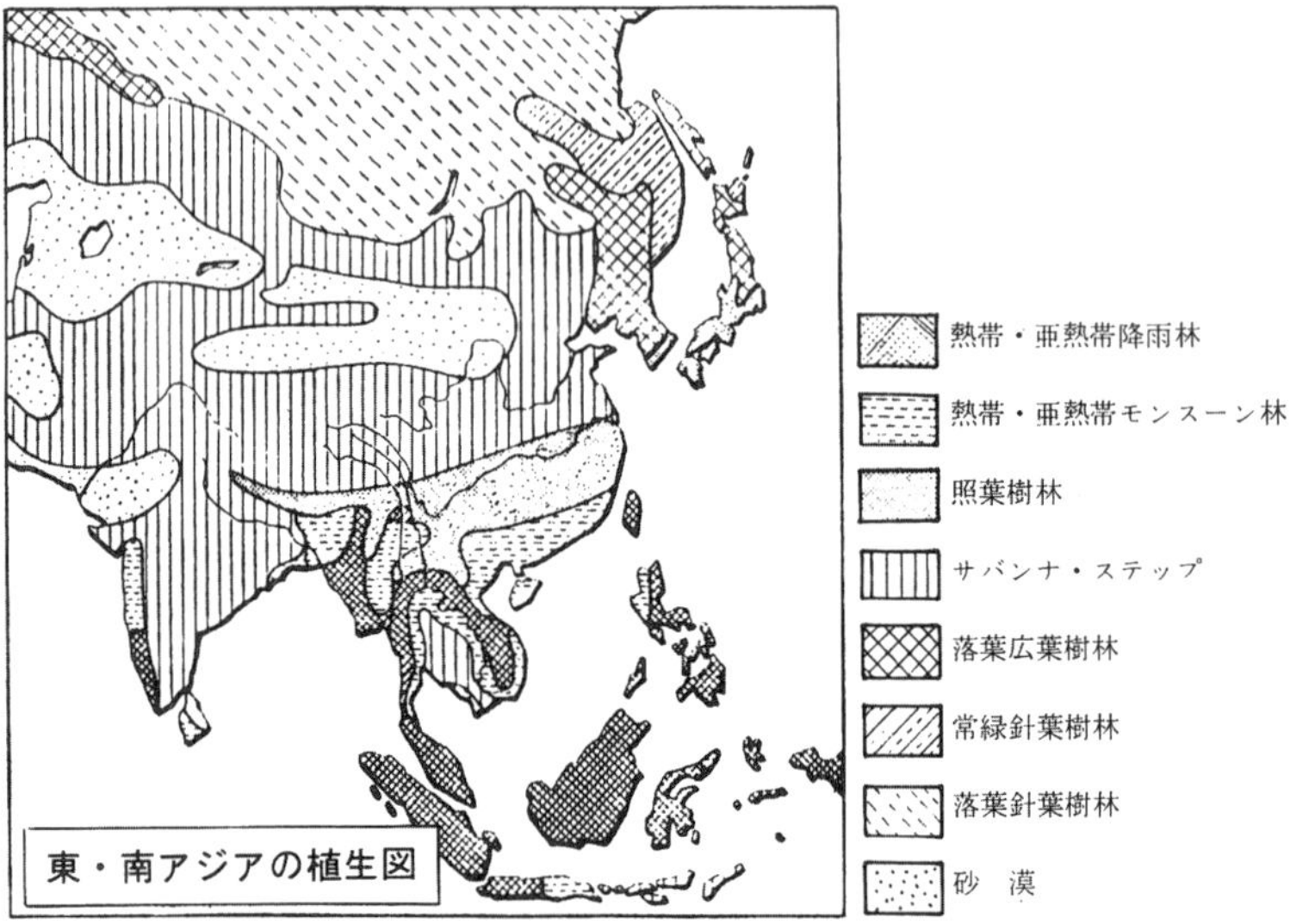

東・南アジアの植生図

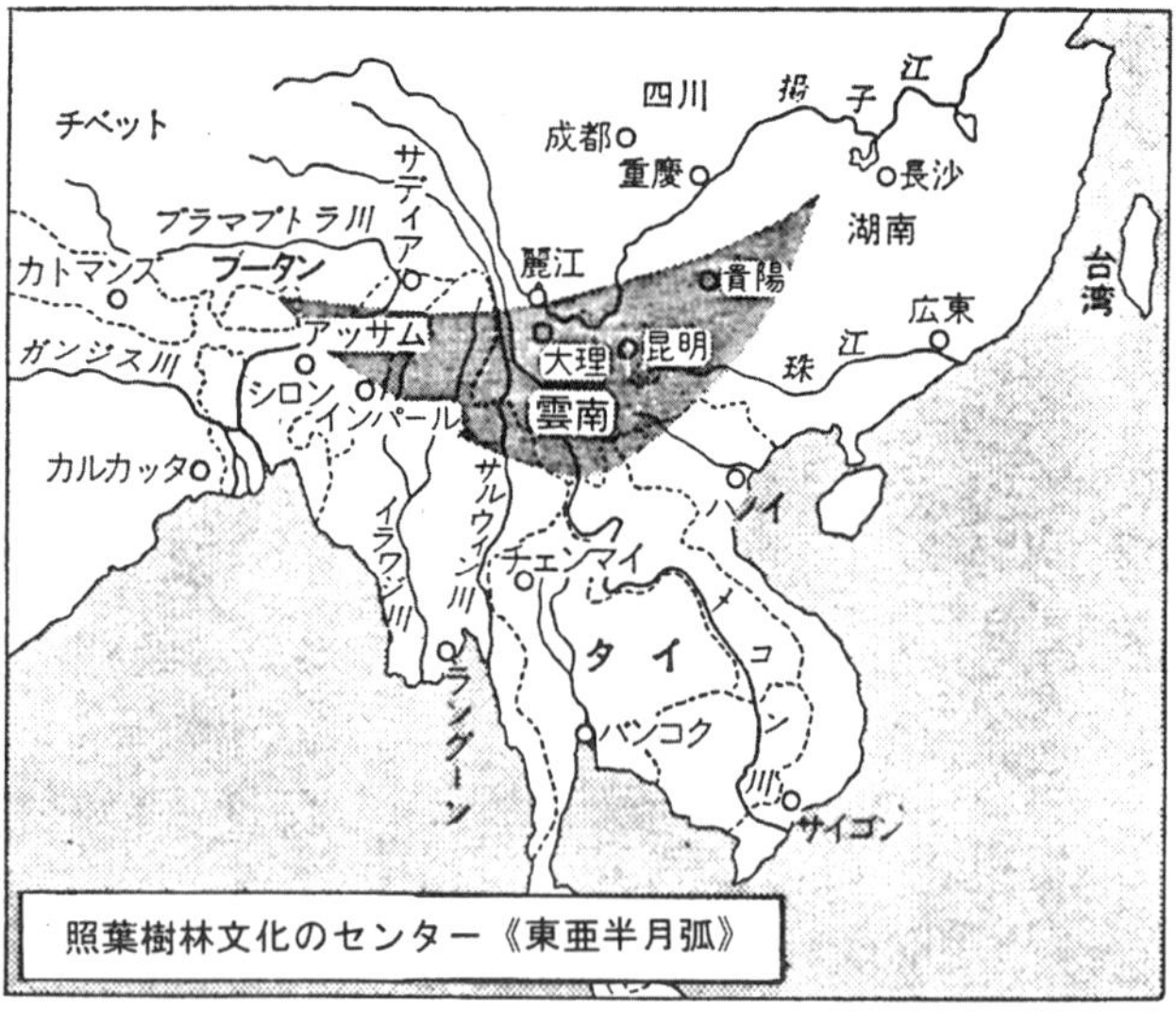

照葉樹林文化のセンター《東亜半月弧》

照葉樹林文化の道（佐々木公明氏著）による〔両図〕

日本列島の植生図と古地理

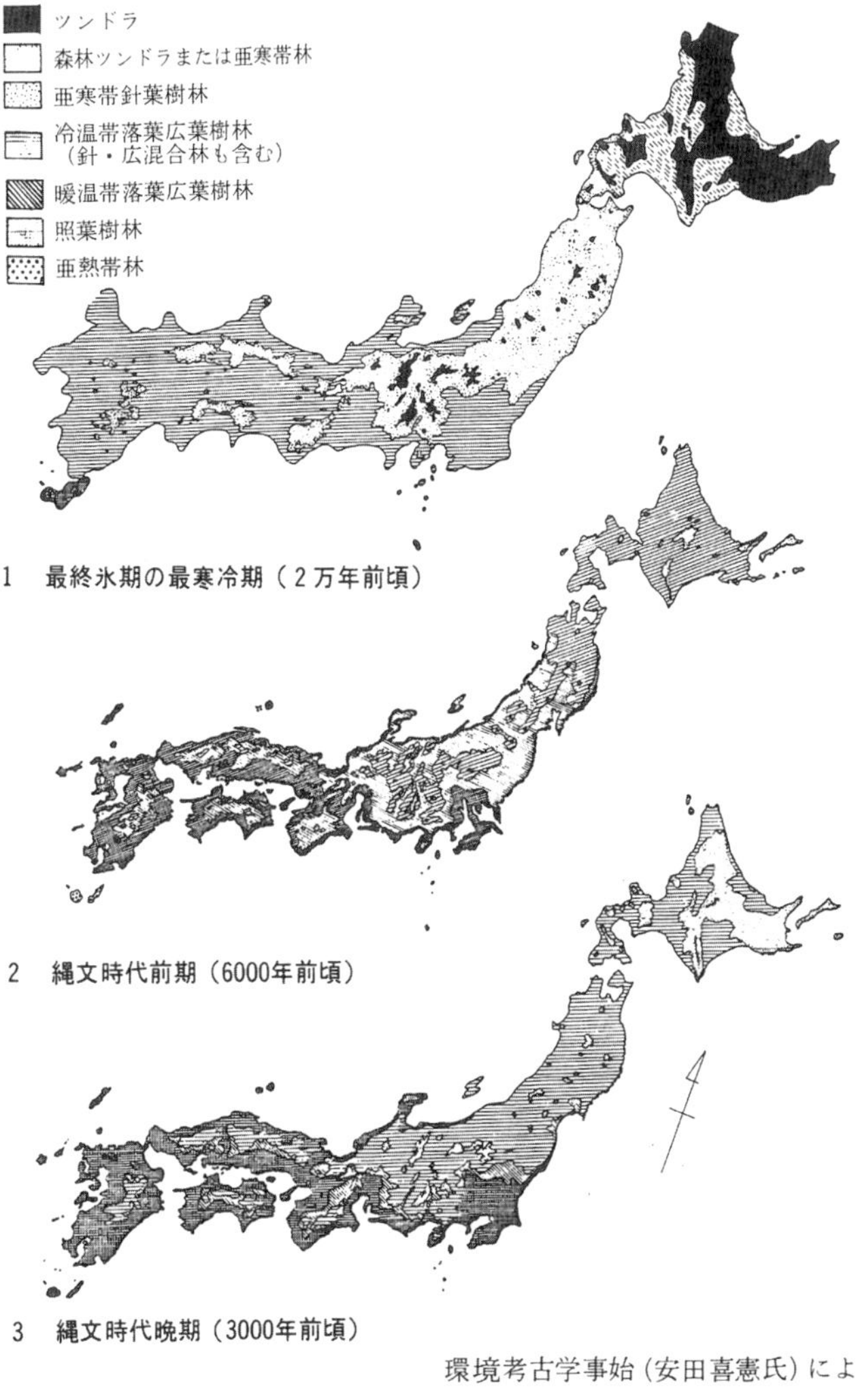

1　最終氷期の最寒冷期（２万年前頃）

2　縄文時代前期（6000年前頃）

3　縄文時代晩期（3000年前頃）

環境考古学事始（安田喜憲氏）による

図に見るように、北海道の大半と中部地方高地は樹木の少ない寒冷の草原（ツンドラ）がひろがっており、北海道の渡島《おしま》半島から東北・関東・中部地方、さらに中国・四国地方の山地は亜寒帯針葉樹（チョウセンゴヨウ・エゾマツ・トドマツ・カラマツなど）林に、関東・中部地方の低地から九州までの低地域は冷温落葉広葉樹（ブナ・ミズナラ・ハシバミなど）林におおわれていたが、関東以西の低地、特に関東から近畿にかけてはチョウセンゴヨウなどの針葉樹が混じって針広混合樹林を形成していたようだ。このうちの亜寒帯では、植物質の食糧源の種類は多いとはいえぬが、チョウセンゴヨウをはじめとする松類の実は栄養価に富み、勝れた食糧であった。冷温帯に入ると、採集してそのまま食べられるクリ・クルミなどのほか、水さらしや加熱によってアクを抜けば食料となるクヌギ・ナラ類のドングリ、トチ・ブナなどの堅果、ヤマイモ・ユリ・カタクリ・ワラビなどの根茎、さらにヤマブドウ・サルナシなどの漿果が加わり、水辺ではヒシの実なども主要な食糧となった。そしてこれらは、耕作が始まった後も食物の不足を補い、ある時は救荒食糧となって、重要な食糧源となったのである。

さて海面は、一万八千年前ごろを最低位として、温暖化に伴って上昇しはじめ、以後沖積期に入る。このあと一万二千年前以後二千五百年ほど前ごろまでを縄文時代と呼ぶが、およそ六千年前ごろまで海面は上昇を続け（縄文海進という）、そのあと安定に向かう。この縄文時代こそ、日本列島人が旧石器に代わる新石器（磨石器）を、そして土器の製作を始め、弓矢を用いて、大形動物に代わる鹿・猪などの中形、ウサギなど小形動物の狩猟に加えて漁撈に従事（但しその開始は旧石器時代にさかのぼる可能性もあるという)、海進によって発達した入江を中心に貝塚を形成し、それに伴う集落を台地上に営むようになった時代である。当時の植生と古地理は238ページの地図のごとくであるが、これに見るように、黒潮(暖流)が日本海側にも流入し、かつては南西諸島にしか見られなかったツバキ・カシ・シイなどの常緑広葉樹(照葉樹)林が、日本海側を含めて西日本の大半と関東地方、それに東北の沿岸部まで進出してきた。

この照葉樹林帯は、遠くヒマラヤ山脈南麓のネパール辺りからインドシナ半島北部を経て、中国南部(揚子江流域地方)、さらに朝鮮半島の南部から日本にまで及んでいる。おそらくはその中央部揚子江上流域(四川・雲南省)からインドシナのアッサム付近にかけての住人であろうか、サトイモなどの根茎類、アワ・ヒエ・イネなどの穀類を野生から栽培に変えた人々も、この樹林帯に沿って東進ないし南・西進し、東進した一部の人々が、おそくとも縄文時代後晩期には日本列島にも到達していたであろうと推定されている。そして彼らがこの樹林帯で開始し、伝播した最初の耕作法は焼畑であったらしい(「歌垣」なども、この人々がもたらした、チベット・ビルマ系の文化だろうという)。

この耕作法は、森林や原野を伐採し、焼きはらって耕地を作り、一般には施肥などはせず、一年、三年、五年という一定の期間作物を栽培した後、放棄して他に移るか、植林などをしておいて十年ないし三十年後に再度耕地化するというものである。栽培する作物は土地によって多少の違いがあるが、多くは一年目にヒエ・ムギ・ソバ、二年目はアワ、三年目はアズキ・ダイズ、四年目はアワ・サトイモなどで、イネを作るところは一年目が多いようだ(ただし、このうちのヒエ・イネを除いてはむしろもっと冷温帯にこそふさわしい作物で、事実、アムール地方・沿海州地域の遺跡では、紀元前二千年期終末から同一千年期の段階のものとして、コムギ・オオムギ・アワ・キビなどの種子が発見されており、ソバ栽培の可能性もあるという）。すると日本に伝播されたこれらの穀物類の中には、照葉樹林の道〈雲南ルート〉ならぬシベリアルートを通り、朝鮮半島を経たか直接にか、伝来されたものがあるかもしれないが、現在となっては、仮に両種があったとしても、区別することは不可能だろうという。さてこれらの穀類・豆類のうち、ソバ・アズキ・ダイズは『万葉集』中にその名が見えない（ダイズについては後述のとおり、「延《は》ほ豆」〈20・四三五二〉がその原種であろうとされる）ので、照葉樹林帯の穀物であることがまずは確実なヒエとイネとからみてゆこう。

ヒエ⑰（以下、巻頭カラー口絵を参照）には、野原や畑に生えるノビエや水田に生えるミズビエのような雑草と、これを栽培種としたものとがあるが、『万葉集』中に歌われているのは、ともに作者不明の次の二首、雑草類である。

打ちし田に　稗《ひえ》はしあまた　ありといへど　選らえしわれぞ　夜をひとり寝る（11・二四七六）

水を多み　上田《あげ》に種まき　稗を多み　選らえし業ぞ　わがひとり寝る（12・二九九九）

両首とも「選らえし」（抜き取られた）と歌っており、雑草種のミズビエにわが身をたとえている。「打ちし田」は「新しく開墾した」、「上田」は「高地の田」で、後者は焼畑に近いものだったかもしれない。ヒエの原産地は、イネと同じくアッサム付近から中国の雲南省あたりの山岳地域であるが、これは地味のやせた地に強く栽培期間も短くてすむので、新墾地や山間の作物、焼畑耕作初年度の作物として最適のものであったが、イネと共存しやすく、それだけにこの雑草類は、イネの生育を妨げる栽培の強敵であった。したがって農民は、後代に至るまで必死にこれを抜き取ったのである。そんな体験がこれらの歌を作らせたのであろう。

イネ78には陸稲と水稲があり、またジャポニカとインディカの区別があり、さらにウルチ性とモチ性の違いのあることが常識となっている。だが、これらの相違は栽培化当初からのものでなく、後代の分化でしかないことを知る人は少ない。野生種のイネが最初に栽培化されたと推定されるのは、前に記したごとくであるが、そのあたりでは、今なおこれらの未分化種ないし中間種が栽培されているという。ところでわが『万葉集』には、「稲」とあるもののほか、「早稲（ワセ）」、「田」、などと歌われていて、イネと関わる歌が約四十五首ほどあるが、残念ながら前記の区別は明らかでない。

斎種《ゆだね》まく　新墾《あらき》の小田を　求めむと　足結ひ出で濡れぬ　この川の瀬に（7・一一一〇）

衣手に　水渋つくまで　植えし田を　引板《ひきた》わが延《は》え　守れる苦し（8・一六三四）

にほ鳥の　葛飾早稲を　饗《にへ》すとも　その愛《かな》しきを　外《と》に立てめやも（14・三三八六）

稲つけば　かかるあが手を　今宵もか　殿の若子《わくご》が　取りて嘆かむ（14・三四五九）

「稲まき」「田植」「新饗」「稲つき」作業の歌を一首ずつ抜いておいた（すべて作者不明）。なお集中には、

暑や悲しや　この六月は　二番田の草　血の涙（愛知県東春日井郡民謡）

といった、「草取り」の苦行を歌ったものは見当たらない。次にアワ・キビ・ムギであるが、前述のごとく、その伝播経路に問題はあるけれども、日本の焼畑ではこれらがヒエと並んで重要な作物であったこと

は確かである。

アワ❼❻の名の出るものは『万葉集』中に五首ある。このうち長忌寸奥麻呂の歌（16・三八三四）は「梨棗」の項（193ページ）に記したので省略し、残り四首をとりあげる。

(1)ちはやふる　神の社《やしろ》し　無かりせば　春日《かすが》の野辺に　粟まかましを（3・四〇四）

(2)春日野に　粟まけりせば　鹿《しし》待ちに　継《つ》ぎて行かましを　社《やしろ》しうらめし（3・四〇五）

(1)はある娘子が佐伯宿禰赤麻呂の贈った歌に報いたもの。(2)はその返歌である。「社」はともに相手の愛人を意味する。「粟」には「逢」の意をにおわしているのだろう。『三代実録』清和天皇の貞観九年（八六七年）三月二十五日の条に、「大和国に令して、百姓石上神山を焼き、禾・豆を播くことを禁止せしむ」とある。おそらく、春日神社に近い春日、高円の山野でも、この歌に近い時期には焼畑耕作が行われていたのであろう。

(3)足柄の　箱根の山に　粟まきて　実とはなれるを　逢はなくもあやし（14・三三六四）

(4)さなつらの　岡に粟まき　愛《かな》しきが　駒は食《た》ぐとも　わはそともはじ（14・三四五一）

両首とも東歌である。歌垣でのものか、畑仕事の労働歌かは不明だが、(3)は特に焼畑耕作をふまえた歌であろう。(4)の「さなつらの岡」は、地名だろうが、所在不明。女心の可憐さをみせた一首。

『万葉集』中にキビ❼❺の名の出る確実なものは、例の長忌寸奥麻呂の歌（16・三八三四）一首のみ（193ページ）。

他に問題のある歌として、

古人の　賜へしめたる　吉備の酒　病めば術《すべ》なし　貫簀《ぬきす》たばらむ（4・五五四）

がある。これは丹生女王《にふのおおきみ》（系統不明。七三九年従四位上）が大宰師大伴旅人に贈った一首である。この「吉備」を地名とするか黍とみるかで説が分かれているが、私は両方の意、つまり掛詞とみたい。もっとも、この酒がそのまま黍酒かどうかはわからない。そのように強い酒という程の意とも解しうるからである。「病めば」は「悪酔いしたので」ぐらいの意、「貫簀」は竹などで編んで〈タライ〉の上にかけ、水の散らないようにしたもの。

ムギの名の出る歌は次の三首、これらも作者不明である。

(1)馬柵《ませ》越しに　麦食《は》む駒の　罵《の》らゆれど　なほし恋しく　思ひかねつも（12・三〇九六）
(2)柵《くへ》越しに　麦食む小馬の　はつはつに　相見し子らし　あやに愛《かな》しも（14・三五三七）
(3)馬柵越しに　麦食む駒の　はつはつに　新肌触れし　子ろし愛しも（或本の歌）

(1)は「馬柵越しに　麦を食む馬のように　母親から叱られるけれど　やはり恋しくて　辛抱しかねることだ」の意で、恋心の切なさを歌ったもの。(2)、(3)の「はつはつに」は「ちょっと」、「わずかに」の意。三首とも畑仕事の労働歌か、それを踏まえた民謡であろう。本来は、(1)と(2)、もしくは(1)と(3)で、女と男の問答歌だったかもしれない。

以上、百首歌には漏れた、しかし重要な穀物歌を拾ってみた。これらの穀物は、水田耕作の開始後といえども、その不足を補うものとして、さらに寒冷な山間地ではむしろ主食として、最近まで重要な食糧であった。日本列島における焼畑耕作の終焉は、昭和五十年代とされているのである。ソバ・アズキ・ダイズは、『万葉集』中には見えないが、日本人にとって大事な食物であるから次に触れておこう。

ソバは、『続日本紀』元正天皇の養老六年（七二二年）七月十九日の条に、荒年に備えて晩禾や大小麦とともにソバを植え、貯蔵することを勧めた記録のあるのが最古だというが、栽培され始めたのはもっと古いだろう。原産地は東アジア北部、バイカル湖付近から中国東北部に至る地域だろうという。寒冷な気候、やせた土地に適し、生育期間も短いので、現在の日本では中部地方の山岳地帯に多く栽培されている。

アズキと**ダイズ**は、中国・朝鮮半島・日本のそれぞれ北部地域に分布するが、中国北部が栽培種の原産地であろう。『古事記』の上巻に、高天原を追われた須佐之男命《すさのおのみこと》が大気都比売《おおげつひめ》神に食物を乞うた際、それを鼻・口・尻から出して奉ったので、怒って比売を殺してしまった。殺された比売の頭には、蚕、目には稲種、耳に粟、鼻に小豆、陰に麦、尻に大豆が生えたと記されている。アジアの東南部に広く分布し、ハイヌウレ型と呼ばれる死体化生説話だが、日本へは縄文晩期ごろの焼畑耕作とともに伝播したとみられている。なお先に触れたごとく、ダイズの原生種は、シベリア、中国北部、日本に野生するノマメであろうといわれている。そのとおりであれば、「茨の末に」の項（221ページ）既出の、「道の辺の茨の末に　延ほ豆の……」（20・四三五二）の「豆」はこれであろう（ダイズにはつる性の品種もあるという）。次に、食料とした意の歌はないが、古代日本においては「桑」と並んで主要な衣料源であった。『万葉集』中この名の出るもの約三十首の、アサについて記そう。

アサは、中央アジア域の原産で、カスピ海の東岸部からシベリア南部、さらにアフガニスタン・カシミール・ヒマラヤ山地などに広く分布するという。中国では紀元前七世紀ごろから四川省・雲南省さらに湖北省付近で栽培され、日本にも紀元後一世紀ごろには導入されたと推定されている。雌雄異株の一年草で、直立した茎は二、三メートルになる。葉は長い柄の掌状の複葉で対生している。花期は夏、雄花は淡黄緑色で、花弁と見まがうがく片が五個あり、「桜麻」というのはそれにちなんだ名である。雌花は茎頂に短い穂をつくり、二個の花柱をもつ。果実は扁平な卵円形。灰白色または灰黒色。葉と未熟果穂に幻覚症状を起こさせる物質を含むものがあり、文明各国ではその栽培が禁止されている。『万葉集』中にアサの名が出るものは、麻裳・麻衣・麻布といった、すべて衣料にかかわるもので、現在種子は香辛料とされ、油もとれるが、それを歌ったものもなく、まして吸煙料とされた証拠は全くない。

(1)庭に立つ　麻手刈り干し　布さらす　東女《あづまをみな》を　忘れたまふな（4・五二一）
(2)麻衣　着ればなつかし　紀の国の　妹勢《いもせ》の山に　麻まけわぎ妹《も》（7・一一九五）
(3)桜麻《を》の　麻《を》生《ふ》の下草　露しあれば　明かしてい行け　母は知るとも（11・二六八七）
(4)娘女らが　績《う》み麻《を》のたたり　打ち麻《そ》かけ　うむ時なしに　恋ひわたるかも（12・二九九〇）
(5)夏麻《そ》ひく　海上潟《うみかみがた》の　沖つ洲に　船は止《とど》めむ　さ夜ふけにけり（14・三三四八）
(6)上つ毛野　安蘇のま麻《そ》群　かき抱《むだ》き　寝れど飽かぬを　何《あ》どか吾《あ》がせむ（14・三四〇四）

(1)は常陸娘女（遊行女婦だろう）が、遷任して上京する藤原宇合に贈った一首。(2)の作者は藤原卿だというが、房前か麻呂かは不明である。それぞれその主産地（東国と紀伊）、作業にたずさわる性別（女性）を示し、(1)では麻の栽培された場所（庭）を示している。(3)には「桜麻」の名が出ている（同じ名の出るもの、12・三〇四九）。愛する男に寄せる思いやりの心をうかがわせる一首だ。(4)は麻糸を紡ぐ様をうかがわせ、「績み」に「倦み」の意をかけて序詞としている。「たたり」は、糸紡ぎに用いる台付きの棒をいう。(5)、(6)は東歌。(5)の「夏麻ひく」は、麻の根引きの季節をいい、枕詞とした例（7・一一七六、14・三三八一）。(6)は、謹厳な沢瀉久孝博士をして、「男をしてかうした歌を歌はせる事が出来たら女人冥加ありと云へようか」（『萬葉集注釈』）と評さしめた歌だ。結びとして綿に触れておこう。

集中、**ワタ**72の語が出る歌は、

(1)しらぬひ　筑紫の綿は　身につけて　未《いまだ》は着ねど　暖《あたた》けく見ゆ（3・三三六、沙弥満誓）

(2)富人《とみびと》の　家の子どもの　着る身無み　腐《くた》し棄つらむ　絁《きぬ》綿《わた》らはも（5・九〇〇、山上憶良）

(3)伎倍人《きへびと》の　まだら衾《ぶすま》に　綿さはだ　入りなましもの　妹が小床に（14・三三五四、東歌〈遠江〉）

ほか長歌一首（5・八九二、山上憶良）があるが、この綿は木綿ではなく、真綿だとされている。木綿（アラビア付近原産か）の日本渡来は七九九年（延暦十八年）七月で、三河に漂着した自称インド人によって伝えられ、翌年に紀伊・淡路のほか、四国・九州地方に植栽させた（『日本後紀』）のが最も古い記録だという。現在のところこれに従うべきであろうが、木綿説もある。

資料

万葉集

巻頭歌四首（巻一）

泊瀬朝倉宮御宇天皇代　大泊瀬稚武天皇（雄略）

天皇御製歌

◇籠毛与　美籠母乳　布久思毛与　美夫君志持　此岳尓　菜採須児　家告閑名　名告紗根　虚見津　山跡乃国者　押奈戸手　吾許曽居　師吉名倍手　吾己曽座　我許背歯告目　家呼母名雄母

＊籠《こ》もよ　み籠持ち　ふくしもよ　みふくし持ち　この岡に　菜摘ます児　家告《の》らせ　名告らさね　そらみつ　大和の国は　おしなべて　我こそ居《を》れ　しきなべて　我こそいませ　我(に)こそば告らめ　家をも名をも（一）

高市岡本宮御宇天皇代　息長足日広額天皇（舒明）

天皇登㆓香具山㆒望国之時御製歌

◇山常庭　村山有等　取与呂布　天乃香具山　騰立　国見乎為者　国原波　煙立竜　海原波　加万目立多都　怜何国曽　蜻嶋　八間跡能国者

＊大和には　群山あれど　とりよろふ　天の香具山　登り立ち　国見をすれば　国原は　煙立ちたつ　海原は　かまめ立ちたつ　うまし国ぞ　あきづ島　大和の国は（二）

天皇の宇智の野に遊猟したまふ時、中皇命《なかつすめらみこと》の、間人連老《はしひとのむらじおゆ》をして献《たてまつ》らしめたまふ歌

＊やすみしし　わが大王《おほきみ》の　朝《あした》には　取り撫でたまひ　夕には　い寄せ立たしし　みとらしの　梓の弓の　中弭《なかはず》の　音すなり　朝狩に　今立たすらし　夕狩に　今立たすらし　みとらしの　梓の弓の　中弭の　音すなり（三）

反歌

＊たまきはる　宇智の大野に　馬並めて　朝踏ますらむ　その草深野（四）

額田王

＊熟田津に　船乗りせむと　月待てば　潮もかなひぬ
今は漕ぎ出でな（1・八）〈斉明朝、六六一年〉

＊わたつみの　豊旗雲に　入日射し　今夜《こよひ》の月夜　清《さや》
明己曽《けかりこそ》（1・一五、中大兄皇太子）

＊冬ごもり　春さり来れば　鳴かざりし　鳥も来鳴き
ぬ　咲かざりし　花も咲けれど　山を茂み　入りて
も取らず　草深み　取りても見ず　秋山の　木の葉
を見ては　黄葉《もみち》をば　取りてぞしのふ　青きをば
置きてぞ嘆く　そこし恨めし　秋山ぞ我は（1・一六）

＊味酒《うまさけ》　三輪の山　あをによし　奈良の山の　山の際《ま》
に　い隠《かく》るまで　道の隈《くま》　い積もるまでに　つばら
にも　見つつ行かむを　しばしばも　見さけむ山を
心なく　雲の　隠さふべしや（1・一七）

反歌

＊三輪山を　然も隠すか　雲だにも　心あらなも　隠
さふべしや（1・一八）〈近江遷都、六六七年〉

＊やすみしし　わご大王の　恐《かしこ》きや　御陵《みはか》仕《つか》ふる　山《やま》
科《しな》の　鏡の山に　夜はも　夜《よ》のことごと　昼《ひる》はも
日のことごと　音《ね》のみを　泣きつつありてや　もも
しきの　大宮人は　行き別れなむ（1・一五五）
〈天智没、六七一年〉

天智天皇

＊香具山は　畝傍ををしと　耳梨と　相争ひき　神代
より　かくにあるらし　いにしへも　然にあれこそ
うつせみも　妻を　争ふらしき（1・一三）

天武天皇

＊み吉野の　耳我《みみが》の嶺に　時なくぞ　雪は降りける
間なくぞ　雨は降りける　その雪の　時なきがごと
その雨の　間なきがごと　隈もおちず　思ひつつぞ
来る　その山道を（1・二五）〈吉野へ、六七一年〉

＊小治田《をはりだ》の　年魚《あゆち》道の水を　間なくぞ　人は汲むとい
ふ　時じくぞ　人は飲むといふ　汲む人の　間なき
がごとく　飲む人の　時じきがごと　わぎ妹子《もこ》に
あが恋ふらくは　止む時もなし（13・三二六〇、作者不明）

＊淑《よ》き人の　良しとよく見て　好《よ》しと言ひし　吉野よ
く見よ　よき人よく見（1・二七）
〈六皇子盟約、六七九年五月六日〉

麻続王

＊打ち麻《そ》を　麻続王《をみ》　白水郎《あま》なれや　伊良虞《いらご》の島の玉藻刈ります（1・二三）

＊うつせみの　命を惜しみ　波に濡れ　伊良虞の島の玉藻刈り食む（1・二四）〈配流、六七五年〉

持統天皇

＊春過ぎて　夏来たるらし　白妙の　衣乾したり　天の香具山（1・二八）〈藤原遷都、六九四年〉

＊北山に　たなびく雲の　青雲の　星離れ去《ゆ》き　月を離れて（2・一六一）〈天武没、六八六年〉

＊青旗の　木幡《こはた》の上を　通ふとは　目には見れどもただに逢はぬかも（2・一四八、倭大后）

大津皇子

＊百《もも》伝ふ　磐余《いはれ》の池に　鳴く鴨を　今日のみ見てや雲隠りなむ（3・四一六）

＊金烏臨西舎　鼓声催短命　泉路無賓主　此夕離家向（懐風藻）〈刑死、六八六年一〇月〉

＊あしひきの　山の雫に　妹待つと　われ立ち濡れぬ山の雫に（2・一〇七）

＊吾を待つと　君が濡れけむ　あしひきの　山の雫にならましものを（2・一〇八、石川郎女）

＊大名児《おほなこ》を　彼方《をちかた》野辺に　刈る草の　束の間《あひだ》も　われ忘れめや（2・一一〇、草壁皇太子）

柿本人麻呂

＊玉だすき　畝傍の山の　橿原の　日知《ひじ》りの御代ゆ生《あ》れましし　神のことごと　つがの木の　いやつぎつぎに　天の下　知らしめししを　天《そら》にみつ　大和を置きて　青丹よし　奈良山を越え　いかさまに思ほしめせか　天離《あまさか》る　鄙《ひな》にはあれど　いはばしる近江の国の　楽浪《ささなみ》の　大津の宮に　天の下　知らしめしけむ　天皇《すめろき》の　神の尊の　大宮は　此処と聞けども　大殿は　此処と言へども　春草の　茂く生ひたる　霞立ち　春日の霧《き》れる　ももしきの　大宮所見れば悲しも（1・二九）

＊ささなみの　志賀の唐崎　幸《さき》くあれど　大宮人の船待ちかねつ（1・三〇）

＊ささなみの　志賀の大わだ　淀むとも　昔の人にまたも逢はめやも（1・三一）

＊あみの浦に　船乗りすらむ　娘子《をとめ》らが　玉裳の裾に
潮満つらむか（1・四〇）
＊釧《くしろ》つく　答志《たふし》の崎に　今日もかも　大宮人の　玉藻
刈るらむ（1・四一）
＊潮騒《しほさゐ》に　伊良虞の島辺　漕ぐ船に　妹《いも》乗るらむか
荒き島廻《み》を（1・四二）〈伊勢行幸、六九二年三月〉
＊わが背子は　何処《いづく》行くらむ　沖つ藻の　名張の山を
今日か越ゆらむ（1・四三、当麻麻呂の妻）
＊やすみしし　わが大王　高照らす　日の皇子《みこ》　神な
がら　神さびせすと　太敷《ふとし》かす　京《みやこ》を置きて　こも
りくの　泊瀬の山は　真木立つ　荒山道を　岩が根
禁樹《さへき》押しなべ　坂鳥の　朝越えまして　玉かぎる
夕さりくれば　み雪ふる　安騎《あき》の大野に　はたすす
き　小竹《しの》を押しなべ　くさまくら　旅宿りせす　古《いにしへ》
思ひて（1・四五）

短歌

＊安騎の野に　宿る旅人　うち靡《なび》き　寐《い》も寝《ね》らめやも
古思ふに（1・四六）
＊ま草刈る　荒野にはあれど　黄葉《もみちば》の　過ぎにし君が
形見とぞ来し（1・四七）
＊東の　野にかぎろひの　立つ見えて　かへり見すれ
ば　月かたぶきぬ（1・四八）
＊日並《ひなみし》の　皇子《みこ》の尊の　馬並《な》めて　み狩り立たしし
時は来《き》向かふ（1・四九、軽皇子従猟）
＊うつせみと　思ひし時に　取り持ちて　我が二人《ふたり》見
し　走り出の　堤に立てる　槻《つき》の木の　こちごちの
枝《え》の　春の葉の　茂きが如く　思へりし　妹にはあ
れど　頼めりし　児らにはあれど　世の中を　背《そむ》き
しえねば　かぎろひの　燃ゆる荒野に　白妙の　天《あま》
領布《ひれ》がくり　鳥じもの　朝立ちいまして　入り日な
す　隠りにしかば　わぎ妹子《もこ》が　形見における　み
どり子の　乞ひ泣くごとに　取り与ふる　物し無け
れば　男じもの　腋ばさみ持ち　わぎ妹子と　二人
我が寝し　枕づく　嬬屋《つまや》の内に　昼はも　うらさび
暮らし　夜はも　息づき明かし　嘆けども　為《せ》む
術《すべ》知らに　恋ふれども　逢ふよしを無み　大鳥の
羽易《はがひ》の山に　あが恋ふる　妹はいますと　人の言へ
ば　岩根さくみて　なづみ来《こ》し　良けくもぞなき

うつせみと　思ひし妹が　玉かぎる　ほのかにだに
も　見えなく思へば（2・二一〇）

短歌二首

＊去年《こぞ》見てし　秋の月夜は　照らせども　相ひ見し妹
は　いや年離《さか》る（2・二一一）
＊衾道《ふすまぢ》を　引手の山に　妹を置きて　山道《ぢ》を行けば
生けりともなし（2・二一二）〈妻没、泣血哀慟歌〉
＊玉藻刈る　敏馬《みぬめ》を過ぎて　夏草の　野島の崎に　船
近づきぬ（3・二五〇）
＊淡路の　野島の崎の　浜風に　妹が結びし　紐吹き
かへす（3・二五一）
＊ともしびの　明石大門《おほと》に　入らむ日や　漕ぎ別れな
む　家のあたり見ず（3・二五四）
＊天ざかる　鄙《ひな》の長路《ながち》ゆ　恋ひくれば　明石の門《と》より
大和島見ゆ（3・二五五）〈内海舟航、年代不明〉

高市黒人

＊妹もわれも　一つなれかも　三河なる　二見の道ゆ
別れかねつる（3・二七六）
＊三河の　二見の道ゆ　別れなば　わが背もわれも
一人かも行かむ（一本の歌）

大伴旅人

＊み吉野の　吉野の宮は　山からし　貴くあらし　川
からし　清《さや》けくあらし　天地《あめつち》と　長く久しく　万代《よろづよ》
に　変はらずあらむ　行幸《いでまし》の宮（3・三一五）
＊昔見し　象《きさ》の小川を　今見れば　いよよ清けく　な
りにけるかも（3・三一六）〈聖武行幸、七二四年〉
＊験《しるし》なき　物を思はずは　一坏《ひとつき》の　濁れる酒を　飲む
べくあるらし（3・三三八）
＊古の　七《なな》の賢《さか》しき　人たちも　欲りせしものは　酒
にしあるらし（3・三四〇）
＊なかなかに　人とあらずは　酒壺に　なりにてしか
も　酒に染《し》みなむ（3・三四三）
＊あな醜《みにく》　賢しらをすと　酒飲まぬ　人をよく見ば
猿にかも似る（3・三四四）
＊価《あたひ》なき　宝といふとも　一坏《ひとつき》の　濁れる酒に　あに
益さめやも（3・三四五）
＊この世にし　楽しくあらば　来む世には　虫に鳥に
も　我はなりなむ（3・三四八）〈讃酒歌より〉

＊竜《たつ》の馬も　今も得てしか　青丹よし　奈良の都に
行きて来《こ》むため（5・八〇六）

余《やつかれ》、暫《たまさか》に松浦の県《あがた》に往きて逍遙し、聊《いささ》かに玉島の潭《ふち》に臨みて遊覧するに、忽ちに魚を釣る女子《をとめ》等に値《あ》ひぬ。花容双びなく、光儀匹《たぐひ》なし。柳葉を眉中に開き、桃花を頬《つら》の上に発《ひら》く。意気雲を凌ぎ、風流世に絶えたり。僕《やつかれ》問ひて曰く、「誰が郷《さと》誰が家の児らぞ、けだし神仙ならむか」と言ふ。娘ら皆咲《ゑ》み、答へて曰く、「児等《われ》は漁夫《あま》の舎《いへ》の児、草庵の微《いや》しき者なり。郷も無く家もなし、何ぞ称《あ》げ云ふに足らむ。ただ性《ひととなり》水に便《なら》ひ、また心山を楽しぶ。或時には洛浦に臨みて徒らに玉魚を羨《とも》しび、或時には巫峡《ぶかふ》に臥《ふ》して空しく煙霞を望む。今邂逅《たまさか》に貴客《うまひと》にあひぬ。感応に勝へず、輙《すなは》ち欵《くわん》曲を陳《の》ぶ、今より後、あに偕老にあらざるべけむや」といふ。下官《やつかれ》対へて曰く、「唯々《をを》、敬《つつし》みて芳命をうけたまはらむ」といふ。時に、日は山西に落ち、驪馬《りばい》去なむとす。遂に懐抱を申《の》べ、因りて詠歌を贈りて曰く、

＊あさりする　漁夫《あま》の児どもと　人は言へど　見るに
知らえぬ　良人《うまひと》の児と（5・八五三）

答ふる詩に曰く

＊玉島の　この河上に　家はあれど　君をやさしみ
現《あらは》さずありき（5・八五四）

蓬客の更に贈る歌

＊松浦《まつら》河　河の瀬光り　鮎釣ると　立たせる妹が　裳
の裾濡れぬ（5・八五五）

＊松浦なる　玉島川に　鮎釣ると　立たせる児らが
家道《いへぢ》知らずも（5・八五六）

娘等の更に報ふる歌

＊春されば　わぎ家《へ》の里の　川門《かはと》には　鮎子さ走る
君待ちがてに（5・八五九）

＊松浦河　七瀬の淀は　淀むとも　われは淀まず　君
をし待たむ（5・八六〇）

後の人の追和する詩　帥老

＊松浦河　河の瀬早み　紅の　裳の裾濡れて　鮎か釣
るらむ（5・八六一）〈七三〇年四月六日以前〉

＊隼人の　瀬戸の磐も　年魚《あゆ》走る　吉野の滝に　なほ
及《し》かずけり（6・九六〇）

山上憶良

＊いざ子ども　早く日本《やまと》へ　大伴の　御津《みつ》の浜松　待ち恋ひぬらむ（1・六三）〈在唐の作、七〇四年か〉

＊憶良らは　今は罷《まか》らむ　子泣くらむ　それその母も吾《わ》を待つらむぞ（3・三三七）〈罷宴歌〉

＊彦星は　織女《たなばたつめ》と　天地の　別れし時ゆ　いなむしろ　河に向き立ち　思ふそら　安けなくに　嘆くそら　安けなくに　青波に　望みは絶えぬ　白雲に涙は尽きぬ　かくのみや　息づきをらむ　かくのみや　恋ひつつあらむ　さ丹塗りの　小船もがも　玉巻きの　ま櫂もがも　朝なぎに　いかき渡り　夕潮に　い漕ぎ渡り　久方の　天の河原に　天飛ぶや領布《ひれ》かた敷き　ま玉手の　玉手さし交《か》へ　あまた夜を　寝《い》ねてしかも　秋にあらずとも（8・一五二〇）

＊風雲は　二つの岸に　通へども　わが遠妻の　言ぞ通はぬ（8・一五二一）

＊礫《たぶて》にも　投げ越しつべき　天の川　隔てればかもあまた術なき（8・一五二二）〈七二九年〉

＊天飛ぶや　鳥にもがもや　京《みやこ》まで　送りまをして飛び帰るもの（5・八七六）

＊人皆《もね》の　うらぶれをるに　立田山　御馬《みま》近づかば忘らしなむか（5・八七七）

＊言ひつつも　後こそ知らめ　とのしくも　淋《さぶ》しけめやも　君いまさずして（5・八七八）

＊天離《あまさか》る　鄙《ひな》に五年《いつとせ》　住まひつつ　都の風俗《てぶり》　忘らえにけり（5・八八〇）

＊あが主の　み霊《たま》賜ひて　春さらば　奈良の都に　召《め》上《さ》げたまはね（5・八八二）〈旅人上京、七三〇年〉

＊大君の　遣はさなくに　さかしらに　行きし荒雄ら沖に袖ふる（16・三八六〇）

＊荒雄らを　来《こ》むか来《こ》じかと　飯《いひ》盛りて　門《かど》に出で立ち　待てど来《き》まさず（16・三八六一）

＊志賀の山　いたくな伐りそ　荒雄らが　よすかの山と　見つつ偲はむ（16・三八六二）

＊荒雄らが　行きにし日より　志賀の海人の　大浦田沼は　さぶしくもあるか（16・三八六三）

＊荒雄らは　妻子《めこ》の産業《なり》をば　思はずろ　年の八年《やとせ》を待てど来まさず（16・三八六五）

＊沖つ鳥　鴨といふ船の　帰り来《こ》ば　也良《やら》の防人　早く告げこそ（16・三八六六）

＊大船に　小船引きそへ　潜《かづ》くとも　志賀の荒雄に潜き逢はめやも（16・三八六九）

右、神亀年中に、大宰府筑前国宗像郡の百姓宗形部津麻呂をさして、対馬送粮の船の柁師《かぢとり》にあつ。ここに津麻呂滓屋郡志賀村の白水郎荒雄が許《もと》に詣《いた》り語りて曰く、「僕小事有り、けだし許さじか」といふ。荒雄答へて曰く、「われ郡を異にすれども、船を同じくすること日久し。志は兄弟より篤く、殉死することありとも、あにまた辞《いな》びめや」といふ。津麻呂曰く、「府の官、僕をさして対馬送粮の船の柁師にあてたれども、容歯衰老し、海路にあへず。ことさらに来り祗候す。願はくは相替ることをたれよ」といふ。ここに荒雄許し、遂にその事に従ふ。肥前国の松浦県美祢良久の崎より船をいだし、直《ただ》に対馬をさして海を渡る。すなはち忽ちに天暗く、暴風は雨を交じへ、つひに順風なく、海中に沈み入りぬ。これにより、妻子ども犢慕《とくぼ》にあへずして、この歌を作る。或は云ふ。筑前国守山上憶良臣、妻子が傷《かなしび》に悲感し、志を述べてこの歌を作ると。

＊風雑《まじ》り　雨降る夜の　雨雑り　雪降る夜は　術《すべ》もなく　寒くしあれば　堅塩を　取りつづしろひ　糟湯酒　うちすすろひて　しはぶかひ　鼻びしびしに然《しか》とあらぬ　ひげかき撫でて　我《あれ》を除《お》きて　人はあらじと　誇ろへど　寒くしあれば　麻衾　引きかがふり　布肩衣　有りのことごと　着そへども　寒き夜すらを　われよりも　貧しき人の　父母は　飢ゑ寒からむ　妻子《めこ》どもは　乞ひて泣くらむ　この時はいかにしつつか　汝が世は渡る

天地は　広しといへど　あが為は　狭《さ》くやなりぬる

日月は　明《あか》しといへど　あが為は　照りや給はぬ

人みなか　あのみや然る　わくらばに　人とはあるを　人なみに　あれも業《な》れるを　綿もなき　布肩衣の　海松《みる》のごと　わわけさがれる　かかふのみ　肩にうち掛け　伏せ廬《いほ》の　曲《ま》げ廬の内に　直土《ひたつち》に　わら解き敷きて　父母は　枕の方に　妻子どもは　足《あと》の方に　囲み居て　うれへ吟《さまよ》ひ　かまどには　火気《ほけ》吹き立てず　こしきには　蜘蛛の巣かきて　飯炊《かし》くことも忘れて　ぬえ鳥の　のどよひをるに　いとの

きて　短き物を　端切《はし》ると　言へるがごとく　楚《しもと》とる　里長が声は　寝屋処《ねやど》まで　来たち呼ばひぬ　かくばかり　術なきものか　世の中の道（5・八九二）

＊世の中を　憂しと恥《やさ》しと　思へども　飛び立ちかねつ　鳥にしあらねば（5・八九三）〈貧窮問答歌〉

＊たまきはる　うちの限りは　平らけく　安くもあらむを　事もなく　喪《も》なくもあらむを　世の中の　憂けく辛けく　いとのきて　痛き傷《きず》には　から塩を　注《そそ》くちふがごとく　ますますも　重き馬荷に　表荷《うはに》打つと　いふことのごと　老いにてある　あが身の上に　病《やまひ》をと　加へてあれば　昼はも　嘆かひ暮らし　夜はも　息づき明かし　年長く　病みし渡れば　月かさね　憂へ吟《さまよ》ひ　ことことは　死ななと思へど　さばへなす　さわく子どもを　打棄《うつ》てては　死にはしらず　見つつあれば　心は燃えぬ　かにかくに　思ひ煩《わづら》ひ　音《ね》のみし泣かゆ（5・八九七）

＊術もなく　苦しくあれば　出て走り　去《い》ななと思へど　子らにさやりぬ（5・八九九）

＊富人《とみひと》の　家の子どもの　着る身なみ　腐《くた》し捨つらむ　絁綿《きぬわた》らはも（5・九〇〇）

＊しつたまき　数にもあらぬ　身にはあれど　千年《ちとせ》にもがと　思ほゆるかも（5・九〇三）

〈老身重ㇾ病、経ㇾ年辛苦、及思㆓児等㆒歌、七二五年〉

＊士《をのこ》やも　空《むな》しく有るべき　万代《よろづよ》に　語り継ぐべき　名は立てずして（6・九七八）〈沈痾《ちんあ》、七三三年か〉

高橋虫麻呂歌集

＊春の日の　霞める時に　墨吉《すみのえ》の　岸に出でゐて　釣船の　とをらふ見れば　古の　事ぞ念ほゆる　水の江の　浦島子が　堅魚《かつを》つり　鯛つりほこり　七日まで　家にも来ずて　海界《うなさか》を　過ぎて漕ぎゆくに　わたつみの　神の女《をとめ》に　たまさかに　い漕ぎむかひ　相誂《とぶ》らひ　言なりしかば　かき結び　常世《とこよ》に至り　わたつみの　神の宮の　内のへの　妙なる殿に　たづさはり　二人入りゐて　老いもせず　死にもせずして　永き世に　有りけるものを　世の中の　愚人《おろか》の　わぎ妹子に　告りて語らく　しましくは　家に帰りて　父母に　事も語らひ　明日《あす》のごと　我は来《き》なむと　言ひければ　妹が言へらく　常世辺に　ま

た帰りきて　今のごと　逢はむとならば　このくしげ　開くなゆめと　そこらくに　堅めしことを　墨吉に　帰り来りて　家見れど　家も見かねて　里みれど　里も見かねて　怪しみと　そこに思はく　家ゆ出でて　三年の間に　垣もなく　家失《う》せめやと　この箱を　開きて見てば　もとのごと　家はあらむと　玉くしげ　少し開くに　白雲の　箱より出でて　常世辺に　たなびきぬれば　立ち走り　叫び袖ふりこいまろび　足ずりしつつ　たちまちに　心消失《けう》せぬ　若かりし　肌も皺《しわ》みぬ　黒かりし　髪も白けぬゆなゆなは　息さへ絶えて　後つひに　命死にける水江の　浦島子が　家所見ゆ（9・一七四〇）

＊常世辺に　住むべきものを　つるぎたち　己《な》が心から　おそやこの君（9・一七四一）

＊鷲の住む　筑波の山の　裳羽服津《もはきつ》の　その津の上に率《あども》ひて　娘子壮士《をとめをとこ》の　行き集ひ　かがふ嬥歌《かがひ》に　人妻に　わも交《まじ》はらむ　わが妻に　人も言《こと》問へ　この山を　うしはく神の　昔より　禁《いさ》めぬ行事《わざ》ぞ　今日のみは　めぐしもな見そ　事もとがむな

（9・一七五九）

＊男の神に　雲立ち登り　しぐれ降り　濡れ通るともわれ帰らめや（9・一七六〇）〈嬥歌する日に〉

＊鶏《とり》が鳴く　東の国に　古に　有りけることと　今までに　絶えず言ひける　勝鹿の　真間《まま》の手児名が麻衣に　青衿《あをくび》つけ　ひたさ麻《を》を　裳には織り着て髪だにも　かきは梳《けづ》らず　沓《くつ》をだに　はかず行けども　錦綾の　中に包める　斎《いは》ひ子も　妹にしかめや望月《もちづき》の　足《た》れる面輪に　花のごと　笑《ゑ》みて立てれば夏虫の　火に入るがごと　港入りに　船こぐごとく行きかぐれ　人の言ふとき　いくばくも　生けらじものを　何すとか　身をたな知りて　波の音の　さわく港の　奥つ城《き》に　妹が臥《こ》やせる　遠き代にありけることを　昨日《きのふ》しも　見けむがごとも　思ほゆるかも（9・一八〇七）

＊勝鹿の　真間の井見れば　立ち平《なら》し　水汲ましけむ手児名し思ほゆ（9・一八〇八）

＊葦の屋の　菟原処女《うなひをとめ》の　八歳子《やとせ》の　片生ひの時ゆ小放《をばな》りに　髪たくまでに　並びをる　家にも見えず

うつゆふの　隠《こも》りてませば　見てしかと　いぶせむ時の　垣ほなす　人の誂《と》ふ時　智努《ちぬ》壮士《をとこ》　菟原壮士の　伏せ屋焼《や》き　すすし競《きほ》ひ　相よばひ　しける時には　焼太刀の　手かみ押しねり　白真弓　靫とりおひて　水に入り　火にも入らむと　立ち向《むか》ひ　競ひし時に　わぎ妹子が　母に語らく　しつたまき　賤しきわが故　ますらをの　争ふみれば　生けりとも　逢ふべくあれや　ししくしろ　黄泉《よみ》に待たむと　隠り沼の　下延《は》へおきて　うち嘆き　妹が去《い》ぬれば　千沼壮士　その夜夢に見　取り続き　追ひ行きければ　後《おく》れたる　菟原壮士い　天仰ぎ　叫びおらび　地を踏み　きかみたけびて　もころ男に　負けてはあらじと　かけ佩《は》きの　小《を》大刀《だち》とり佩き　ところづら　尋《と》め行きければ　親族《うからどち》　い行き集ひ　永き代に　標《しるし》にせむと　遠き代に　語り継がむと　処女墓　中に造り置き　壮士墓　此方《このも》彼方《かのも》に　造り置ける　故縁《よし》聞きて　知らねども　新喪《にひも》のごとも　哭《ね》泣きつるかも（9・一八〇九）

*葦屋の　菟原処女の　奥つ城を　行き来と見れば　哭のみし泣かゆ（9・一八一〇）

*墓の上の　木《こ》の枝なびけり　聞きしごと　陣努壮士にし　依りにけらしも（9・一八一一）

遣唐使の母

*秋萩を　妻どふ鹿《か》こそ　独《ひと》り子に　子持てりといへ　鹿子《かこ》じもの　あが独り子の　草枕　旅にし行けば　竹玉《たかだま》を　しじに貫《ぬ》きたれ　斎《いは》ひ戸《べ》に　木綿《ゆふ》とりしでて　斎ひつつ　あが思ふあが子　ま幸《さき》くありこそ（9・一七九〇）

*旅人の　宿りせむ野に　霜降らば　あが子羽ぐくめ　天の鶴群《たづむら》（9・一七九一）〈第九次遣唐、七三三年〉

山部赤人

*天地の　分れし時ゆ　神さびて　高く貴き　駿河なる　富士の高嶺を　天の原　ふり放《さ》け見れば　渡る日の　影も隠らひ　照る月の　光も見えず　白雲も　い行きはばかり　時じくぞ　雪は降りける　語りつぎ　言ひつぎ行かむ　富士の高嶺は（3・三一七）

*田児の浦ゆ　うち出でて見れば　真白にぞ　富士の高嶺に　雪は降りける（3・三一八）

＊やすみしし　わご大王の　常宮《とこみや》と　仕へまつれる　雑賀野《さひかの》ゆ　背向《そがひ》に見ゆる　奥つ島　清き渚《なぎさ》に　風吹けば　白波さわき　潮干《ふ》れば　玉藻刈りつつ　神代より　然ぞ尊き　玉津島山（6・九一七）

＊奥つ島　荒磯の玉藻　潮干《しほひ》満ち　い隠りゆかば　思ほえむかも（6・九一八）

＊若の浦に　潮満ちくれば　潟《かた》を無《な》み　葦辺をさして　鶴《たづ》鳴き渡る（6・九一九）〈聖武行幸、七二四年〉

＊やすみしし　わご大王は　み吉野の　秋津の小野の　野の上には　跡見すゑ置きて　み山には　射目立て渡し　朝狩に　鹿猪《しし》踏み起こし　夕狩に　鳥踏み立て　馬並めて　御狩ぞ立たす　春の茂野に

（6・九二六）

＊あしひきの　山にも野にも　御狩人　得物矢《さつや》手挟み　騒きてあり見ゆ（6・九二七）〈七二五年頃か〉

＊あぢさはふ　妹が目離《か》れて　しきたへの　枕もまかず　桜皮《かには》まき　作れる船に　ま梶ぬき　わが漕ぎくれば　淡路の　野島も過ぎ　印南《いなみ》つま　辛荷《からに》の島の　島の間ゆ　わぎ家《へ》を見れば　青山の　そことも見えず　白雲も　千重になりきぬ　漕ぎたむる　浦のことごと　行き隠る　島の崎々　隈も置かず　思ひぞあが来る　旅の日長《け》み（6・九四二）

＊玉藻刈る　辛荷の島に　島廻《しまみ》する　鵜にしもあれや　家思はざらむ（6・九四三）

＊島がくり　わが漕ぎくれば　羨《とも》しかも　大和へ上る　ま熊野の船（6・九四四）

＊風吹けば　波か立たむと　さもらひに　都太《つだ》の細江に　浦がくり居《を》り（6・九四五）〈年代不明〉

大伴坂上郎女

＊来《こ》むといふも　来ぬ時あるを　来じといふを　来むとは待たじ　来じといふものを（4・五二七）

＊今は吾《あ》は　死なむよわが背　生けりとも　吾《われ》によるべしと　言ふといはなくに（4・六八四）

＊青山を　横切る雲の　いちしろく　われと咲《ゑ》まして　人に知らゆな（4・六八八）

＊ぬば玉の　夜霧の立ちて　おぼほしく　照れる月夜の　見れば悲しさ（6・九八二）

＊わたつみの　神の命の　み櫛笥に　貯《たくは》ひ置きて　斎《いつ》

くとふ　玉にまさりて　思へりし　あが子にはあれど　うつせみの　世の理《ことわり》と　ますらをの　引きのまにまに　しなざかる　越路をさして　延《は》ふ葛の　別れにしより　沖つ波　とをむ眉引き　大船の　ゆくらゆくらに　面影に　もとな見えつつ　かく恋ひば　老いづくあが身　けだし堪《あ》へむかも（19・四二二〇）〈越中守大伴家持の許におもむいた大嬢に贈る〉

沙弥満誓

＊世の中を　何に譬へむ　朝びらき　漕ぎ去にし船の　跡無きごとし（3・三五一）

＊ぬば玉の　黒髪変はり　白けても　痛き恋には　あふ時ありけり（4・五七三）

笠金村

＊あしひきの　み山も清《さや》に　落ちたぎつ　芳野の河の　河の瀬の　浄きをみれば　上辺には　千鳥しば鳴く　下辺には　かはづ妻呼ぶ　ももしきの　大宮人も　をちこちに　繁《しじ》にしあれば　見るごとに　あやに羨《とも》しみ　たまかづら　絶ゆることなく　万代に　かくしもがもと　天地の　神をぞ祈る　かしこくあれども（6・九二〇）〈吉野行幸、七二五年五月〉

＊万代に　見とも飽かめや　み吉野の　たぎつ河内の　大宮処（6・九二一）

＊皆人の　命も我も　み吉野の　滝の常磐《ときは》の　常ならぬかも（6・九二二）

湯原王

＊吉野なる　夏実の河の　川淀に　鴨ぞ鳴くなる　山かげにして（3・三七五）

＊秋萩の　散りのまがひに　呼び立てて　鳴くなる鹿の　声の遙けさ（8・一五五〇）

＊夕月夜　心もしのに　白露の　置くこの庭に　こほろぎ鳴くも（8・一五五二）

大伴家持

＊夢の逢ひは　苦しかりけり　覚《おどろ》きて　かき探《さぐ》れども　手にも触れねば（4・七四一）〈大嬢に贈る〉

＊石麻呂に　われ物申す　夏やせに　良しといふ物ぞ　むなぎ取り食《め》せ（16・三八五三）

＊痩すやすも　生けらばあらむを　はたやはた　鰻をとると　河に流るな（16・三八五四）〈戯笑歌〉

＊王くしげ　二上山に　鳴く鳥の　声の恋しき　時は来にけり（17・三九八七）〈二上山の賦、七四七年〉

＊東風《あゆのかぜ》　いたく吹くらし　奈呉《なご》の海人の　釣する小舟《をぶね》漕ぎ隠る見ゆ（17・四〇一七）〈七四八年一月〉

＊雄神川　紅にほふ　娘子らし　葦付《あしつき》取ると　瀬に立たすらし（17・四〇二一）

＊鸕坂川《うさかがは》　渡る瀬多み　この我が馬の　足掻きの水に衣濡れにけり（17・四〇二二）

＊婦負《めひ》川の　速き瀬ごとに　篝《かがり》さし　八十伴《やそとも》の緒《を》は鵜川立ちけり（17・四〇二三）

＊立山《たちやま》の　雪し来らしも　延槻《はひつき》の　川の渡り瀬　鐙漬《あぶみつ》かすも（17・四〇二四）〈七四八年〉

＊大伴の　遠つ神祖《かむおや》の　奥つ城は　著《しる》く標《しめ》立て　人の知るべく（18・四〇九六）

＊天皇《すめろき》の　御代栄えむと　東なる　陸奥《みちのく》山に　黄金《くがね》花咲く（18・四〇九七）〈七四九年五月〉

＊朝床に　聞けば遙けし　射水河　朝漕ぎしつつ　唄《うた》ふ船人（19・四一五〇）〈七五〇年二月ないし三月〉

＊今替《かは》る　新防人《にひさきもり》が　船出する　海原のうへに　浪な開《さ》きそね（20・四三三五）〈七五五年二月九日〉

＊剣大刀　いよよ研《と》ぐべし　古ゆ　清《さや》けく負《お》ひて　来にしその名ぞ（20・四四六七）〈古慈斐解任〉

＊うつせみは　数なき身なり　山河の　清けき見つつ道を尋ねな（20・四四六八）〈病臥欲㆓修道㆒〉

〈右記二首、七五六年六月十七日〉

＊月数《よ》めば　いまだ冬なり　しかすがに　霞たなびく春立ちぬとか（20・四四九二）

〈七五七年十二月二十三日（陽暦二月五日）〉

笠女郎

＊君に恋ひ　いたも術なみ　奈良山の　小松が下に立ち嘆くかも（4・五九三）

＊吾が屋戸の　夕影草の　白露の　消ぬがにもとな念ほゆるかも（4・五九四）

＊夕されば　物思ひまさる　見し人の　言問ふ姿　面影にして（4・六〇二）

＊皆人を　寝よとの鐘は　打つなれど　君をし念へば寝ねがてぬかも（4・六〇七）

＊相念はぬ　人を思ふは　大寺の　餓鬼《がき》の後《しりへ》に　額《ぬか》づ

く如し（4・六〇八）

遣新羅使人

＊君が行く　海辺の宿に　霧立たば　あが立ち嘆く息と知りませ（15・三五八〇）

＊秋さらば　相見むものを　何しかも　霧に立つべく嘆きしまさむ（15・三五八一）〈離別〉

＊わが故に　妹歎くらし　風早の　浦の沖辺に　霧たなびけり（15・三六一五）〈風早船泊〉

＊吾のみや　夜船は漕ぐと　思へれば　沖辺の方に楫の音すなり（15・三六二四）〈長門船出〉

＊新羅へか　家にか帰る　壱岐《ゆき》の島　行かむたどきも思ひかねつも（15・三六九六）〈挽歌、雪宅満没〉

〈七三六年六月――七三七年一月〉

中臣宅守・狭野弟上娘子

＊あしひきの　山路越えむと　する君を　心に持ちて安けくもなし（15・三七二三、娘子）

＊君が行く　道の長路《ながて》を　繰り畳ね　焼き亡ぼさむ天の火もがも（15・三七二四、娘子）

＊塵泥《ちりひぢ》の　数にもあらぬ　われ故に　思ひ侘《わ》ぶらむ妹が悲しさ（15・三七二七、宅守）

＊他人《ひと》よりは　妹ぞも悪《あ》しき　恋もなく　あらましものを　思はしめつつ（15・三七三七、宅守）

＊さす竹の　大宮人は　今もかも　人なぶりのみ　好みたるらむ（15・三七五八、宅守）

＊魂は　朝《あした》夕べに　魂振れど　あが胸痛し　恋の繁きに（15・三七六七、娘子）

＊帰りける　人来れりと　言ひしかば　ほとほと死にき　君かと思ひて（15・三七七二、娘子）

＊今日もかも　京《みやこ》なりせば　見まく欲《ほ》り　西の御厩《みまや》の外《と》に立てらまし（15・三七七六、宅守）

〈宅守越前に配流。七四〇年六月不赦〉

東歌

＊筑波嶺に　雪かも降らる　否《いな》をかも　愛《かな》しき児ろが布《にの》乾さるかも（14・三三五一、常陸）

＊天の原　富士の柴山　木《こ》の暗《くれ》の　時移《ゆつ》りなば　逢はずかもあらむ（14・三三五五、駿河）

＊足柄《あしがり》の　刀比《とひ》の河内に　出づる湯の　世にもたよらに　児ろが言はなくに（14・三三六八、相模）

＊多麻河に　さらす手作り　さらさらに　何ぞこの児の　ここだ愛《かな》しき（14・三三七三、武蔵）

＊武蔵野の　草は諸《もろ》向き　かもかくも　君がまにまに吾は寄りにしを（14・三三七七、武蔵）

＊入間道《いりまぢ》の　大家《おほや》が原の　いはゐづら　引かばぬるぬる　吾《わ》にな絶えそね（14・三三七八、武蔵）

＊信濃路は　今の墾道《はりみち》　刈り株《ばね》に　足踏ましなむ　履《くつ》はけわが夫《せ》（14・三三九九、信濃）

＊伊香保ろの　八尺《やさか》の堰塞《ゐで》に　立つ虹《のじ》の　あらはろまでも　さ寝をさ寝てば（14・三四一四、上野）

＊上毛野　いならの沼の　おほゐ草　よそに見しよは今こそまされ（14・三四一七、上野）

＊伊香保嶺に　雷《かみ》な鳴りそね　わが上《へ》には　故《ゆゑ》はなけども　児らによりてぞ（14・三四二一、上野）

＊あだたらの　嶺に伏す鹿猪《しし》の　ありつつも　あれは到らむ　寝処《ねど》な去りそね（14・三四二八、陸奥）

＊鈴が音《ね》の　早馬駅家《はゆまうまや》の　つつみ井の　水をたまへな妹が直手《ただて》よ（14・三四三九、未勘国）

＊人妻と　何《あぜ》かそを言はむ　然らばか　隣の衣《きぬ》を　借りて著なはも（14・三四七二、未勘国）

＊麻苧《を》らを　麻笥《をけ》に多《ふす》さに　績《う》まずとも　明日《あす》著せさめや　いざせ小床《をどこ》に（14・三四八四、未勘国）

＊児毛知山《こもちやま》　若かへるての　もみつまで　寝もと吾《わ》は思《も》ふ　汝《あ》は何どか思《も》ふ（14・三四九四、未勘国）

＊からすとふ　大をそどりの　真実《まさで》にも　来まさぬ君をころ来《く》とぞ鳴く（14・三五二一、未勘国）

＊妹をこそ　あひ見に来《こ》しか　まよびきの　横山辺《へ》ろの　鹿猪如《ししな》す思《おも》へる（14・三五三一、未勘国）

＊崩岸《あず》の上に　駒をつなぎて　危《あや》ほかど　人妻児《ひとづまこ》ろを息にわがする（14・三五三九、未勘国）

＊青楊の　萌《は》らろ川門《かはと》に　汝を待つと　清水《せみど》は汲まず立処平《たちどな》らすも（14・三五四六、未勘国）

防人歌

＊わが妻は　いたく恋ひらし　飲む水に　影《かご》さへ見えて　世に忘られず（20・四三二二、遠江）

＊時々の　花は咲けども　何すれぞ　母とふ花の　咲き出来《でこ》ずけむ（20・四三二三、遠江）

＊わが妻も　絵にかきとらむ　暇《いつま》もが　旅ゆく我《あれ》は

見つつしのはむ（20・四三二七、遠江）
＊真木《まけ》柱　讃《ほ》めて造れる　殿の如《ごと》　いませ母刀自《とじ》　面《おめ》変はりせず（20・四三四二、駿河）
＊わろ旅は　旅と思《おめ》ほど　家《いひ》にして　子持《こめ》ち痩すらむ　わが妻《み》かなしも（20・四三四三、駿河）
＊父母が　頭《かしら》かき撫で　幸《さ》くあれて　いひし言葉《けとば》ぜ　忘れかねつる（20・四三四六、駿河）
＊家にして　恋ひつつあらずは　汝が佩ける　太刀になりても　斎《いは》ひてしかも（20・四三四七、上総・父）
＊わが母の　袖持ち撫でて　わがからに　泣きし心を　忘らえぬかも（20・四三五六、上総）
＊防人に　発《た》たむさわきに　家の妹《いむ》が　業《な》るべき事を　言はず来ぬかも（20・四三六四、常陸）
＊松の木《け》の　並《な》みたる見れば　家人《いはびと》の　われを送ると　立たりしもころ（20・四三七五、下野）
＊国々の　防人つどひ　船《ふな》乗りて　別るを見れば　いとも術《すべ》なし（20・四三八一、下野）
＊布多《ふた》ほがみ　悪《あ》しけ人なり　あたゆまひ　わがする時に　防人に指《さ》す（20・四三八二、下野）
＊旅と言《へ》ど　ま旅になりぬ　家の妹《も》が　著せし衣に　垢《あか》つきにかり（20・四三八八、下総）
＊韓衣《からころむ》　裾に取りつき　泣く子らを　置きてぞ来《き》ぬや　母《おも》なしにして（20・四四〇一、上野）
＊赤駒を　山野《やまの》に放《はか》し　捕《と》りかにて　多摩の横山　歩《かし》ゆかやらむ（20・四四一七、武蔵・妻）
＊草枕　旅の丸寝の　紐絶えば　あが手とつけろ　これの針《はる》持し（20・四四二〇、武蔵・妻）
＊色深く　夫《せ》なが衣は　染めましを　御坂《みさか》たばらば　ま清《さや》かに見む（20・四四二四、武蔵・妻）
＊防人に　行くは誰《た》が夫《せ》と　問ふ人を　見るがともしさ　物思《も》ひもせず（20・四四二五、妻の歌）
＊闇《やみ》の夜の　行く先知らず　行くわれを　何時《いつ》来まさむと　問ひし児らはも（20・四四三六、昔年の防人）

風土記

それ筑波岳《つくはやま》は、高く雲に秀で、最頂《いただき》は西の峯崢《みねさか》しく嶸《たか》く、雄《を》の神と謂《い》ひて登臨《のぼ》らしめず。唯《ただ》、東《ひむがし》の峯は四《よ》方《も》磐石《いははほ》にして、昇り降りは峡《けは》しく屹《そばだ》てるも、其の側《かたはら》に泉流れて冬も夏も絶えず。坂《さか》より東の諸国《くにぐに》の男女《をとこをみな》、春の花の開くる時、秋の葉の黄《もみ》づる節《をり》、相携《たづさ》ひ駢闐《つらな》り、飲食《をしもの》を齎賚《もちき》て、騎《うま》にも歩《かち》にも登臨《のぼ》り、遊楽《たの》しみ栖遅《あそ》ぶ。其の唱《うた》にいはく、

筑波嶺に　逢はむと　いひし子は　誰が言《こと》聞けば
神嶺《かみね》　あすばけむ
筑波嶺に　廬《いほ》りて　妻なしに　我が寝む夜ろは
早やも　明けぬかも

詠《うた》へる歌甚多《いとおほ》くして載車《のす》るに勝《た》へず。俗《くにひと》の諺《ことわざ》にいはく、筑波峯の会《つどひ》に娉《つまどひ》の財《たから》を得ざれば、児女《むすめ》とせずといへり。〈常陸国、筑波郡〉

その南に童子女《うなゐ》の松原あり。古《いにしへ》、年少《としわか》き僮子《うなゐ》ありき。俗《くにひと》、加味乃乎止古・加味乃乎止売といふ。男《をとこ》を那賀の寒田《さむた》の郎子《いらつこ》と称《い》ひ、女《をみな》を海上《うなかみ》の安是《あぜ》の嬢子《いらつめ》と号《なづ》く。竝《とも》に形容《かたち》端正《きらきら》しく、郷里《むらざと》に光華《かがや》けり。名声《な》を相聞《あひき》きて、望念《ねがひ》を同存《おなじ》くし、自愛《つつし》む心滅《こころうせ》ぬ。月を経《へ》、日を累《かさ》ねて、嬥歌《うたがき》の会《つどひ》（俗《くにひと》、宇太我岐といひ又加我毘といふ）に、邂逅《たまさか》に相遇《あひあ》へり。時に、郎子歌ひけらく、

いやぜるの　安是《あぜ》の小松に　木綿《ゆふ》垂《し》でて　吾《わ》を振《ふ》
り見ゆも　安是小島《あぜこしま》はも

嬢子、報《こた》へ歌ひけらく、

潮《うしを》には　立たむと言へど　汝夫《なせ》の子が　八十島
隠り　吾を見さ走《ばし》り

便《すなは》ち、相語《あひかた》らまく欲《おも》ひ、人の知らむことを恐りて、遊《うたがき》の場《には》より避け、松の下に蔭《かく》りて、手《て》携《たづさ》はり、膝を役《つち》ね、懐《おもひ》を陳べ、憤《いきどほり》を吐《は》く。即《すで》に故《ふる》き恋の積れる疹《やまひ》を釈《と》き、還《また》、新しき歓《よろこ》びの頻《しきり》なる咲《ゑまひ》を起こす。時に、玉の露杪《こぬれ》にやどる候《とき》、金《あき》の風丁《ふきな》す節《をり》なり。皎々《あきら》けき桂月《つき》の照らす処は、唳《な》く鶴《たづ》が西洲《かへるす》なり。颯々《さや》げる松颸《まつかぜ》の吟《うた》ふ処《ところ》は、度《わた》る雁《かり》が東岵《ゆくやま》なり。山は、寂寞《しづ》かにして巌《いはほ》の泉旧《しみづふ》り、夜は蕭条《さび》しくして烟《けぶ》れる霜新なり。近き山には自《おのづか》ら黄葉《もみちば》の林に散る色を覧、遙けき海には、唯蒼《ただあを》波《なみ》の磧《いそ》に激《たぎ》つ声を聴くのみなり。茲宵茲《こよひここ》に、楽しみこれより楽しきはなし。偏《ひと》へに語らひの甘き味《あぢはひ》に沈《おぼ》れ、頓《ひたぶる》に夜の開けむことを忘る。俄《には》かにして、鶏鳴き、狗《いぬ》吠えて、天暁《そらあ》け日明《ひあきら》かなり。爰《ここ》に、子等、為《せ》むすべを知らず、遂に人の見むことを愧ぢて、松の樹と化成《な》

れり。郎子を奈美松《なみまづ》と謂《い》ひ、嬢子を古津松《こつまつ》と称《い》ふ。古より名を着けて、今に至るまで改めず。

〈常陸国、香島郡〉

杵島《きしま》の県《あがた》。県の南二里《さと》に一孤山《ひとつやま》あり。坤《ひつじさる》のかたより艮《うしとら》のかたを指《さ》して、三つの峰相連《みねあひつら》なる。是を名づけて杵島と曰ふ。坤《い》のかたなるは比古神《ひこがみ》と曰ひ、中《なか》なるは比売神《ひめがみ》と曰ひ、艮《うしとら》のかたなるは御子神《みこがみ》（一《また》の名は軍神《いくさがみ》。動《うご》けば則《すなは》ち兵興《いくさおこ》る）と曰ふ。郷閭《むらざと》の士女《をとこをみな》、酒を提《たづさ》へ琴《こと》を抱きて、歳毎《としごと》の春と秋に、手を携《たづさ》へて登《のぼ》り望《みさ》け、楽飲《さけの》み歌ひ舞ひて、曲尽《うたつ》きて帰る。歌の詞《ことば》に云《い》はく、

あられふる　杵島が岳《たけ》を　峻《さか》しみと　草採《と》りかねて　妹《いも》が手を執《と》る　是《こ》は杵島曲なり。

〈逸文、肥前国〉

荊南苗俗記ほか

時は三月三日、またの名を跳月と呼ぶ野遊びが行われる。未婚の者ことごとくが盛装して野外に出、山を環ってあぐらをかいて坐り、男女が各々列をつくる。歌をうたい、竹製の笛を吹きあうと山谷も動むほどだ。そこで女が先ず歌って未婚の男（馬郎）に呼びかけ、それが終わると、次に男が唱和する。女が心を許すと、男の歌中の意に和して歌い、その歌の終わらないうちに、男が歌いながら女との距離二尺ばかりに近よって止ると、女は男が何処の人かと問い、男はその姓氏・住居を告げる。女が立って相手の手を曳いて坐らせ、自分も膝をつけて坐ると、また互いに歌をとりかわし、後々までお互いに棄てないと誓いあい、日が暮れると男が女を負うて去っていく。そして翌日二人で女の家に行って婚約し、進物（結納金か）を納める。これには、貧富によって三等の定額があった。

〈「荊南苗俗記」大意、ミヤオ族〉

ここで実例を一つあげておこう。広東省北部のヤオ族では、三年に一度、十月十日に山嶺を切り開いた天塘という湖畔で要歌堂節が催される。要歌堂の催しの始まる前に、ヤオ族の始祖、槃瓠氏の祭りが行なわれ

る。未婚の男女が一列に立って並び、シャーマンがその真中にいて祈禱し、これらの男女を引率して槃瓠氏の神社に参拝して祈りをあげ、その場所にもろもろの神霊を呼び出す。これが終わると一緒に酒を汲み交わし、神に感謝する。こうしてこれら未婚の男女は思い思いに散開して自分の好きな人を自由に求めて愛情のこもった歌を歌い合う。このとき、年配者が未婚の男女に向かって、歌曲の調子で結婚の伝統的精神を教え、性教育を与える。山嶺にいる恋人同士はますます親密となり、あとで各自は両親に打ち明けて婚約する。この祭典がすぎて年末のある日に集団結婚の日取りを決め、その当日にすべての婚約者は式をあげてしまう。既婚婦人が自分の夫に満足しない場合、あるいは夫が妻に不満を抱くときは、この要歌堂の祭りを利用して、他に良い配偶者を求めてもよいことになっている。ヤオ族のもう一つの歌垣、放牛出欄節は毎年正月二日に行なわれる。〈『稲作の神話』大林太良氏〉

中国南部からインドシナ北部にかけての歌垣は、(中略)山地の焼畑耕作民文化に属するものと考えてよい。つまり歌垣を行なうのは、大体において山地の穀物と芋類の焼畑耕作民であって、低地の水稲耕作民のところは稀であり、存在している場合でも山地の焼畑耕作民文化と関係のあるところである。日本でも古典の歌垣や、最近まで行なわれていた山唄の営まれた場所が山や丘に多いのは、元来は焼畑耕作民文化に属していたからであろう。事実、嬥歌で有名な筑波では、常陸風土記によると粟の新嘗祭が行なわれていたのも、このことと符合する。〈同上〉

万葉関係略年表

（凡　例）

一、この年表は、雄略天皇の即位（四五六年）から平城天皇の崩御にいたるまで、およそ三七〇年間の万葉作歌関係略年表である。

二、時期の区分は、通説によって四期とし、万葉以後を加えた。

三、○印内の算用数字は万葉集の巻数、漢数字は『国歌大観』の番号である。なお、本書で説きおよべなかった作についても、読者の便を図って、記しておいた。

四、作歌に直接の関係があると思われるものは上記の番号につづけ、参考事項は、改行して、三字下げて記入するのを原則とした。

第一期

代	天皇	年号	西暦	作歌（参考事項）
21	雄略	一	四五六	雄略、泊瀬朝倉宮に即位
				①一　聖婚儀礼より出た仮託の作か
			四七八	倭王武、宋に上表文、六国諸軍事安東大将軍の号をうく（宋書）
26	継体		五二二	司馬達等ら帰化す
28	宣化	三	五三七	⑤八七一―五　大伴狭手彦らの任那救援（大伴旅人らの回想歌）
29	欽明		五六二	任那の日本府滅ぶ
33	推古	一	五九二	推古、明日香豊浦宮に即位
		二	五九三	聖徳太子摂政
		三	五九四	三宝敬礼の詔（仏教興隆）
		九	六〇〇	第一次遣隋使（以下同代に五回）
		一六	六〇七	法隆寺創建（百済観音像）釈迦三尊像（六二三）夢殿観音像（六二四）
		二九	六二〇	「天皇記国記臣連伴造国造八十部并公民等本記」撰録
34	舒明	一	六二九	舒明、明日香岡本宮に即位（蘇我氏擁立）
				①二　国見の歌（年代不明）も仮託の作か
		二	六三〇	第一次遣唐使

代	天皇	年号	西暦	作歌（参考事項）
35	皇極	一	六四二	皇后明日香板蓋宮に即位し皇極となる
				蘇我入鹿執政
		四	六四五	中大兄らクーデターで入鹿を誅殺（六月）、天皇記国記等焼失
36	孝徳	大化一	六四五	孝徳即位（六月一四日）中大兄皇太子、中臣鎌足内臣となる。難波長柄豊碕宮に遷都（一二月）
		二	六四六	大化改新の詔、薄葬礼により古墳減少
				②九一―二　比良御幸時、中大兄・鏡王女の作か
		五	六四九	蘇我石川麻呂失脚
		白雉三	六五二	最初の班田収受
		四	六五三	中大兄ら孝徳を難波に置去り明日香に還る
		五	六五四	孝徳豊碕宮に没す（一〇月）
37	斉明	一	六五五	皇極重祚し斉明となる。板蓋宮（六五五）岡本宮（六五六〜）
		四	六五八	②一四一―二　有間皇子の変、紀伊護送中の作歌か
		七	六六一	①八　百済救援のため筑紫へ行幸（一月）その途次の額田王の作、①一四―五も同時の作か
	（天智称制）	二	六六二	斉明筑紫朝倉宮に没し、皇太子称制（七月）
			六六三	白村江の敗戦（百済滅ぶ）
			六六四	対馬、壱岐、筑紫に防人と烽火をおき、筑紫に水城築堤
		五	六六五	この年以後帰化の百済人を各地に配置
		六	六六七	①一七―八　近江大津宮に遷都時（三月）額田王の作
38	天智	七	六六八	①二〇―一　蒲生野従猟時（五月五日）額田王、大海人皇子の作
				高句麗滅ぶ、天智大津宮に即位、大海人皇太弟となる
				近江令制定（六七一施行）。近江崇福寺創建

代	天皇	年号	西暦	作歌（参考事項）
		八	六六九	鎌足没に際し藤原姓を賜わる。遣唐使（第六次）
		一〇	六七一	大友皇子太政大臣となる（一月）。鐘鼓をうって時刻を報知することはじまるという ①一五　吉野入（一〇月）の時の大海人皇子作歌か ②一四七—五五　天皇没時（一二月）に際し皇后らの挽歌
39	弘文	一	六七二	壬申の乱（六月—八月）

第二期

代	天皇	年号	西暦	作歌（参考事項）
40	天武	二	六七三	⑲四二六〇　天武天皇明日香浄御原宮に即位、大伴御行ら関係歌 鸕野讃良皇女立后
		四	六七五	①二二　十市皇女伊勢参赴（二月）吹黄刀自の作歌 ①二三—四　麻続王配流関係作歌 諸氏上の民部、家部を廃止（部曲撤廃）。諸国の芸能にすぐれた者を貢上
		五	六七六	諸国に金光明経、仁王経を配布。国司任用の制を定める
		七	六七八	②一五六—八　十市皇女急死（四月）高市皇子作歌
		八	六七九	①二七　吉野行幸時（五月）天皇作歌か 六皇子の盟
		一〇	六八一	草壁皇子立太子（二月）帝記、旧辞を録す
		一二	六八三	大津皇子朝政を聴く。諸国の境界を定む
		一三	六八四	八色の姓制定

代	天皇	年号	西暦	作歌（参考事項）
		一四	六八五	親王諸王十二、諸臣四十八の位階を定む
	（持統称制）	朱鳥一	六八六	②一五九—六一　天武没（九月）皇后らの挽歌 皇后称制 ③四一六　大津皇子謀反（一〇月賜死）大津作歌 ②一〇五—六、一六三—六　大伯皇女関係作歌
		三	六八九	②一六七—七〇　草壁皇太子没（四月）人麻呂作歌 ②一七一—九三　舎人作歌 浄御原令施行（六月）
41	持統	四	六九〇	持統明日香浄御原宮に即位。紀伊行幸（九月）
		五	六九一	①三八—九　吉野行幸、人麻呂作歌か
		六	六九二	①四〇—二　伊勢行幸、人麻呂留京作歌 ①四五—九　軽皇子阿騎野従猟か（冬）人麻呂作歌
		八	六九四	③四一七—九　河内王没（四月）手持女王作歌 ①五〇、③二六八　藤原宮へ遷都（一二月）関係歌作者不明
		一〇	六九六	②一九九—二〇二　高市皇子没（七月）人麻呂作歌
42	文武	一	六九七	文武（軽皇子）藤原宮に即位（四月）
		二	六九七	薬師寺完成（薬師三尊像六八七）
		四	七〇〇	②一九六—八　明日香皇女没（四月）人麻呂作歌
		大宝一	七〇一	大宝律令制定（八月）翌年諸国へ頒つ。大学国学の設置。首皇子誕生 ⑨一六六七　紀伊行幸（一〇月）—持統同行—関係歌作者不明 第七次遣唐使出発（七月）　山上憶良少録として参加
		二	七〇二	①五七　参河御幸（一〇月）長奥麻呂作歌、①五八高市黒人作歌 持統没（一二月）
		慶雲一	七〇四	①六三　遣唐使帰朝（七月）憶良帰朝か、在唐時の作（飢饉、疫病流行し社会不安。行基活躍）

代	天皇	年号	西暦	作歌（参考事項）
43	元明	二	七〇五	大納言定員二人、中納言三人の制
		三	七〇六	①六四　難波行幸時志貴皇子作歌 食封の制を定む。諸臣の山野占有を禁ず
		四	七〇七	遷都の討議。文武没（六月） ①七六－八　元明即位（七月）元明、御名部皇女作歌か
		和銅一	七〇八	③二九六－七　田口益人上野国守赴任途次の作歌 ②二〇三　但馬皇女没（六月）穂積皇子関係作歌 藤原不比等右大臣となる。出羽郡設置 この頃法隆寺再建か。和同開珎の鋳造

第三期

代	天皇	年号	西暦	作歌（参考事項）
44	元明	和銅三	七一〇	①七八　奈良遷都（三月）天皇作歌。①七九－八〇 作者未詳歌も同じ時の作
		五	七一二	①八一－三　長田王作、山辺の御井の歌 「古事記」撰上。出羽国を置く
		六	七一三	⑭三三九九　吉蘇路を通すこの前後の作か 「風土記」撰上の令
	元正	霊亀一	七一五	草壁の皇女、氷高即位して元正天皇となる ②二三〇－二　志賀皇子没笠金村作歌 百姓の逃亡を取締る。長皇子・穂積皇子没
		養老一	七一七	第八次遣唐使（吉備真備、玄昉ら）
		二	七一八	大伴家持誕生か（七一六、七一七、七二〇説）

代	天皇	年号	西暦	作歌（参考事項）
45		三	七一九	美濃国養老行幸。長屋王大納言、旅人中納言。養老律令。元興寺を平城京に移す 藤原宇合を常陸守とし、安房、上総、下総を管せしむ（七月）、高橋虫麻呂下官として従い作歌か。初めて按察使をおく
		四	七二〇	大伴旅人が隼人を討つ。「日本書紀」撰上 藤原不比等没。行基の活動を禁圧する
		五	七二一	山上憶良ら退朝後東宮（後の聖武）に侍す 長屋王右大臣。元明上皇没
		六	七二二	良田百万町歩開墾計画。民間の宗教運動たかまる
		七	七二三	⑥九〇七－一二　吉野行幸（五月）、笠金村作歌 観世音寺造営（二月）、満誓（笠麻呂）長官となる。三世一身法公布。太安万侶没
	聖武	神亀一	七二四	文武第一皇子の首即位して聖武となる（二月）母は藤原宮子 ⑥九一七－九　紀伊行幸（一〇月）山部赤人作歌 長屋王左大臣
		二	七二五	⑥九二〇－二、⑥九二三－五　吉野行幸、笠金村、山部赤人作歌
		三	七二六	⑥九三五－七、⑥九三八－四一　伊南野行幸、笠金村、山部赤人作歌
		四	七二七	⑥九四八－九〈授刀寮に散禁の時〉作者不明（一月） 大伴旅人この年末大宰帥となり赴任か（翌年始め説あり）、これより前、山上憶良筑前国守。渤海使はじめて出羽に来朝、翌年帰国
		五	七二八	大伴旅人の妻没（四月頃）金光明経頒布

				⑤七九三〈凶問に報へ〉大伴旅人作歌(六月廿三日) ⑤七九四—九九〈日本挽歌〉、⑤八〇〇—一〈惑へる情を反さしむる歌〉、⑤八〇二—三〈子等を思ふ歌〉、⑤八〇四—五〈世間の住み難さを哀しむ歌〉山上憶良作歌
		神亀六	七二九	③四四一 長屋王の変(二月)倉橋部女王作歌、③四四二も作者不明の同時作。⑤八一〇—一〈日本琴の歌〉大伴旅人作(一〇月七日、藤原房前宛進上) 光明立后。藤原武智麻呂大納言
		天平二	七三〇	⑤八一五—四六〈梅花の宴〉大伴旅人、山上憶良ら作歌(一月一三日) ⑤八五三—六三〈松浦川遊覧〉大伴旅人作歌 ⑤八六四—七 吉田宜の関係作歌、⑤八六八—七〇 山上憶良の関係作歌 ⑰三八九〇—九 大伴旅人兼大納言となり上京、先発の従者らの作歌 ⑥九六三—四 坂上郎女の関係作歌 ⑤八七六—八二 山上憶良送別作歌(一二月六日) ⑥九六五—六、九六七—八 遊行女婦児と大伴旅人との贈答歌 ③四四六—五〇 上京途次大伴旅人作歌 薬師寺東塔建立。興福寺五重塔建立
		三	七三一	⑤八八四—五 大伴熊凝関係、麻田陽春作歌、⑤八八六—九一 同山上憶良作歌 ⑤八九二—三〈貧窮問答歌〉山上憶良作歌はこの年か 大伴旅人没(七月)参議制新設
		四	七三二	⑥九七三—四 東山山陰西海節度使任命、天皇作歌(聖武または元正) ⑥九七一—二 西海節度使藤原宇合を送る高橋虫麻呂作歌
		五	七三三	⑤八九四—六 第九次遣唐使出発(四月)〈好去好来歌〉山上憶良作歌(三月一日)。⑨一七九〇—一 同遣唐使の母作歌 ⑤八九七—九〇三〈老身重病辛苦、児等を思ふ歌〉山上憶良作歌(六月三日)。〈沈痾自哀文〉なども同じ頃成立か 山上憶良没か ⑥九九四〈初月の歌〉大伴家持作歌はこの年か 「出雲風土記」成立。橘三千代没

第四期

代	天皇	年号	西暦	作歌（参考事項）
	聖武	天平六	七三四	⑥九九六〈御民われ〉海犬養岡麻呂作歌。⑥九九七—一〇〇二 難波宮行幸(三月)山部赤人ら作歌 朱雀門で歌垣(二月)。大地震(四月)
		七	七三五	③四六〇—一〈尼理願の死を悲嘆〉大伴坂上郎女作歌。 諸国疫病流行(八月)新田部親王、舎人親王没
		八	七三六	⑮三五七八—七二二 遣新羅使(六月出発)大伴三中ら作歌。⑥一〇〇五—六 吉野行幸(六月)山部赤人作歌。⑧一五六六—九〈秋の歌〉大伴家持作歌(九月)。⑥一〇〇九 葛城王賜姓橘諸兄となる

九	七三七	(一一月)聖武作歌か 遣新羅使帰朝(大使病没、副使三月に入朝)諸国大疫。藤原四卿(房前、麻呂、武智麻呂、宇合)相次いで没す 鈴鹿王知太政官事、橘諸兄大納言
一〇	七三八	⑰三九〇〇〈独り天漢を仰ぎて〉大伴家持作歌(七月七日)。⑧一五八一—九一 橘奈良麻呂の宴(一〇月一七日)大伴家持、書持、池主ら作歌 ⑥一〇一八〈自嘆歌〉元興寺僧作歌 阿部内親王立太子。橘諸兄右大臣。巡察使派遣
一一	七三九	⑥一〇一九—二三 土佐国配流石上乙麻呂作歌(三月)。⑮三七二三—八五 中臣宅守越前配流か(一月以後)宅守、狭野弟上娘子贈答作歌。③四六二—七四〈亡妾悲傷〉大伴家持、書持作歌(六月)⑧一六一九—二〇〈竹田庄訪問〉大伴家持、坂上郎女作歌(八月)。⑥一〇二八 高円野遊猟(大伴坂上郎女作歌)
一二	七四〇	⑥一〇二九—三六 大宰小弐藤原広嗣謀反により伊勢行幸(一〇月)大伴家持ら作歌 難波宮行幸(二月)。恭仁宮造営移都(一二月)
一三	七四一	⑰三九〇七—八〈三香原新都〉境部老麻呂作歌(二月)。⑰三九〇九—一三 贈報歌、大伴家持、書持作歌(四月二日、三日) 国分寺建立の詔(三月)。藤原仲麻呂民部卿 能登国を越中に併合(一二月)。
一四	七四二	大宰府を廃止(一月)。紫香楽宮行幸(八月)
一五	七四三	⑥一〇四〇〈藤原八東家の宴に安積親王出席〉大伴家持作歌。 橘諸兄左大臣、藤原仲麻呂参議(五月)墾田永世私財法(五月)。大仏発願の詔(一〇月)
一六	七四四	③四七五—七、四七八—八〇 閏正月一三日安積親王没、大伴家持作歌(二月三日、三月二四日) 難波を都とす(二月)。甲賀寺に盧舎那仏の体骨柱建立。平城還都(五月)。造仏挫折。 大宰府復活(六月)。天皇難波で重態
一八	七四六	⑰三九二二—六 元正上皇の御在所にて肆宴、橘諸兄・葛井諸会・大伴家持ら作歌(一月)。⑰三九二七 大伴家持越中守となり赴任(七月)大伴坂上郎女送別作歌。⑰三九四三—五五 家持館の集宴に家持ら作歌(八月七日)。⑰三九五七—九〈弟書持の死を感傷〉大伴家持作歌(九月二五日)
一九	七四七	⑰三九六二—七七 大伴家持病み、池主との贈答(二月二〇日より三月五日に至る)。⑰三九七八—八二〈恋緒を述ぶる〉家持作歌(三月二〇日)⑰三九八五—七〈二上山の賦〉家持作歌(三月三〇日)。⑰三九九一—四〈布勢水海遊覧賦〉家持作歌、池主和歌(四月二四、二六日)。⑰四〇〇〇—五〈立山の賦〉家持作歌、池主和歌(四月二七、二八日)。⑰四〇〇六—一〇 家持税帳使となり上京、家持、池主作歌(四月三〇日—五月二日)⑰四〇一一—五〈放逸せる鷹を夢に見て感悦〉家持作歌(九月二六日) 越中国の土豪礪波臣志留志、米三千石を盧舎那仏の知識に奉る(八月)。東大寺大仏鋳造開始(九月)

天皇	年号	西暦	事項
	二〇	七四八	⑰四〇一七　家持作歌(一月二九日) ⑰四〇二一—九　家持出挙の為諸郡巡行作歌(春) ⑱四〇三二—五五　橘家の使者田辺福麻呂、家持来訪関係作歌(三月二三—二六日) 藤原豊成大納言、同仲麻呂正三位(三月) 元正没(四月)
	天平二一		
46 孝謙	天平感宝一	七四九	⑱四〇八五　東大寺僧平栄越中来訪の宴家持作歌(五月五日) ⑱四〇八六—八　奏石竹館の宴〈白百合の花の歌〉家持他作歌(五月九日) ⑱四〇九四—七〈黄金出土賀歌〉家持作歌(五月一二日)
	天平勝宝一		⑱四一〇六—九〈尾張少咋教喩歌〉家持作歌(五月一五日) ⑱四一一三—五〈庭中の花を見て〉家持作歌(閏五月二六日) 孝謙(母、光明子)即位(七月)。藤原仲麻呂大納言兼紫微中台。石上乙麻呂中納言。橘奈良麻呂参議
	二	七五〇	⑲四一三九—四〇〈春苑桃李花の歌〉家持作歌(三月一日)。⑲四一四三〈堅香子草花の歌〉家持作歌(三月二日乃至三日)。⑲四一五〇〈船人の唱を聞く歌〉家持作歌(三月三日)。⑲四一五四—五〈白き大鷹を詠む歌〉家持作歌(三月八日)。⑲四一六〇—二〈世間の無情を悲しむ歌〉山上憶良追和、家持作歌。 ⑲四一六九—七〇〈家婦の為、京の尊母に贈る〉家持作歌(三月)。⑲四一八七—八、⑲四一九九—二〇二　布勢水海遊覧家持ら作歌(四月六日—一二日)。 ⑲四二一一—二〈処女墓歌追和〉家持作歌(五月六日)。坂上大嬢在越中(前年越中に下ったか)
	三	七五一	⑲四二四八—五〇　少納言となり越中守解任(七月一七日)、家持関係作歌 孝謙東大寺に行幸(一月)。聖武上皇病む 「懐風藻」成立
	四		⑲四二六九—七二　橘諸兄の宅に聖武上皇行幸、上皇・諸兄・家持ら作歌(一一月八日) 大仏開眼(四月九日)。孝謙、仲麻呂の田村弟を行在所とする
	五	七五三	⑲四二八五—七〈大雪拙懐を述ぶる歌〉家持作歌(一月一一日) ⑲四二九〇—二〈興によりて作る歌〉家持作歌(二月二三—二五日)。⑳四二九五—七〈高円野に上りて作る歌〉池主、家持ら作歌(八月一二日)
	六	七五四	⑳四二九八—三〇〇　大伴の氏族ら家持宅で賀宴、池主ら作歌(一月四日)。⑳四三〇四　諸兄の山田御母の宅の宴、家持作歌(三月二五日)。⑳四三〇六—一三〈七夕の歌〉家持作歌。⑳四三一五—二〇〈秋野を憶ふ拙懐〉家持作歌 家持兵部少輔(四月五日)。鑑真来朝。鳥毛立女屏風成る
	七	七五五	⑳四三三一—三、⑳四三九八—四〇〇、⑳四四〇八—一二〈防人の情を歌ふ〉家持作歌(二月八日、一九日、二三日) ⑳四三二一—七　遠江国(二月六日)、⑳四三二八—三〇　相模国(二月七日)、⑳四三三七—四六　駿河国(二月九日)、⑳四三四七—五九　上総国(二月九日)、⑳四三六三—七二　常陸国(二月一四日)、⑳四三七三—八三　下野国(二月一四日)、⑳四三八四—九四　下総国(二月一六日)、⑳四四〇一

代	天皇	年号	西暦	作歌（参考事項）
	淳仁	八	七五六	—一三　信濃国(二月二二日)、⑳四四〇四—七　上総国(二月二三日)、⑳四四一三—二四　武蔵国(二月二九日) ⑳四四六五—七〈族を喩す〉、⑳四四六八—七〇〈病臥、修道を欲す〉家持作歌(六月一七日) 橘諸兄致仕(二月)。聖武没(五月)、遺品を正倉院に納む。遺詔して道祖王を皇太子とす
		天平勝宝九 天平宝字一	七五七	⑳四四八一、⑳四四九二　大原今城宅の宴、家持作歌(三月四日、一二月二三日)。⑳四四八三、⑳四四八八—九〇　三形王宅の宴、家持作歌(六月二三日、一二月一八日) 諸兄没(一月)。皇太子道祖王を廃す(三月)大炊王立太子(四月)。仲麻呂紫微内相(五月)。養老律令施行(六月)。橘奈良麻呂の乱(七月)、大伴古慈斐ら任国土佐に配流、豊城左遷
		二	七五八	⑳四五一五　家持因幡守(六月一六日)〈送別宴〉家持作歌(七月五日) 淳仁即位(八月)、仲麻呂大保となり恵美押勝と呼ぶ
		三	七五九	⑳四五一六　因幡国庁で饗宴、家持作歌 唐招提寺建立

万葉以後

代	天皇	年号	西暦	作歌（参考事項）
	淳仁	天平宝字四	七六〇	光明皇太后没
		六	七六二	天皇と孝謙太上天皇と不仲
		七	七六三	恵美押勝暗殺計画発覚、藤原宿奈麻呂の官位剝奪
		八	七六四	大伴家持薩摩守となる。恵美押勝の乱 淳仁廃され、光謙重祚して称徳となる
48	称徳	天平神護二	七六六	道鏡法王となる
			七六七	大伴家持大宰小弐となる
		神護景雲三	七六九	和気清麻呂配流
49	光仁	宝亀一	七七〇	志貴皇子、春日宮天皇と贈称
		二	七七一	武蔵国を東山道から東海道に編入
		三	七七二	藤原浜成『歌経標式』を撰上
		五	七七四	大伴家持、相模守のち左京大夫兼上総守となる
		七	七七六	大伴家持　伊勢守となる
		一一	七八〇	〃　参議となりのち右大弁兼任
50	桓武	天応一	七八一	山部親王即位。早良親王立太子 大伴家持兼春宮大夫となりのち左大弁となる
		二	七八二	因幡守氷上川継謀反、家持連坐して解任。赦されて参議春宮大夫に復官、さらに兼陸奥按察使鎮守将軍となる
		延歴二	七八三	大伴家持中納言となる
		三	七八四	〃　持節征東将軍となる。長岡京遷都
		四	七八五	家持の進言により、陸奥国に多賀・階上二郡をおく。家持没(八月二八日) 藤原種継暗殺さる。家持連坐、名を除かる
		一三	七九四	『続日本紀』撰修。平安京に遷都
51	平城	延暦二五 大同一	八〇六	種継事件処分者赦され、家持従三位に復す
		二	八〇七	『古語拾遺』撰上
52	嵯峨	弘仁一	八一〇	平城太上天皇、平城遷都を企画、剃髪入道
53	淳和	弘仁一五 天長一	八二四	平城太上天皇崩御

万葉関係系図

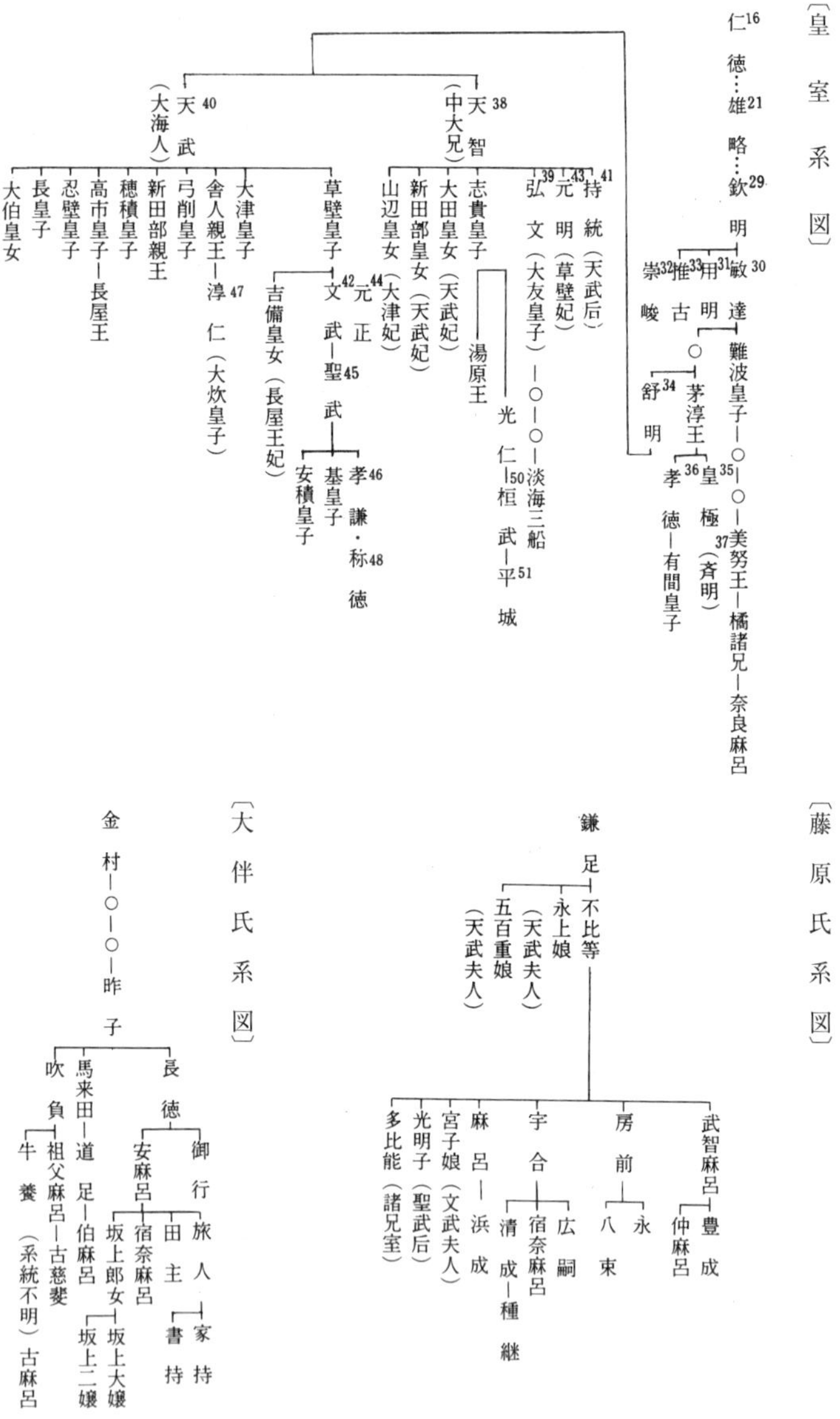
〔皇室系図〕
仁徳16…雄略21…欽明29
敏達30—難波皇子—○—○—美努王—橘諸兄—奈良麻呂
用明31
推古33
崇峻32
○—茅淳王
皇極35（斉明37）
孝徳36—有間皇子
舒明34
天智38（中大兄）
持統41（天武后）
元明43（草壁妃）
弘文39（大友皇子）—○—○—淡海三船
志貴皇子
光仁50—桓武—平城51
湯原王
大田皇女（天武妃）
新田部皇女（天武妃）
山辺皇女（大津妃）
天武40（大海人）
草壁皇子
元正44
文武42—聖武45
孝謙46・称徳48
基皇子
安積皇子
吉備皇女（長屋王妃）
大津皇子
舎人親王—淳仁47（大炊皇子）
弓削皇子
新田部親王
穂積皇子
高市皇子—長屋王
忍壁皇子
長皇子
大伯皇女
〔藤原氏系図〕
鎌足
不比等
氷上娘（天武夫人）
五百重娘（天武夫人）
武智麻呂
豊成
仲麻呂
房前
永手
八束
宇合
広嗣
宿奈麻呂
清成—種継
麻呂—浜成
宮子娘（文武夫人）
光明子（聖武后）
多比能（諸兄室）
〔大伴氏系図〕
金村—○—○—咋子
長徳
御行
安麻呂
旅人
家持
書持
田主
宿奈麻呂
坂上大嬢
坂上二嬢
坂上郎女
馬来田—道足—伯麻呂
吹負
祖父麻呂—古慈斐
牛養
（系統不明）古麻呂

後記

前著『万葉のふるさと』に次ぐ著者の本として、「万葉集に詠まれている植物歌を中心にした書物を出したい」との希望が、昭和六〇年春に先代であった父のもとに寄せられました。得意のカメラを駆使しての出版依頼に父は大いに喜び、二つ返事で承諾いたしました。残念なことに父はその翌年、頸椎を損傷し平成四年七月に亡くなるまで丸七年間というもの、身動き一つできない身体となってしまうのですが、そうなる直前の本（原題「草木万葉百首」）として上梓したことを記憶しております。

平成から令和への移行は、上皇となられるための譲位と新たな天皇の即位という国家的儀式を目の当たりにし、歴史ある日本人の一人としてこの国に生まれたことの喜びを感得することができました。まだ祖先が平仮名というものを獲得する以前に表された国民的文化遺産である『万葉集』について書かれたものを、この機会に「草木万葉のうた」として再び世に送り出すことができますことを、読者諸賢に深く感謝するとともに、今は亡き著者および先代に捧げたいと思います。

最後になりましたが、本書の作成にご協力くださった関係諸機関に御礼申し上げます。なかでも岩手県宮古市の文化印刷さんは著者が撮影した植物以外の写真採取や引用和歌の検索など編集部顔負けの手助けをしてくれました。ここに深甚なる謝意を表する次第です。

令和元年六月吉日

社主　三武義彦

あとがき

万葉集には、総歌数約四千五百首の三分の一に相当するおよそ千五百首、種類にして百五十前後の植物が詠みこまれている。このうちの百首あまりの植物歌に託して、その文芸性と民族・歴史・風土性の考察を試みたのが本書であるが、資料編を合わせみることによって、万葉文芸史の大要を把握できるように配慮した。なお本書に用いた写真は、すべて折に触れての、私の撮影によるものである。

幸いにして、私の住む名古屋市には、昭和五十八年五月十二日、東山植物園内に《万葉の散歩道》が開設された。公募によって選ばれた万葉歌による百種の植物とその歌を記した石碑・板碑が、山あり川あり池のある小道約千メートルに植配されて、万葉愛好家の関心を集めている。この開設にあたりわずかばかりのお手伝いをしたことが機縁となって、本書も世に出ることになったのである。

もとより植物学には全くの素人でしかない私のこと、植物解説の部分は、松田修氏・牧野富太郎氏・本田正次氏・前川文夫氏など、多くの植物学者に学んだノートに過ぎない。本書の主題はあくまでも万葉歌の文芸性と民族・歴史・風土性の考察にある。書名を「草木万葉百首」とした所以であるが、この点でも私は、原文をそれによった日本古典文学全集本『萬葉集』（小学館版）の校注・訳者諸氏をはじめ主要参考書に記した諸家ほか、多くの方々の学恩を被っている。

最後になったが、東山植物園長坂梨一郎氏をはじめ同園関係者各位、右文書院の三武氏御父子をはじめ関係者各位の御厚情も忘れがたい。とくに本書の作製にあたっては、校正はじめ和歌索引までお作りいただいた田島恵子嬢に深く感謝の意を表する次第である。

昭和六十年九月

稲垣富夫

主要参考書

校本万葉集（増補復刊本）　岩波書店
万葉集大成　平凡社
万葉集〈日本古典文学大系〉　岩波書店
万葉集〈日本古典文学全集〉　小学館
万葉集〈新潮日本古典集成〉　新潮社
口訳万葉集〈折口信夫全集〉　中央公論社
増訂　万葉集全註訳　武田祐吉　角川書店
万葉集評釈〈窪田空穂全集〉　〃
万葉集私注　土屋文明　筑摩書房
万葉集注釈　沢瀉久孝　中央公論社
万葉集全注（刊行中）　伊藤博ほか　有斐閣
万葉集（文庫）　武田祐吉・伊藤博　角川書店
万葉集（文庫）　桜井満　旺文社
万葉集（文庫）　中西進（刊行中）　講談社
万葉集の鑑賞及び其批評（文庫）　島木赤彦　〃
万葉秀歌（新書）　斎藤茂吉　岩波書店
万葉百歌（新書）　山本健吉ほか　中央公論社
万葉の旅（文庫）　犬養孝　社会思想社
万葉のふるさと　稲垣富夫　右文書院
万葉集東歌　田辺幸雄　塙書房
万葉集歌人事典　大久間喜一郎ほか編　雄山閣
万葉の歌ことば辞典　稲岡耕二・橋本達雄編　有斐閣
万葉集年表　松田好夫　桜楓社
必携　万葉集要覧　櫻井満編　〃
古代歌謡と儀礼の研究　土橋寛　岩波書店
高木市之助全集　講談社
増訂　万葉植物新考　松田修　社会思想社
万葉花譜（春夏）・（秋冬）　松田修　国際情報社
万葉植物（写真と解説）　小清水卓二　三省堂
万葉の草・木・花　小清水卓二　朝日新聞社
万葉の植物（陽春編）・（豊穣編）西川廉行　奈良新聞出版センター
万葉の茶花　庄司信洲・井上敬忠　講談社
万葉の花　桜井満　雄山閣

古典植物辞典　松田修　講談社
植物短歌辞典　針ヶ谷鐘吉編　加島書店
原色牧野植物大図鑑（正・続）　北隆館
朝日百科　世界の植物　朝日新聞社
原色　植物百科図鑑　集英社
樹木（常緑広葉樹編）　山と渓谷社
樹木（落葉広葉樹・針葉樹編）　〃　〃
樹の事典他（シリーズ「木の文化」）　朝日新聞社
万葉草木染め　村上道太郎　新潮社
日本の植生　沼田真・岩瀬徹　朝倉書店
植物の名前の話　前川文夫　八坂書房
植物和名語源新考　深津正　〃　〃
栽培植物と農耕の起源（新書）　中尾佐助　岩波書店
栽培植物の起源と伝播　星川清親　二宮書店
環境考古学事始　安田喜憲　日本放送出版協会
栽培植物の起源　田中正武　〃　〃
稲作以前　佐々木高明　〃　〃
照葉樹林文化の道　佐々木高明　〃　〃
照葉樹林文化（新書）　上山春平ほか　中央公論社
森林の思考・砂漠の思考　鈴木秀夫　日本放送出版協会
日本農耕文化の源流　佐々木高明編　〃　〃
雲南の照葉樹のもとで　佐々木高明編　〃　〃
中国江南の稲作文化　渡辺忠世ほか編　〃　〃
遙かなるブータン　ＮＨＫ取材班　〃　〃
稲の道　渡部忠世　〃　〃
アジア稲作の系譜　渡部忠世　法政大学出版局
日本文化の系譜　中尾佐助・上山春平　徳間書店
稲作の神話　大林太良　弘文堂
イモと日本人　坪井洋文　未来社
雲南の旅　中国人民美術出版＋美乃美
焼畑民俗文化論　野本寛一　雄山閣
増補　縄文時代の植物食　渡辺誠　〃　〃
日本考古学を学ぶ　大塚初重ほか　有斐閣
先土器時代の知識　鈴木忠司　東京美術
縄文時代の知識　渡辺誠　〃　〃
弥生時代の知識　甲元真之・山崎純男　〃　〃
歴史時代の知識　江谷寛　〃　〃

和歌索引

ここに掲載した歌は、本書で取り扱った『万葉集』の歌、計三百八十八首である。

※印を付したものは、「草木百種歌」としてページの冒頭に見出しとして採り上げた歌で正しくは百一首である。

歌の排列は五十音順とし、二句～上の句までを原則として一行で掲載した。

著者紹介

稲垣富夫（いながき・とみお）

1921年、三重県四日市市に生まれる。1945年、国学院大学文学部国文学科を卒業後、四日市経済専門学校教授・愛知県立瀬戸高等学校・同名古屋西高等学校教諭を経て、愛知淑徳短期大学専任講師となる。

万葉研究「美夫君志会」常任委員。朝日女性サークル・紫苑会・えんの会講師。上代文学・中世文学（能）専攻。著書に『万葉のふるさと』（右文書院）、詩集に『万葉人』があるほか、万葉写真個展（2回）などを開いた。

草木万葉のうた

令和元年七月二十二日　印刷
令和元年七月二十九日　発行

著者　稲垣富夫
装幀　鬼武健太郎
発行者　三武義彦
印刷・製本　株式会社文化印刷

〒101-0062　東京都千代田区神田駿河台一—五—六
発行所　株式会社　右《ゆう》文《ぶん》書《しょ》院《いん》
振替　〇〇一二〇-六-一〇九八三八
電話　〇三（三二九二）〇四六〇
FAX　〇三（三二九二）〇四二四

ISBN978-4-8421-0805-6　C1092

写真提供：
(P10) ハンノキ：ホホエミ / PIXTA（ピクスタ）
(P77) トコロ：にゃんたっちゃぶる / PIXTA（ピクスタ）
(P117) カワヤナギ：髙橋義雄 / PIXTA（ピクスタ）
(P163) クネンボ：GORO TAKAHATA / PIXTA（ピクスタ）
(P172) ヌルデ：s.suzuki / PIXTA（ピクスタ）
(P182) ミズメ：elf / PIXTA（ピクスタ）